L'ÉPREUVE

ŒUVRES DE DANIELLE STEEL
AUX PRESSES DE LA CITÉ

Album de famille
La Fin de l'été
Il était une fois l'amour
Au nom du cœur
Secrets
Une autre vie
La Maison des jours heureux
La Ronde des souvenirs
Traversées
Les Promesses de la passion
La Vagabonde
Loving
La Belle Vie
Kaléidoscope
Star
Cher Daddy
Souvenirs du Vietnam
Coups de cœur
Un si grand amour
Joyaux
Naissances
Le Cadeau
Accident
Plein Ciel
L'Anneau de Cassandra
Cinq Jours à Paris
Palomino
La Foudre
Malveillance
Souvenirs d'amour
Honneur et Courage
Le Ranch
Renaissance
Le Fantôme

Un rayon de lumière
Un monde de rêve
Le Klone et Moi
Un si long chemin
Une saison de passion
Double Reflet
Douce-Amère
Maintenant et pour toujours
Forces irrésistibles
Le Mariage
Mamie Dan
Voyage
Le Baiser
Rue de l'Espoir
L'Aigle solitaire
Le Cottage
Courage
Vœux secrets
Coucher de soleil à Saint-Tropez
Rendez-vous
À bon port
L'Ange gardien
Rançon
Les Échos du passé
Seconde Chance
Impossible
Éternels Célibataires
La Clé du bonheur
Miracle
Princesse
Sœurs et amies
Le Bal
Villa numéro 2
Une grâce infinie

(Suite en fin d'ouvrage)

Danielle Steel

L'ÉPREUVE

*Traduit de l'anglais (États-Unis)
par Nelly Ganancia*

Les Presses de la Cité

L'édition originale de cet ouvrage a paru en 2022 sous le titre Tʜᴇ Cʜᴀʟʟᴇɴɢᴇ chez Delacorte Press, Random House, Penguin Random House Company, New York.

Le Code de la propriété intellectuelle n'autorisant, aux termes de l'article L. 122-5, 2ᵉ et 3ᵉ a), d'une part, que les « copies ou reproductions strictement réservées à l'usage privé du copiste et non destinées à une utilisation collective » et, d'autre part, que les analyses et les courtes citations dans un but d'exemple et d'illustration, « toute représentation ou reproduction intégrale ou partielle faite sans le consentement de l'auteur ou de ses ayants droit ou ayants cause est illicite » (art. L. 122-4). Cette représentation ou reproduction, par quelque procédé que ce soit, constituerait donc une contrefaçon, sanctionnée par les articles L. 335-2 et suivants du Code de la propriété intellectuelle.

Les Presses de la Cité, un département Place des Éditeurs
92, avenue de France – 75013 Paris

© Danielle Steel, 2025, tous droits réservés.
© Les Presses de la Cité, 2025, pour la traduction française.

ISBN : 978-2-258-20353-2
Dépôt légal : mai 2025

À mes merveilleux enfants,
Trevor, Todd, Beatrix, Nicky,
Victoria, Vanessa, Samantha,
Maxx, et Zara,

Puissiez-vous relever tous les défis
Et rester à l'abri du danger.
Vous êtes mon plus beau cadeau du Ciel,
Renouvelé chaque jour et à chaque instant.
Je vous aime de tout mon cœur,

Maman / D S

1

En ce matin de juillet, Peter Pollock s'apprêtait à effectuer toutes ses corvées habituelles sur le ranch de ses parents, et le fait qu'il ait célébré ses 14 ans la veille n'y changeait rien. Le ranch se trouvait à Fishtail, dans le Montana, à une heure de la petite ville de Billings, et situé sur les contreforts des Beartooth Mountains, à l'ombre de l'imposant pic Granit. Culminant à 3 900 mètres, c'était le sommet le plus élevé de tout l'État, et le plus beau défi à relever pour les alpinistes de la région. Le village de Fishtail, quant à lui, se trouvait déjà à 1 300 mètres d'altitude, et comptait 478 habitants à l'année. C'est là que Peter était né, et il adorait la vie qu'il y menait – exception faite des corvées matinales.

Peter était un beau garçon, déjà grand pour son âge. Avec ses cheveux blonds et ses yeux bleu ciel, il tenait de son père. Sa mère, Anne, était également blonde, menue, avec des traits fins, et c'était une cavalière émérite. Dans son adolescence, elle avait décroché des médailles à tous les concours et rodéos de la région. Pitt et elle avaient commencé à sortir ensemble alors qu'ils avaient l'âge de Peter. Ils avaient ensuite fait leurs quatre ans d'études à l'université du Montana et s'étaient mariés immédiatement après la remise des diplômes, au mois de juin. Peter avait vu le jour l'année suivante, alors que ses parents étaient âgés de 23 ans. Ils en avaient maintenant 37. Anne, qui était fille unique, avait toujours rêvé d'une famille nombreuse, et Pitt n'aurait pas été contre quatre ou cinq enfants de plus, mais elle n'était plus retombée enceinte après Peter. Ils avaient pourtant consulté un spécialiste à Billings et un autre à Denver, mais ces deux médecins s'étaient déjà montrés stupéfaits qu'ils aient réussi à avoir Peter. Anne souffrait d'une malformation des trompes de Fallope qui diminuait drastiquement sa fertilité. Son époux et elle concentraient donc tout leur amour et leur attention sur Peter, et ils étaient pleins de gratitude pour le miracle que représentait sa naissance.

Le Ranch Pollock, fondé par le grand-père paternel de Pitt, élevait encore les meilleurs chevaux du Montana. Sa renommée s'étendait à tous les États de l'Ouest. Du Texas, au sud, jusqu'au Kentucky, plus à l'est, les passionnés n'hésitaient pas à parcourir des milliers de kilomètres pour venir acheter leurs chevaux au pedigree légendaire. Pitt avait hérité du ranch dix ans plus tôt, lorsque son propre père était mort dans un tragique accident. Il était encore tout jeune lorsqu'il était devenu par la force des choses l'un des plus grands propriétaires terriens des environs. Anne était loin d'imaginer ce futur quand, à 14 ans, elle était tombée amoureuse de lui. Son père était le vétérinaire le plus apprécié de la région et il l'avait plus d'une fois emmenée avec lui pour soigner les chevaux du ranch. Mais jamais leurs parents n'auraient pensé que les jeunes gens tomberaient amoureux. Et quand ils avaient commencé à se fréquenter, ils s'étaient dit que cela ne durerait pas. Ils étaient si jeunes ! Mais vingt-trois après, ils étaient plus amoureux que jamais.

Anne tenait le ranch avec son mari. C'était elle qui gérait toute la partie comptable, et elle mettait à profit les compétences acquises pendant ses études de commerce et d'économie et son don naturel pour la finance. Quant à Pitt, il connaissait tout sur tout en matière de chevaux : son père et son grand-père lui avaient transmis tout leur savoir. Le jeune Peter savait qu'un jour, à son tour, il prendrait la relève. C'était un garçon sérieux et responsable, qui ne causait jamais de souci à ses parents. S'il obtenait de bonnes notes à l'école, il savait aussi s'amuser. Il envisageait d'aller à l'université du Montana, comme ses parents. Sa mère souhaitait qu'il fasse des études de commerce. Selon elle, c'était nécessaire pour gérer une entreprise aussi importante que le ranch. Le monde avait bien changé depuis l'époque du grand-père... Tout connaître sur les chevaux ne suffisait plus. Ses parents avaient beau lui en parler à tout bout de champ, pour Peter, la fac était encore loin. Il avait seulement hâte de faire sa rentrée au lycée à la fin des grandes vacances. Il avait eu la chance de vivre une enfance libre et insouciante sur le ranch, et de pouvoir monter les meilleurs chevaux du pays quand l'envie l'en prenait. Il avait participé à son premier rodéo dès ses 5 ans, sous le regard fier de ses parents. Par moments, il avait un peu honte de l'adoration décomplexée qu'ils lui portaient. Le jeune homme prenait pour acquis d'être aussi choyé, et d'avoir des parents encore follement épris l'un de l'autre. Il ne songeait qu'à monter à cheval, à s'amuser et passer du temps avec ses trois meilleurs amis.

Les quatre garçons avaient grandi ensemble. Dès qu'ils avaient une minute de libre, ils enfourchaient leurs vélos et allaient les uns chez les autres ou partaient explorer la nature environnante. Anne et Pitt avaient toujours accueilli les amis de Peter à bras ouverts. Ils avaient même transformé l'une des chambres en petit dortoir avec deux jeux de lits superposés pour qu'ils puissent dormir au ranch quand ils le voulaient. Ses parents avaient toujours fait en sorte qu'il ne souffre pas d'être enfant unique. Mais il ne s'ennuyait jamais. D'autant que son père, qui voulait qu'il apprenne le métier, lui confiait toutes sortes de tâches, même les plus ingrates. Lui-même était passé par là. Peter ne se rendait pas vraiment compte que ses parents étaient plus que de simples ranchers. Même si pour lui ce n'était que le quotidien, les Pollock étaient à la tête d'une entreprise florissante. Ses amis ne se souciaient pas davantage des centaines d'hectares qu'ils possédaient et aucun d'entre eux n'avait conscience des profits dégagés. Anne et Pitt estimaient que c'était mieux comme ça.

Bill et Pattie Brown, les meilleurs amis de Pitt et Anne, possédaient un ranch voisin, de taille plus modeste. Outre les chevaux, ils possédaient aussi un cheptel bovin et ovin pour le lait. Pattie avait été une camarade d'université de Pitt et Anne, tandis que les deux hommes se connaissaient depuis tout petits. Les deux couples s'étaient mariés vers la même époque et, pour leur plus grand bonheur, Pattie et Anne étaient tombées enceintes en même temps. Elles s'étaient tout de suite prises à rêver du jour où leurs enfants deviendraient meilleurs amis... ou tomberaient amoureux. Matt Brown était né tout juste trois semaines avant Peter, et bien sûr Pitt et Anne avaient été choisis pour être ses parrain et marraine. Anne avait accueilli sans amertume la seconde grossesse de Pattie, huit ans plus tard. Pitt et elle avaient déjà fait leur deuil. Le cadet des Brown était également un garçon, prénommé Benjie. Il adorait son frère, au grand agacement de l'intéressé. Matt ne l'emmenait avec lui que quand ses parents l'y obligeaient. Mais la plupart du temps, il filait en douce jusqu'au ranch des Pollock, laissant son petit frère à la maison.

Pattie avait fait des études d'infirmière. Quant à Bill, âgé de quelques années de plus que les trois autres, il avait toujours travaillé sur le ranch. Pattie et lui s'étaient connus très jeunes, mais ils avaient rompu et fréquenté d'autres personnes pendant quelque temps avant de se passer la bague au doigt. Pattie avait exercé son travail d'infirmière pendant deux ans avant d'avoir Matt, puis elle avait décidé de rester à la maison pour s'occuper de lui. Elle avait grandi dans un foyer plus modeste que son époux et appréciait la vie confortable qu'il leur permettait de mener. Son beau mariage suscitait d'ailleurs l'envie de ses deux sœurs, qui étaient institutrice et secrétaire, et dont les maris travaillaient comme ouvriers agricoles dans des ranchs de la région.

Contrairement à Anne et Pitt, qui filaient le parfait amour, la relation de Bill et Pattie était parfois orageuse, car tous deux avaient le sang chaud. Mais en dépit de ces disputes occasionnelles, ils étaient heureux et Pattie caressait parfois l'idée d'un troisième enfant. Elle aurait aimé avoir une fille mais se retrouver avec un troisième garçon lui paraissait beaucoup moins attrayant car elle avait déjà fort à faire avec les siens. Matt était en effet plus polisson et aventureux que ne l'était son ami Peter, et elle passait ses journées à courir après Benjie pour s'assurer qu'il ne se blesse pas en imitant son aîné dans l'étable, en pourchassant les moutons ou en s'approchant trop près du taureau.

Chaque été, les deux familles partaient camper ensemble, pour le plus grand plaisir de tous. Ils étaient si proches que les garçons se considéraient presque comme des cousins.

Tandis que l'avenir de Peter Pollock était tout tracé sur le ranch familial, les ambitions de Matt différaient du tout au tout. Lui rêvait d'une vie citadine et savait déjà dans quelle branche il voulait travailler. Ses camarades comme ses professeurs admiraient son talent pour l'informatique et si ses résultats se maintenaient, il visait pas moins que l'université de Stanford. Après ça, il espérait rester en Californie pour travailler dans la Silicon Valley. Ce discours paraissait insensé à Peter, qui aimait passionnément les montagnes et les grands espaces du Montana et n'imaginait pas les quitter un jour.

L'intrépide petit Benjie affirmait quant à lui qu'il serait clown de rodéo et, malgré les réserves de ses parents, il manifestait des prédispositions. Un jour qu'ils assistaient tous ensemble à un spectacle, il avait profité de deux secondes d'inattention de la part de sa mère pour suivre l'un des clowns dans l'arène. Du haut de ses 5 ans, Benjie s'était tiré juste à temps de l'assaut d'un taureau furieux. Depuis, Anne ne lui lâchait plus la main quand ils se rendaient à un rodéo...

Tim Taylor était le troisième mousquetaire de la bande. Ses débuts dans la vie s'étaient révélés plus difficiles que ceux de ses camarades, c'est pourquoi il appréciait particulièrement de passer du temps chez les Pollock ou chez les Brown, où il était reçu comme l'un des leurs. Ses parents étaient issus de milieux bien plus modestes que ceux de ses amis.

Sa mère avait contracté une méningite bactérienne pendant sa grossesse et Tim, qui avait eu la chance de survivre à la maladie in utero, était né avec une quasi-surdité. Grâce à ses deux prothèses auditives et à un suivi orthophonique intensif, il se débrouillait très bien, lisant sur les lèvres si nécessaire. Il avait un léger défaut d'élocution mais pouvait aussi bien communiquer à l'oral qu'en langue des signes. Tim était un garçon brillant et, suivi de près par sa mère depuis tout petit, c'était un excellent élève. Il lisait tout ce qui lui tombait sous la main et avait un contact exceptionnel avec les chevaux. Il ambitionnait de faire des études de vétérinaire avant de revenir exercer ce métier sur les ranchs de Fishtail.

Sportif, Tim ne se passionnait pas seulement pour l'équitation. C'était aussi un très bon grimpeur qui adorait la randonnée et l'escalade, une vraie chèvre des montagnes, selon sa mère. Elle était extrêmement fière de son fils.

Comme à son habitude, il avait fini l'année scolaire premier de sa classe et, afin d'intégrer une bonne université, il s'était d'ores et déjà inscrit à des cours avancés dans les matières scientifiques pour son entrée au lycée. Son sens de l'humour ravageur lui avait permis d'être parfaitement intégré au collège malgré son handicap, auquel ses amis ne prêtaient même pas attention.

Après l'avoir suivi de près dans sa petite enfance, June avait repris ses études pour devenir orthophoniste. Elle s'épanouissait dans son métier, qu'elle exerçait dans la ville voisine de Red Lodge, et de nombreux médecins des environs lui envoyaient des patients, y compris ceux de l'hôpital St Vincent de Billings.

Malheureusement, sa vie sentimentale n'était pas aussi rose... La naissance de Tim et les difficultés liées à son handicap avaient donné le coup de grâce à son couple. Ted Taylor était un homme très orgueilleux, qui avait vécu dans une extrême pauvreté dans sa jeunesse. Son propre père, qui travaillait dans un ranch, était mort prématurément de son alcoolisme, laissant la mère de Ted dans une situation financière plus que précaire.

Ted n'avait jamais accepté que son fils ne soit pas absolument parfait. Il n'avait lié aucun contact avec le nouveau-né, et s'était tourné vers la bouteille pour noyer sa frustration. Comme son père avant lui, c'était sa façon d'affronter les problèmes. S'il avait finalement vaincu son addiction grâce au programme des Alcooliques Anonymes, cela n'avait en revanche pas réglé sa situation conjugale. Abandonnant femme et enfant, il était parti travailler dans les puits de pétrole de l'Oklahoma. C'était certes bien rémunéré, mais il ne rentrait pratiquement jamais à la maison. Son absence ne lui avait pas permis de prendre sa place dans la vie quotidienne du foyer, et encore moins dans le protocole d'accompagnement de son fils. Puis il avait trouvé un autre travail au Texas, qui impliquait de séjourner sur les plateformes pétrolières dans le golfe du Mexique, avant de partir encore plus loin, au Moyen-Orient. Il était manifestement incapable de se souvenir qu'il avait une épouse dans le Montana et au bout de quatre ans de ce régime, June avait fini par demander le divorce. Tim avait alors 5 ans. Il ne gardait guère de souvenirs de ses parents ensemble, et ne voyait son père qu'une ou deux fois par an. Ted lui envoyait des cartes postales de destinations exotiques et l'appelait quand il y pensait. Peu lui importait que Tim ait si bien surmonté ses difficultés. Il ne ressentait aucune fierté et n'avouait jamais qu'il avait un fils sourd, hormis dans les réunions des AA au cours desquelles il mettait son problème d'alcool sur le compte de son divorce, inversant la cause et la conséquence. Sa nouvelle vie lui permettait de leur envoyer une pension alimentaire confortable pour payer le loyer de la jolie maison que June et Tim habitaient à la sortie du village. Quand il venait rendre visite à son fils, il ne restait pas plus d'une journée et semblait toujours pressé de repartir. Il éprouvait une certaine culpabilité face à sa propre lâcheté, certes, mais il se sentait incapable de changer. Il n'avait d'ailleurs jamais vraiment essayé. Mettre des milliers de kilomètres entre eux lui paraissait plus simple.

Si June s'efforçait de ne pas se montrer trop amère, ou en tout cas s'interdisait tout commentaire négatif à l'encontre de Ted devant son fils, elle se sentait profondément trahie et abandonnée par son ex-mari. Depuis son divorce, elle avait vécu quelques brèves histoires, mais le seul véritable amour de sa vie était son fils. Quant à Tim, même s'il présentait la vie de son père comme passionnante et exotique, il savait parfaitement ce qu'il en était dans la réalité. Heureusement, le jeune garçon avait pu trouver en Bill Brown et Pitt Pollock un substitut à la figure paternelle qui lui manquait tant.

Que ce soit par ses résultats scolaires ou par ses performances sportives, Tim essayait sans cesse d'impressionner son père, mais rien de tout ça ne semblait intéresser son géniteur, exilé volontaire sur les plateformes en pleine mer. June songeait parfois qu'en cas d'urgence, elle n'aurait même pas su où le joindre... Une chance que Tim, contrairement à son père, soit un garçon responsable et fiable en toutes circonstances. En cela, il tenait beaucoup de sa mère. À la différence de son père, qui était principalement une source de déception. Les Brown et les Pollock invitaient souvent le garçon en vacances avec eux et June appréciait grandement leur soutien.

Le quatrième membre de la bande vivait lui aussi à la sortie du village, tout près de chez Tim. Noel Wylie était leur camarade depuis la maternelle. Ses parents Marlene et Bob, tous deux avocats, avaient quitté Denver pour le Montana aussitôt après la naissance de Noel et avaient ouvert un cabinet dont les Pollock étaient clients. Déménager à Fishtail avait pour eux été un véritable choix, non un hasard de la vie, et ils ne l'avaient jamais regretté. Ils avaient toujours voulu élever leurs deux fils dans un environnement sain, au propre comme au figuré, et en avaient assez de traiter des affaires sordides à Denver. Fishtail correspondait à toutes leurs attentes, d'autant que leur activité professionnelle consistait désormais surtout à enregistrer des contrats de mariage, de cession ou de succession. Ils étaient très estimés dans la région et leur cabinet ne désemplissait pas.

Justin, leur fils aîné, passerait en terminale à la fin de l'été, tandis que Noel ferait son entrée au lycée en même temps que ses trois amis. Ni l'un ni l'autre n'était enchanté du choix parental de vivre en marge de l'agitation du monde. Les adolescents ne rêvaient que de retourner à la vie citadine. Ils ne s'en souvenaient guère, bien sûr, mais ils étaient persuadés qu'elle les rendrait plus heureux. Ils avaient d'ailleurs décrété qu'élever des enfants dans un village de 400 habitants était une forme de négligence, voire de maltraitance.

Plus tard, Justin voulait faire son droit à Chicago, New York, Denver ou Los Angeles. Dans n'importe quelle grande ville où son dossier serait accepté. Ses parents étaient ravis, mais ils espéraient qu'ensuite il viendrait les rejoindre au cabinet de Fishtail. Justin, contrairement à leurs projets, voulait intégrer le plus grand cabinet possible, au cœur d'une métropole. Il comptait déjà les jours le séparant de son dernier jour de cours dans le Montana.

Les parents des garçons, eux-mêmes issus de familles d'intellectuels, étaient brillants et avaient fait leurs études dans des universités de l'Ivy League. Ce qui ne les avait pas empêchés d'opter pour un mode de vie assez atypique par la suite, qui frustrait leurs fils qui eux ne rêvaient que de réussite et de vivre dans des environnements plus compétitifs et stimulants.

Noel souhaitait pour sa part depuis longtemps faire des études de médecine. Cela datait du moment où on lui avait diagnostiqué un diabète de type 1 alors qu'il n'avait que 7 ans. Il s'était bien adapté à ce défi et était maintenant équipé d'une pompe à insuline qui lui évitait d'avoir à se piquer plusieurs fois par jour : la pompe dosait sa glycémie automatiquement et délivrait l'insuline en fonction de ses besoins. Son diabète n'avait rien d'un secret, d'autant qu'il avait expliqué sa condition à ses amis avec force détails, sans leur épargner le vocabulaire médical. Il leur avait bien sûr aussi montré la pompe fixée à sa taille, sans oublier de décrire les risques liés à sa maladie. Plus tard, il rêvait de soigner de jeunes patients et, comme son frère, de s'installer dans une grande ville. Peut-être San Francisco ou Los Angeles. Lui-même avait été diagnostiqué et soigné à l'Hôpital des enfants de Denver, ainsi qu'à San Francisco.

Quand il était petit, il avait peur des rendez-vous médicaux, mais rapidement il avait adoré l'activité de ruche qui régnait dans ces immenses établissements. Sa mère en particulier l'avait beaucoup soutenu alors qu'il apprenait à apprivoiser sa maladie, et son frère Justin savait aussi bien que ses parents ce qu'il fallait faire en cas d'hyper ou d'hypoglycémie. Ça n'était plus arrivé depuis très longtemps mais le cas échéant, Noel aurait été en mesure de se débrouiller tout seul. Même si les parents des uns et des autres avaient été dûment informés des mesures à prendre si jamais Noel avait un problème, ses amis oubliaient presque qu'il était diabétique.

Justin et Noel étaient dotés de caractères très différents. Noel avait l'esprit pratique, les pieds sur terre, et était très mûr pour son âge. Dans un sens, il avait déjà beaucoup de recul sur la vie, peut-être en raison de sa maladie, et ne se laissait pas facilement impressionner. Il était aussi très déterminé, comme si rien ne pouvait l'arrêter. Sa nature sociable et extravertie le distinguait de son frère aîné, plus timide et anxieux. Justin se montrait aussi toujours très protecteur envers Noel.

Leurs parents attendaient de lui qu'il garde toujours un œil sur son petit frère. Marlene et Bob Wylie ne se rendaient pas compte de la pression qu'ils faisaient peser sur leur fils aîné, au point que Justin se sentait parfois presque coupable d'être bien portant alors que son frère souffrait d'une maladie chronique. En conséquence, il s'efforçait d'être toujours le plus gentil possible envers son petit frère, qui le lui rendait bien.

Dans un sens, la maladie de Noel avait plus pesé sur l'enfance de son frère que sur la sienne. Alors que Noel l'avait acceptée et vivait avec, Justin portait une inquiétude latente dont il ne parlait jamais. « Méfiez-vous de l'eau qui dort », disait parfois sa mère à son sujet.

Comme la plupart des garçons de son âge, Justin s'intéressait aux filles, même s'il n'avait encore jamais eu de petite amie. Pour sa part, Noel attendait impatiemment son entrée au lycée pour faire de nouvelles rencontres. Il aurait sans doute du succès car il était aussi intelligent que beau garçon.

Si l'état de santé de Noel n'avait rien d'inquiétant, celui de son père, en revanche, l'était. On avait diagnostiqué un cancer du pancréas à Bob un an plus tôt et son état s'était fortement dégradé avant les fêtes de Noël, au point qu'il avait dû cesser de travailler. La charge du cabinet reposait désormais sur les seules épaules de Marlene et cela faisait sept mois qu'elle gérait tout de front, consacrant chaque seconde de sa journée à prendre soin de quelqu'un. Quand ce n'était pas son mari, c'étaient ses fils ou ses clients. Elle s'efforçait de dissimuler son épuisement pour remonter le moral de Bob mais aussi pour éviter d'attrister inutilement ses garçons, qui savaient malgré tout que la fin était proche et inéluctable. Bob avait déjà bénéficié de plusieurs mois de sursis par rapport au pronostic initial. Marlene avait eu beau prendre toutes les précautions du monde pour exposer la réalité de la situation à leurs enfants, elle savait que rien ne pouvait les préparer à ce qui les attendait. Elle-même peinait à concevoir que la situation était aussi désespérée que l'annonçaient les médecins. Son mari était un homme si fort et solide !

En juin, avec l'accord du corps médical, Bob avait interrompu la chimiothérapie, qui détériorait inutilement sa qualité de vie. Il voulait profiter le plus sereinement possible de ses derniers mois en compagnie de sa femme et de ses fils, même s'il était désormais trop faible pour quitter la maison et restait alité la plupart du temps.

Marlene avait embauché plusieurs infirmières qui la relayaient quand elle passait toute la journée au cabinet. Les autres jours, elle s'efforçait de rentrer à la maison pour servir son repas à Bob, et elle passait le voir entre deux rendez-vous. Depuis quelques semaines, ils étaient accompagnés par une équipe de soins palliatifs à domicile, dont une psychologue adorable censée leur faciliter ce moment tragique. Mais il n'y avait rien de facile dans l'épreuve qu'ils traversaient. Marlene était en train de perdre l'homme de sa vie, auquel elle était mariée depuis vingt ans. La triste vérité était qu'elle se retrouverait bientôt veuve, à seulement 45 ans. De son côté, Bob affrontait cette épreuve comme il avait vécu toute sa vie : avec dignité et amour.

Marlene ne pouvait concevoir la vie sans lui. Ils avaient vécu et travaillé ensemble, tout partagé, joies et fardeaux. À présent, elle ne pouvait même plus lui parler des affaires du cabinet ni des garçons car une simple conversation épuisait ses maigres forces. Aussi faisait-elle tout son possible pour le protéger et alléger son quotidien.

Marlene avait commencé à faire des cauchemars dans lesquels elle voyait Bob et les garçons mourir tous les trois dans un accident, la laissant seule au monde. Elle s'inquiétait bien plus qu'auparavant pour ses enfants, comme si son angoisse pouvait les protéger du malheur. Mais elle savait que rien ne pourrait retarder la mort de son mari.

Justin, dans le déni le plus total, parlait de la présence de son père à sa remise de diplôme, un an plus tard... Quant à Noel, il perdait peu à peu sa joie de vivre coutumière, d'autant qu'il avait consulté toutes les ressources en ligne pour s'informer en détail sur la condition de son père. Il partait souvent marcher un long moment dans la nature pour pleurer tout son saoul.

Maintenant qu'elle ne pouvait plus s'appuyer sur Bob, Marlene avait tendance à se reposer davantage sur Justin, même si elle ne s'en rendait pas toujours compte. À 17 ans, il était presque adulte et ne fuyait jamais ses responsabilités. C'était lui qui, par exemple, faisait le taxi pour son frère.

Leurs amis et voisins faisaient également montre d'une solidarité exceptionnelle. Ils passaient voir Bob pour discuter un peu avec lui, leur déposaient des petits plats maison que Marlene n'avait plus qu'à réchauffer, leur faisaient de menues courses et ramenaient Noel. Ces coups de main ponctuels étaient toujours appréciés.

L'arrivée de l'équipe de soins palliatifs, quelques semaines plus tôt, avait sonné l'entrée inéluctable dans une nouvelle phase de la maladie qui annonçait des moments plus difficiles encore. Cet été-là, Marlene n'avait même pas prévu de vacances avec les garçons. Il n'était pas question pour elle de quitter Bob, ne serait-ce que pour un week-end, de peur qu'il s'éteigne en son absence. Toute la famille vivait au jour le jour. Elle voyait Bob s'étioler sous ses yeux, et la situation était très difficile pour tous.

En ce lendemain de l'anniversaire de Peter, ses trois meilleurs amis avaient rendez-vous au ranch des

Pollock. Ils avaient prévu de se baigner dans la petite rivière qui coulait non loin de la maison, puis d'aller faire un tour à cheval si la chaleur n'était pas trop accablante. Enfin, la mère de Peter leur avait promis un bon repas au *diner* du village, où elle les déposerait en voiture. Anne et son mari en avaient discuté le matin même : leur fils et ses amis étaient maintenant assez grands pour aller seuls dans cet établissement tout à fait respectable qu'eux-mêmes fréquentaient souvent en famille.

Anne savait que cette sortie enchanterait Peter. Et en effet, il avait accueilli la nouvelle avec enthousiasme lorsqu'elle le lui avait annoncé à la table du petit déjeuner. Cette prise d'autonomie était un avant-goût de ce qui l'attendait au lycée d'ici un mois, et la confiance de ses parents l'emplissait de fierté.

Quand Matt arriva et coucha son vélo par terre devant la porte de la grange, il trouva Peter en train de reposer la lourde fourche dont il venait de se servir pour ramasser du foin. Tandis que Matt l'aidait à dérouler un nouveau ballot, Peter lui parla du repas au *diner*. Une ombre passa sur le visage de son ami.

— Oh, mais je n'ai pas d'argent sur moi.

Aucun d'entre eux n'en avait jamais, de toute façon. À Fishtail, il n'y avait rien à acheter.

— C'est ma mère qui nous invite ! le rassura Peter.

À Absarokee, où se trouvaient leur ancien collège et leur futur lycée, Matt dépensait en général son argent de poche en bonbons et, à l'occasion, en jeux vidéo. Il avait une fois tenté d'acheter un magazine coquin mais le marchand de journaux, qui l'avait reconnu, avait refusé de le lui vendre.

— Moi aussi ça m'énerve que tout le monde connaisse mes parents ! avait commenté Peter. On vit vraiment dans un trou paumé.

Ils avaient très hâte de sortir rien qu'entre eux. La plupart de leurs conversations tournaient autour des chevaux, des films qu'ils avaient envie de voir ou de leur prochain bivouac. Matt avait déjà eu un flirt, mais rien de très sérieux. Peter, lui, n'était encore jamais sorti avec une fille. Il savait que ses parents avaient son âge au moment de leur rencontre et qu'ils ne s'étaient jamais quittés depuis. Et il n'avait pas du tout envie de vivre la même chose qu'eux ! En revanche, il aurait bien aimé aller au cinéma de Billings avec une fille. Mais en attendant de rencontrer quelqu'un qui lui plairait vraiment, passer du temps avec ses copains le satisfaisait pleinement. Les chevaux et les jeux vidéo lui semblaient à la fois plus intéressants et moins mystérieux que la gent féminine...

Tim et Noel arrivèrent peu après et ils attaquèrent les sandwichs que la mère de Peter avait préparés pour eux. Puis ils pédalèrent jusqu'à la rivière, laissèrent leurs vélos contre un arbre et sautèrent à l'eau, s'éclaboussant et se coulant les uns les autres, avant de s'allonger sur l'herbe pour sécher. C'était une journée parfaite, chaude mais pas étouffante. En revenant à la maison sur le coup de 16 heures, ils décidèrent de remettre leur balade à cheval au lendemain et descendirent plutôt dans la vaste salle de loisirs en sous-sol que Pitt avait aménagée pour eux. Ils se lancèrent dans un tournoi sur la console et à 18 heures, Anne vint leur rappeler qu'il était temps qu'elle les conduise au *diner* et glissa un billet dans la poche de son fils. Ce premier repas sans adultes était une étape à marquer d'une pierre blanche !

Anne déposa la petite bande devant le restaurant et regarda les garçons entrer en se taquinant et en roulant des mécaniques. Elle redémarra, un sourire aux lèvres. Son bébé avait bien grandi. Elle n'arrivait pas à croire qu'il entrerait au lycée dans un mois à peine. Le temps passait si vite...

2

Juliet Marshall passait toutes les vacances d'été chez son père. Ainsi en avaient décidé ses parents au mois de janvier, quand Tom avait quitté New York pour venir s'installer à Fishtail. Il avait découvert ce lieu à l'occasion d'un séjour de pêche à la ligne entre collègues et il était immédiatement tombé amoureux des Beartooth et surtout de Fishtail, avec son authentique *General Store* qui fêtait un siècle d'existence. On trouvait dans cette épicerie-café-station-service tous les produits de première nécessité ainsi que quelques tee-shirts et autres menus souvenirs pour les touristes. De retour à New York, il n'avait cessé de repenser à la nature sauvage et grandiose de la région. Cela faisait longtemps qu'il rêvait de changer d'air. Il en avait assez de la course incessante, du stress permanent au bureau et de tout ce qui constituait la vie new-yorkaise. Sans compter que son couple allait à vau-l'eau depuis plusieurs années. Entre lui et son épouse Beth, la tension et les disputes étaient devenues permanentes.

À son retour, quand il avait tenté de lui parler de Fishtail et de la beauté à couper le souffle du

Montana, elle l'avait regardé comme s'il était devenu fou. N'étaient-ils pas tous deux des New-Yorkais invétérés ? Ils avaient grandi dans la métropole et y avaient passé toute leur vie. Il n'était pas question pour Beth de vivre ailleurs. Journaliste indépendante pour différents magazines, elle était très talentueuse. Beth adorait New York et n'imaginait pas que l'on puisse être d'un autre avis. Aussi s'était-elle persuadée que les plaintes de Tom n'étaient qu'une phase, une sorte de burn-out qui finirait par passer, ou plus vraisemblablement un symptôme de crise de la quarantaine qu'elle trouvait puéril pour un homme qui menait une carrière brillante à Wall Street. C'était comme si, tout à coup, son salaire mirobolant ne valait plus rien à ses yeux. L'argent et le succès avaient pourtant toujours été les dieux que Beth et lui vénéraient. Et du jour au lendemain, il voulait tout plaquer, et il s'attendait à ce que Beth le suive ? Il venait de monter son propre cabinet de conseil, et ses anciens clients avaient accepté qu'il continue à gérer leurs portefeuilles d'actions à distance, depuis les contrées sauvages du Montana. C'était à prendre ou à laisser. Il ne pouvait plus continuer comme avant, sans quoi le stress finirait par le tuer. Tom sentait qu'il avait désespérément besoin d'une vie plus saine, ce que Beth interprétait comme la trahison de tout ce qu'ils avaient construit ensemble. La séparation était devenue inévitable.

Beth était furieuse. Comment son mari pouvait-il laisser tomber son job de rêve, leur fille de 13 ans et elle-même pour aller s'enterrer dans le Montana ? Lorsque son père lui avait annoncé la nouvelle, Juliet avait eu l'impression que sa vie s'écroulait. Et quatre mois plus tard, fidèle à son projet, il avait déménagé pour de bon à Fishtail. Ce n'est qu'à ce moment-là que Beth avait compris qu'il était sérieux, et qu'elle avait décidé de demander le divorce.

Elle n'avait pourtant perçu aucun signe annonciateur de ce qu'elle appelait la « folie » de son ex-mari. Ils avaient leurs différends, comme tous les couples, et jamais elle n'aurait pu imaginer que Tom mettrait son projet à exécution. Ce changement de vie brutal avait pris de court Beth, Juliet, ainsi que tous leurs proches. D'autres couples semblaient avoir plus de problèmes qu'eux... Et voilà que du jour au lendemain, ils n'avaient plus rien en commun, hormis leur fille. Mais Juliet elle-même n'avait pu convaincre Tom de rester à New York.

Il ne supportait plus l'atmosphère de la Grosse Pomme et voulait aller « respirer les fleurs sauvages », selon sa propre expression (ce à quoi Beth avait rétorqué qu'il était allergique au pollen...). Il ne voulait plus élever sa fille dans la valeur de l'argent-roi, au détriment de l'âme et du cœur. Il avait même déclaré qu'il avait gâché la première moitié de sa vie et qu'il entendait bien se rattraper. Désormais, il aspirait à être au contact de la nature. Il voulait consacrer son temps à la randonnée, la pêche et l'équitation. Bye-bye, les transports en commun ! Aucun des arguments de Beth n'avait pu le faire changer d'avis.

Lorsqu'ils s'étaient rencontrés, dix-sept ans plus tôt, elle était salariée dans un magazine et se sentait à peu près aussi mal que Tom à Wall Street. Elle avait pris le risque de devenir journaliste indépendante, et son pari s'était révélé gagnant. Tom lui avait toujours envié cette liberté dont elle jouissait. Débarrassée des jeux de pouvoir propres aux entreprises, elle pouvait travailler et vivre à son propre rythme. Même si en vérité elle n'avait jamais trimé autant qu'en free-lance... Tom l'accusait d'être accro au travail, ce qu'elle ne niait pas. L'atmosphère ultra-élitiste de New York était son milieu naturel. Beth adorait les événements mondains et culturels, et briller dans les dîners en ville. Et elle tenait à ce que Juliet soit scolarisée dans les meilleurs établissements privés, comme elle l'avait été, avant d'intégrer une université de l'Ivy League. Plus tard, elle excellerait dans un métier passionnant et bien rémunéré. Beth ne voyait pas sa fille végéter au fin fond de la pampa.

— L'argent et le succès... Tu ne penses vraiment qu'à ça ! lui avait reproché Tom.

— Je veux seulement ce qu'il y a de mieux pour notre fille, et bien sûr que ça a un coût ! avait rétorqué

Beth, excédée. Tu es bien allé à Harvard, pourquoi est-ce qu'elle n'en ferait pas autant ?

Tous deux étaient issus de familles brillantes, aux valeurs similaires. Le père de Beth avait été à la tête d'une grosse agence de publicité, et sa mère était une éditrice de renom. Le père de Tom, quant à lui, était directeur-général d'une société d'investissement bancaire.

— Tu comptes vraiment réduire à néant tout ce que nous avons accompli pour aller vivre au sommet d'une montagne dans le Montana ? Et Juliet, alors, où as-tu l'intention de la scolariser ?

Cela avait débouché sur une dispute féroce au sujet de l'enseignement public, des avantages de la vie à la campagne, de l'importance de la nature et du fait qu'il n'en pouvait plus d'être en compétition permanente avec tout le gratin de Manhattan, sa propre épouse comprise. Il avait besoin de respirer, de vivre la « vraie » vie.

— Pour l'amour de Dieu, Tom, grandis un peu ! Tu n'as plus l'âge de jouer au cow-boy. Tu as 43 ans, un poste important pour lequel tu t'es battu toute ta vie, une femme et une fille. Tu ne peux pas tout gâcher en allant t'enterrer je ne sais où.

— Il ne s'agit pas d'aller m'enterrer quelque part, bien au contraire. Je veux juste respirer ! La vie à New York est déconnectée du réel et coûte une fortune. Dans le Montana, nous pourrions vivre comme des rois.

Beth était même restée insensible à cet argument, pourtant rationnel.

— J'en ai assez d'essayer d'impressionner des gens qui ne représentent rien pour moi, avait poursuivi Tom.

— Peut-être que tu en as assez d'être un adulte responsable parce que tu veux retomber dans l'enfance à laquelle tu n'as pas eu droit ! Mais je ne vois pas pourquoi Juliet ou moi en ferions les frais !

En effet, les parents de Tom l'avaient toujours poussé pour que leur fils réussisse sans s'interroger sur ses aspirations profondes. Et Beth s'était comportée de la même façon avec lui.

— Tu rêves de Tom Sawyer ou de Peter Pan, mais je n'ai aucune envie de me transformer en Heidi, en fée Clochette ou en Laura Ingalls ! Nous sommes des adultes, nom d'un chien ! Nous menons une vie très plaisante à laquelle je n'ai aucune raison de renoncer, et nous offrons ce qu'il y a de mieux à notre fille. Pas question que je l'en prive du jour au lendemain. Tu ne penses qu'à ta petite personne. Essaie de penser aussi à nous, pour une fois !

— Mais toi aussi, tu peux travailler de n'importe où.

— J'écris sur la politique, l'économie, les chefs d'État, la course d'un monde de plus en plus rapide... Sur quoi voudrais-tu que j'écrive au milieu de nulle part ? Sur la beauté des arbres ? Le coucher de soleil au-dessus des montagnes ? Ce n'est pas exactement mon domaine. Si tu es au bout du rouleau, offre-toi une année sabbatique, va voir un psy ou prends des antidépresseurs !

Beth ne comprenait pas ce que Tom était en train de vivre, ou elle refusait de le comprendre.

— Si je prenais une année sabbatique, je replongerais aussitôt en rentrant. Je déteste mon boulot et la vie que nous menons. J'ai besoin d'être honnête envers moi-même. Ce n'est pas un psy qui pourra y changer quoi que ce soit.

Ils avaient évolué chacun de leur côté, dans des directions opposées, et avaient atteint un point de non-retour. À 38 ans, Beth n'avait aucune envie de passer le cap de la quarantaine dans le Montana après avoir abandonné tout ce qu'elle avait construit à force de lutte. Elle n'avait aucun doute sur le bien-fondé de la vie qu'elle menait, tout comme Tom était persuadé de devoir en changer. Personne n'avait tort ou raison, leurs aspirations étaient simplement irréconciliables. Leurs disputes étaient devenues de plus en plus véhémentes et les tensions de leur vie privée avaient fini par déteindre sur le travail de Tom. Il était entré en conflit avec son patron, qui critiquait sa gestion du portefeuille de l'un de leurs clients. Tom, à bout, avait posé sa démission et les choses s'étaient encore plus envenimées avec Beth, qui l'accusait d'avoir volontairement saboté sa carrière.

Tom avait quitté la maison la semaine suivante, et Juliet avait assisté avec horreur à l'implosion de sa famille. Son père avait emménagé dans un petit meublé sinistre le temps de se retourner. Juste après Noël, il était parti pour de bon. Il avait trouvé la maison de ses rêves à Fishtail. En attendant le divorce, Beth et lui étaient convenus d'un accord temporaire pour son droit de visite.

Tom prenait l'avion toutes les six semaines pour venir voir Juliet à New York le temps d'un week-end, et Beth avait accepté de la laisser passer toutes les vacances d'été avec lui. Ils conviendraient bientôt d'un mode de garde plus durable pour la nouvelle année scolaire. Les choses n'étaient pas simples car Tom ne s'était pas contenté de partir pour une autre ville, comme Boston ou Chicago, où Juliet aurait facilement pu aller le voir. Fishtail était difficile d'accès, d'autant plus que la région était sous la neige six mois de l'année.

Les arrangements décidés par ses parents sans qu'on lui demande son avis rendaient Juliet très triste, et elle en voulait à sa mère d'avoir demandé le divorce au lieu de donner à Tom une chance de se ressaisir. Elle leur reprochait de se disputer comme des chiffonniers et était sans cesse en conflit avec sa mère. Elle était soulagée de pouvoir prendre ses distances avec elle pendant les vacances, mais encore fâchée contre son père. D'autant qu'elle ne savait pas du tout à quoi s'attendre à Fishtail. La séparation de ses parents représentait un énorme choc pour elle. Certes, les parents de beaucoup de ses amis étaient divorcés, mais ils habitaient toujours la même ville, pas un trou perdu à des milliers de kilomètres.

Juliet fut néanmoins très heureuse de revoir son père en descendant de l'avion dans le petit aéroport de Billings. Et elle eut la bonne surprise de découvrir qu'il avait loué une jolie petite maison de style victorien, déjà bien meublée par ses soins. Tom était devenu un décorateur expert, et il chinait des antiquités sur Internet. Il avait particulièrement réussi la chambre de Juliet, une pièce vaste et bien exposée au centre de laquelle trônait un superbe lit à baldaquin dégoté chez un antiquaire. Il avait même posé lui-même le papier peint. Beth lui avait envoyé sans discuter quelques affaires et les tableaux auxquels il tenait ; elle n'avait aucune envie de se disputer autour de leurs biens matériels.

Juliet constatait chaque jour à quel point son père était heureux. Et elle-même n'était pas indifférente à la beauté de son nouvel environnement. Plusieurs fois par semaine, ils prenaient la voiture pour aller faire de longues randonnées sur les sentiers de montagne. Juliet était grande et athlétique, comme son père. Elle avait toujours aimé les sports de plein air et sa mère lui avait appris à skier quand elle avait 5 ans. Mais si

Beth avait été championne de ski pendant ses études, c'était moins par amour des grands espaces que par esprit de compétition... Tom emmenait aussi souvent Juliet pêcher sur un lac tranquille des environs.

Père et fille préparaient le dîner ensemble ou essayaient des restaurants des environs. Bien sûr, ce n'était pas New York et ses amies lui manquaient, mais Juliet était heureuse de passer des moments privilégiés avec son père. Ce changement de vie lui paraissait parfaitement compréhensible. Il aimait cet endroit et la vie simple qu'il y menait. Si seulement sa mère avait pu partager sa vision des choses !

Juliet était ravie de constater que son père était moins stressé, qu'il était plus calme, plus patient, et avait beaucoup plus de temps à lui consacrer. Mais si elle-même appréciait le cadre splendide et les possibilités de balades qu'offrait Fishtail, elle ne s'imaginait pas pour autant y rester tout l'année. Tout comme sa mère, elle tenait à New York, et à sa vie là-bas. Et même si elle se disputait beaucoup avec elle ces derniers temps, elle l'aimait tout autant que son père. Juliet intégrait progressivement le fait qu'elle allait sans doute grandir avec des parents séparés, et un père à l'autre bout du pays, menant une vie radicalement différente mais peut-être plus riche de sens.

Elle se demandait parfois s'il avait commencé à voir d'autres femmes, mais n'osait pas lui poser la question. Sa mère, en tout cas, ne fréquentait personne.

Elle était encore sous le coup de la séparation et se sentait profondément trahie. Depuis son déménagement, son père paraissait plus jeune, plus joyeux et vraiment libre. Tandis que sa mère était au contraire plus tendue que jamais, d'autant qu'elle se retrouvait seule pour tout gérer. Sa fureur et son amertume la rongeaient de l'intérieur, et elle ne parlait plus à sa fille que sur un ton froid et sec. Juliet était soulagée d'échapper à ce climat de tension. Pendant son absence, Beth rattrapait son travail en retard, y compris les week-ends, dans une petite maison qu'elle louait dans les Hamptons. Juliet l'y rejoindrait quelques jours pour profiter de la plage juste avant la rentrée.

La jeune fille était inscrite dans un lycée privé très chic et très compétitif. Le fait que Juliet y ait été acceptée représentait une petite victoire pour sa mère. Beth lui répétait que décrocher son diplôme de fin d'études dans cet établissement lui permettrait ensuite d'intégrer une bonne université, à condition que ses résultats restent excellents. Elle était très fière d'elle mais faisait peser beaucoup de pression sur ses jeunes épaules. De son côté, Tom regrettait que sa fille soit si tôt lancée dans la course au pouvoir et au statut social. Il aurait préféré qu'elle puisse profiter de son adolescence.

Le niveau d'exigence de son futur lycée angoissait un peu Juliet, qui se demandait si elle réussirait à s'y faire de nouveaux amis – aucun de ses anciens camarades n'y était inscrit. C'était sa mère qui avait choisi l'établissement, comme tout le reste, et Juliet avait parfois l'impression de ne pas avoir son mot à dire sur sa propre vie. Peut-être son père avait-il éprouvé la même chose...

Un soir, après s'être régalés du poisson qu'ils avaient pêché, préparé et grillé eux-mêmes, Tom suggéra qu'ils fassent relâche le lendemain en allant manger au *diner* du village. Il n'y avait pas encore amené Juliet et il était certain que cela lui plairait. C'est ainsi qu'ils parcoururent en voiture les quelques kilomètres séparant la maison de Tom du centre de Fishtail. Le village était vraiment mignon et sympathique, avec son *General Store* et sa boutique d'antiquités.

— Tu vas voir, c'est un *diner* typique : comptoir chromé et banquettes en skaï rouge. Il y a même un vrai jukebox ! lui raconta-t-il en montrant dans le vide-poche une poignée de pièces de monnaie. Bon, les chansons qu'il passe sont aussi rétros que lui, mais c'est marrant. Et les lycéens du coin y viennent souvent.

Juliet n'avait croisé aucun autre adolescent depuis son arrivée, et Tom ne s'était pas encore fait d'amis. Ils passaient donc tout leur temps ensemble, mais c'était aussi pour ça que Juliet était venue le voir.

Tom gara son pick-up rouge flambant neuf juste devant le restaurant. L'établissement semblait tout droit sorti des années 1950 et avait beaucoup de charme. La jeune fille entra dans le *diner* à la suite de son père, vêtue d'un short en jean effrangé, d'un tee-shirt et de baskets montantes. Ses longs cheveux blonds étaient nattés dans son dos. Même sans maquillage et malgré la simplicité de sa tenue, elle faisait plus que ses 14 ans. Tom avait remarqué que, contrairement à ceux de New York, les jeunes de la région semblaient conserver une part d'enfance dans leur façon de s'habiller et de se comporter : ils paraissaient plus détendus, plus spontanés.

Juliet remarqua aussitôt une bande de garçons qui riaient fort au fond de l'établissement. Puis elle parcourut du regard le reste de la salle, où les gens bavardaient tranquillement. Son père lui conseilla les tenders de poulet ou le pain de viande, ce qui la fit sourire. À New York, il ne touchait jamais à ce genre de plats. Sa mère militait pour une alimentation saine à base de crudités, essayait de glisser du chou kale à tous les repas et bannissait les féculents. Juliet prit plaisir à commander un cheeseburger avec tous les accompagnements possibles tandis que Tom se décidait pour le pain de viande. Puis il posa les pièces de monnaie sur la table et désigna le jukebox.

— Allez, mets-nous un peu de musique !

Il était à peu près certain que les vieilles chansons ne diraient rien à Juliet mais la jeune fille, le sourire aux lèvres, se dirigea vers l'appareil avec les pièces dans la main. Elle lut attentivement la liste des titres et, contrairement à ce qu'avait annoncé son père, elle en reconnut certains, dont plusieurs qu'elle aimait bien. Elle était en train d'appuyer sur les boutons quand l'un des garçons de la table du fond s'approcha. Il était grand et blond. Se sentant examinée de la tête aux pieds, elle tourna la tête et lui adressa un sourire timide. Il rougit aussitôt jusqu'aux oreilles. Le teint clair hérité de sa mère le mettait souvent dans l'embarras.

— Mon père dit qu'ils n'ont pas changé les disques depuis qu'il était gamin, raconta-t-il d'un ton aimable. Ils sont préhistoriques. Enfin il y en a quelques bons quand même.

— Oui, mon père aussi dit que ça lui rappelle sa jeunesse. Qu'est-ce que tu as envie de mettre, toi ? demanda-t-elle en lui tendant une pièce.

Pour un quart de dollar, on pouvait sélectionner trois titres, et ajouter plus de pièces avant de lancer la musique.

— Merci. Tu viens d'où ? demanda-t-il alors qu'elle remettait à son tour une pièce dans la machine.

— De New York. Mon père a emménagé ici en janvier. Je passe les vacances chez lui. Et toi, tu es d'ici ?

— Oui, m'dame, confirma-t-il en faisant mine de toucher le bord d'un chapeau de cow-boy imaginaire.

Il sembla ensuite à Juliet qu'il rassemblait tout son courage pour lui demander :

— Est-ce que tu montes à cheval ?

— Oui, j'aime bien ça. Pourquoi ?
— Demain, on part en balade avec mes potes. Ça te dirait de venir avec nous ? On prend les chevaux pour aller se baigner au lac.

Elle hésita, gênée. C'était très tentant, mais... elle ne le connaissait pas, et ses amis encore moins !

— Oh, pardon, j'aurais dû commencer par le commencement. Moi, c'est Peter. Peter Pollock, dit-il en lui tendant la main.

— Juliet Marshall, répondit-elle avec un grand sourire.

— J'habite le grand ranch, juste à la sortie du village sur la route principale. Je demanderai à mon père de te donner un cheval facile. Et le lac n'est pas très loin. Prends mon numéro, comme ça tu m'appelles ou tu m'envoies un SMS pour me dire si tu peux venir, d'accord ? On emportera un pique-nique. Ma mère a toujours peur qu'on meure de faim !

Juliet rit et vit que son père lui faisait signe : son burger était servi. Elle prit rapidement congé de Peter et revint à sa place. Le pain de viande dans l'assiette de Tom paraissait gargantuesque.

— Je pensais que tu allais nous passer quelques morceaux, pas un concert ! C'était qui, ce garçon ? demanda-t-il tandis que les premières notes d'une chanson entraînante démarraient.

Le garçon était apparu dès que Juliet s'était approchée du jukebox. Tom réalisa que c'était une scène qu'il allait voir de plus en plus souvent dans les années à venir. Juliet était un beau brin de fille. On la remarquait tout de suite. Le garçon blond portait lui aussi l'uniforme de leur âge : jean, tee-shirt, et les mêmes baskets montantes que Juliet. Mais Tom ne put s'empêcher de se dire que sa fille était plus sophistiquée. On voyait tout de suite qu'elle était citadine, avec ses baskets immaculées, ses cheveux bien coupés et ses ongles impeccables.

— Il s'appelle Peter Pollock. Il m'a invitée à faire un tour à cheval demain, pour aller pique-niquer au bord d'un lac. Je peux y aller ? demanda-t-elle simplement.

Tom prit un instant pour réfléchir. Il ne connaissait pas ce garçon mais il savait que Juliet serait heureuse de se faire des amis dans la région.

— Pollock, répéta Tom. Si c'est la famille à laquelle je pense, ils possèdent l'un des plus gros ranchs de l'État.

— Il a proposé de me prêter un cheval pour la balade. Il m'a donné son numéro pour que je lui dise si je peux venir.

— Ça te ferait plaisir ?

— Hmm, je ne sais pas... Ce burger est incroyable ! Il a l'air sympa. Ça pourrait être chouette d'avoir des copains quand je viens te voir.

— Oui, c'est ce que je me disais aussi. Je vais appeler ses parents pour savoir de quoi il retourne exactement. Je ne voudrais pas que tu traînes avec une bande peu recommandable. Est-ce qu'il y aura d'autres filles ?

Dans l'esprit de Tom, les filles avaient le don de calmer le jeu. Mais Juliet savait que ce n'était pas toujours le cas.

— Il n'en a pas mentionné d'autres, non.

— J'appelle sa mère ce soir.

Juliet leva les yeux au ciel.

— Tu es vraiment obligé, papa ? Je vais passer pour un bébé !

Il sourit en voyant sa tête.

— Ta mère fait pareil quand tu es invitée par des gens que nous ne connaissons pas, non ?

— Si, et tout le monde pense qu'elle flippe pour rien. Et moi je passe pour un gros bébé. J'ai 14 ans, je te rappelle !

— Ils peuvent bien croire que je « flippe pour rien », comme tu dis, ça m'est égal. Je ne les connais pas, leur fils non plus, et je tiens à ma fille.

— Tu ne me fais pas confiance ?

— Bien sûr que si. C'est du reste du monde que je me méfie. Du moins quand ta sécurité est en jeu.

— Je suis sûre que maman appellera encore les parents des gens qui m'invitent quand j'aurai 50 ans !

Tom rit, et se fit la réflexion sans le dire que c'était fort possible. Beth était une mère ultra-protectrice et extrêmement méfiante. Elle s'assurait toujours que des parents étaient présents et qu'elle pouvait compter sur leur surveillance attentive.

— D'ici là, je pense qu'elle aura lâché prise... Mais peut-être pas avant, en effet ! plaisanta Tom.

Il commanda une tarte aux pommes pour le dessert, à la grande surprise de Juliet, qui lui dit d'un air faussement sévère :

— Tu vas grossir, papa. Tu ne mangeais jamais comme ça à New York.

— Parce que ta mère m'en empêchait. Figure-toi que le grand air m'ouvre l'appétit !

— On dirait que ça te fait du bien, le rassura Juliet en souriant.

Pour tout dire, il était jusque-là un peu trop maigre, entre le stress et l'obsession de Beth pour une nourriture ultra-saine.

Il était en train de terminer sa part d'*apple pie* accompagnée d'une boule de glace à la vanille lorsque Peter, qui s'apprêtait à sortir avec ses amis, s'arrêta devant leur table.

— Bonjour, monsieur, dit-il très respectueusement. Je m'appelle Peter. On a juste prévu d'aller à un lac, pas loin de chez moi. Ne vous inquiétez pas, je lui donnerai un cheval très tranquille. Alors, Juliet, tu peux venir ? ajouta-t-il, plein d'espoir.

Tom répondit pour sa fille.

— Je vais appeler tes parents pour leur en parler. En tout cas, merci pour l'invitation, Peter. Juliet commençait à s'ennuyer un peu avec moi.

— Sinon, tu aimes bien jouer à la console ? demanda encore Peter.

— Ça m'arrive, répondit prudemment la jeune fille.

Elle n'était pas spécialement fan de jeux vidéo, pour elle c'était un truc de garçons. En revanche, elle adorait les échecs. Il lui arrivait de battre son père, qui lui avait appris les règles du jeu, et ils sortaient l'échiquier tous les soirs depuis son arrivée. Ces moments de complicité père-fille lui avaient manqué.

— Alors à demain, Juliet ! Bonne soirée, monsieur.

Peter se dépêcha de rejoindre ses amis qui l'attendaient devant la porte. Tom remarqua la grosse voiture, conduite par une femme, qui passa les prendre quelques instants plus tard. Cela le rassura, au même titre que la politesse de Peter : ces gens s'occupaient bien de leur fils. Et tous les garçons de la petite bande avaient encore un air enfantin et ingénu.

— Bon, on dirait que ce sont de braves gamins, commenta Tom lorsque Juliet et lui quittèrent à leur tour le restaurant.

Comme annoncé, il appela dès leur retour. Le garçon avait prévenu sa mère, qui décrocha elle-même.

Tom lui trouva une voix jeune et dynamique. Les quatre garçons étaient maintenant dans sa cuisine, en train d'engloutir des glaces et des *s'mores*. Ces petits sandwichs de guimauve fondue entre deux biscuits, nappés de chocolat, étaient addictifs.

Tom se présenta :

— Votre fils Peter a très gentiment invité ma fille à faire une promenade à cheval demain.

— Oui, il m'en a parlé, répondit joyeusement Anne. Il y aura les trois amis que vous avez vus au restaurant. Je les connais depuis tout petits et je leur fais autant confiance qu'à mon propre fils. Ce sont vraiment de bons garçons, pas du genre à faire des folies. Le programme est celui que Peter vous a annoncé : pique-nique et baignade dans le lac. Nous ne les laissons monter que nos chevaux les plus calmes et dociles. Votre fille a déjà fait de l'équitation ?

— Oui, oui, elle monte souvent.

— Ah, parfait.

Anne était soulagée. Elle n'aurait pas voulu que la jeune inconnue tombe, se blesse, et que ses parents lui intentent un procès !

— Peter m'a dit que vous venez juste d'emménager dans la région ? poursuivit-elle. Il faudra que vous passiez nous voir pour faire connaissance. À Fishtail, on se sent parfois un peu isolé !

— C'est vrai, je n'ai pas encore rencontré beaucoup de monde, mais depuis mon arrivée je prends beaucoup de plaisir à explorer la région... et à me remettre de l'agitation new-yorkaise !

Anne se mit à rire.

— Ça doit vous faire un drôle de changement ! Bon, eh bien j'ai hâte de rencontrer Juliet demain.

Je serai là quand ils partiront. Juliet est aussi la bienvenue pour passer un moment chez nous au retour de leur balade... si elle n'en a pas marre de tous ces garçons !

Tom donna le feu vert à sa fille aussitôt après avoir raccroché. Ce soir-là, elle le battit une fois de plus aux échecs. Elle avait l'air vraiment ravie de se joindre au petit groupe le lendemain. Et Tom en profiterait pour rencontrer les Pollock, dont il entendait parler depuis son arrivée à Fishtail. Il était agréablement surpris des manières simples et chaleureuses d'Anne, car les gens considéraient un peu cette famille comme les seigneurs des environs. Les jeunes faisaient moins de chichis. En était pour preuve la facilité désarmante avec laquelle Juliet s'était déjà fait des amis.

3

Le lendemain, Tom Marshall demanda au pompiste qui lui faisait le plein comment se rendre au ranch des Pollock.

— Oh, c'est facile. Un peu après la sortie du village, il y a une borne et un panneau qui indiquent un chemin de terre sur la droite. Vous roulez un moment dessus, et vous tombez sur le ranch des Pollock. Vous pouvez pas le rater.

Tom avait déjà vu le panneau mais n'y avait guère prêté attention jusque-là puisqu'il n'avait aucune raison d'y aller. De la route principale, on ne voyait ni la maison, ni les bâtiments agricoles, ni même les prairies et les chevaux.

Après avoir suivi le chemin de terre sur plusieurs kilomètres, Tom et Juliet se retrouvèrent au milieu d'une ensemble de bâtiments agricoles, tous immenses et repeints de frais, avec des flèches qui indiquaient les différentes écuries et stabulations. L'aire centrale servait de carrefour à plusieurs chemins privés. Quant à la vaste maison d'habitation en pierre, un peu à l'écart, elle trônait au milieu d'une pelouse parfaitement entretenue, entre des arbres presque centenaires. En approchant, ils remarquèrent une superbe piscine à l'arrière, ainsi que plusieurs dépendances. L'une d'elles était le bâtiment administratif, où Anne et Pitt avaient chacun leur bureau.

Anne les avait entendus arriver et elle se tenait sur le perron, entourée des quatre garçons.

— Vous êtes ponctuels ! remarqua Anne en souriant.

Peter présenta Juliet à ses amis et tout le monde se mit à parler en même temps. Peter et Matt portaient les sacoches de selle qui contenaient le pique-nique préparé par Anne.

— Les garçons connaissent le coin comme leur poche, dit-elle pour rassurer Tom. Le lac n'est qu'à quelques kilomètres, dans les collines, et la piste qui y monte est vraiment facile.

Tom et Anne suivirent les jeunes jusqu'à l'écurie. Les chevaux étaient déjà tous harnachés, il n'y avait plus qu'à installer les sacoches avant de partir.

Pitt passa saluer le petit groupe.

— Ravi de faire votre connaissance, monsieur Marshall.

— Appelez-moi Tom, je vous en prie !

— Moi, c'est Pitt. Il faut absolument que vous et votre fille veniez dîner à la maison un de ces jours. Amusez-vous bien, les jeunes ! Je m'excuse, j'ai une journée un peu chargée, ajouta-t-il avant de filer.

Tom regarda Juliet se mettre en selle sur un cheval apathique qui semblait aussi docile que l'avait promis Peter.

— C'est l'une des doyennes du ranch, expliqua Anne en flattant l'encolure de la jument. Elle est très aimable, elle ne causera aucun tracas à Juliet. Au fait, vous avez bien fait d'appeler, hier soir. J'en aurais fait autant si j'avais une fille – d'ailleurs je l'aurais fait aussi pour Peter. On ne sait jamais si les autres parents sont vraiment responsables... C'est toujours bon de vérifier. Et ça ne fait pas de mal à Peter de voir que les autres parents prennent les mêmes précautions que moi. Autrement, il a tendance à me prendre pour une maniaque de la sécurité !

Tom ne put s'empêcher de remarquer à quel point Anne était jolie. Elle semblait un peu plus jeune que Beth, et son teint avait quelque chose de frais et naturel qui respirait la santé. Beth était une femme chic, sophistiquée, passionnée et sous tension permanente : un pur produit de la vie new-yorkaise.

— Oui, Juliette déteste que je fasse ça, mais sa mère et moi sommes intransigeants sur ce point. Enfin... pour le moment. D'ici peu, nous ne pourrons plus le lui imposer. Mais à 14 ans, je veux savoir où elle va, et avec qui.

— Je suis parfaitement d'accord avec vous !

Les cinq adolescents étaient maintenant en selle, prêts à partir. Juliet portait le chapeau de cow-boy que son père lui avait offert à son arrivée. Anne leur souhaita une bonne sortie et leur rappela de ramasser tous leurs déchets et de ne rien laisser au bord du lac. Peter leva les yeux au ciel, l'air exaspéré, et ils se mirent en marche en file indienne le long d'un des chemins de la propriété qui les mènerait jusqu'au pied de la montagne. Peter ouvrait la marche, juste devant Juliet, et tous bavardaient gaiement. Vingt minutes plus tard, au milieu d'un bois, ils quittèrent le sentier et traversèrent une clairière. Tout à coup, le lac apparut. Il n'était pas immense mais très pittoresque, et bordé d'une étroite plage de sable. Peter et Matt mirent pied à terre, déchargèrent les sacoches, et tous étendirent des couvertures sur le sable. Ils déballèrent aussitôt le pique-nique et l'engloutirent. Les sandwichs au poulet préparés par Anne étaient délicieux, tout comme les cookies et la citronnade faite maison.

— Ta mère est trop forte pour les pique-niques ! déclara Tim avec son léger défaut d'élocution. Alors que la mienne...

Les autres garçons éclatèrent de rire et expliquèrent à Juliet que la mère de Tim n'était pas précisément un cordon-bleu, bien qu'elle ait d'autres qualités.

— Ma mère non plus ne cuisine pas très bien, reconnut Juliet, compatissante.

Elle trouvait ses quatre nouveaux camarades très sympathiques et avait eu beaucoup de plaisir à bavarder avec Matt en chemin. Il lui avait parlé de son intérêt pour l'informatique et s'était déclaré ravi de ne pas avoir son petit frère un peu trop collant sur le dos.

— Heureusement, cette semaine, ils l'ont envoyé au centre de loisirs. À l'heure qu'il est, il doit être en train de faire de la poterie ou de la peinture... D'habitude, il nous suit partout.

Juliet apprenait peu à peu à connaître chacun. Peter lui avait soufflé à l'oreille que le père de Noel était gravement malade, ce qui l'avait beaucoup attristée. Elle avait aussi entraperçu la pompe à insuline de Noel, mais n'avait pas posé de questions : l'une de ses amies en portait une toute semblable. Au fil de la conversation, elle entendit aussi parler de Justin, le frère aîné de Noel, qui aidait leur mère à prendre soin de leur père malade et s'occupait beaucoup de Noel.

Juliet avait rapidement compris que les garçons avaient grandi ensemble, comme des frères. Et elle était un peu déçue qu'aucun d'entre eux n'ait de sœur. Quatre garçons, un grand et un petit frère, mais pas une seule fille...

Ils ramassèrent leurs déchets et les remirent dans les sacoches avant d'aller se baigner. Plongeant comme des marsouins, ils jouèrent à différents jeux, et Juliet ne fut pas en reste. Elle était presque aussi grande et forte que ses camarades – elle dépassait même Noel de plusieurs centimètres – et ils s'amusèrent comme des fous. Peter gardait toujours un œil sur elle et se montrait très prévenant. Après la baignade, ils s'étendirent sur leurs serviettes et se laissèrent sécher au soleil. À 16 heures, ils prirent le chemin du retour et se retrouvèrent bientôt au ranch. Ils menèrent les chevaux à l'écurie, les dessellèrent, les bouchonnèrent et leur donnèrent du foin. Ils avaient passé une très belle journée, la meilleure pour Juliet depuis son arrivée.

Ensuite, ils rentrèrent à la maison et jouèrent à la console pendant un moment. Anne leur avait même laissé un goûter dans la salle de jeux et Juliet se dit que Peter avait vraiment de la chance. En plus, ses parents semblaient être encore amoureux. Tim avait évoqué le fait que les siens étaient divorcés, et que son père travaillait sur des plateformes pétrolières un peu partout dans le monde. Quant à Noel, il ne parlait presque pas de son père et semblait toujours soucieux. Il était sur le point de rentrer chez lui à vélo, avant les autres, lorsque le père de Juliet arriva et lui proposa de le ramener en même temps. Il plaça le vélo à l'arrière du pick-up et Noel lui indiqua où il habitait : c'était tout près de chez eux.

Juliet eut le souffle coupé en voyant apparaître le grand frère de Noel, qui était sorti les aider à décharger le vélo. Il était vraiment très beau, très brun, et semblait très mûr avec sa large carrure et ses bras musclés, mais il ne lui prêta pas la moindre attention.

Il remercia simplement Tom d'avoir ramené Noel avant de rentrer avec son frère. Juliet était frappée par l'attitude réfléchie, presque adulte, de Justin. C'était sans doute lié à la maladie de leur père.

— Ils ont l'air d'être tous sympathiques et très bien élevés, commenta Tom. Toute la bande, en fait.

Anne l'avait informé de la triste situation dans laquelle se trouvait la famille de Noel et de l'inquiétude au sujet de la façon dont les enfants allaient gérer la suite, mais aussi de la solidarité indéfectible qui unissait le groupe. Il songeait à tout cela sur le chemin du retour.

Juliet confirma qu'ils s'étaient tous montrés très gentils avec elle. Une belle camaraderie unissait les garçons, et sa présence n'y changeait rien. Elle ne le dit pas à son père, mais elle avait l'impression qu'elle plaisait bien à Peter même s'il faisait preuve d'un sens de l'hospitalité dépourvu de toute ambiguïté, veillant juste à ce qu'elle s'amuse bien. Tous avaient été impressionnés par son aisance à cheval. Juliet n'avait rien à envier aux filles du coin qui avaient pratiquement su monter avant de savoir marcher. La seule ombre au tableau était que Peter n'avait définitivement pas réussi à enthousiasmer Juliet avec son jeu vidéo préféré...

Ils allaient tous se revoir très vite car Juliet était invitée à une partie de pêche en leur compagnie, et elle leur avait proposé d'aller voir un rodéo avec son père et elle, un spectacle toujours très apprécié. La mère de Peter avait été sacrée reine du rodéo deux ans de suite, juste avant de se marier. Juliet l'appréciait beaucoup. Anne était une femme chaleureuse et aimante. Il était évident qu'elle adorait son fils unique, dont elle accueillait les amis à bras ouverts. D'ailleurs, ce soir-là, comme souvent, Tim et Matt étaient restés dormir au ranch. Noel, pour sa part, tenait à rentrer chez lui au cas où il arriverait quelque chose. Pourtant, Marlene encourageait ses deux garçons à sortir avec leurs amis plutôt qu'à rester dans l'ambiance pesante de la maison. Bob passait désormais la plupart de son temps à somnoler, assommé par les médicaments.

Comme promis, Pitt Pollock et Bill Brown emmenèrent les cinq adolescents à la pêche le samedi suivant. Peter avait invité Juliet à se joindre à eux, et son père avait donné sa permission. Tous furent une fois de plus impressionnés par la débrouillardise de Juliet. Elle était bien plus courageuse et drôle que la plupart des filles qu'ils connaissaient ! Les garçons craignaient un peu qu'elle se mette à crier à la vue des vers qu'ils utilisaient comme appât. Au lieu de quoi elle n'hésita pas une seconde à les accrocher elle-même à son hameçon. Puis, forte de ses deux semaines d'entraînement avec son père, elle attrapa deux belles truites.

Le soir même, Tom fut convié à dîner au ranch pour déguster les prises du jour, délicieusement cuisinées par Pitt. À table, Anne constata que son fils était en train de tomber sous le charme de Juliet, et cela la fit sourire. Elle en glissa un mot à Tom après le repas, alors que les jeunes étaient partis jouer au foot sur la vaste pelouse.

— J'ai l'impression que mon fils est en train de vivre son premier gros coup de cœur !

— Juliet aussi semble très contente de passer du temps avec Peter, reconnut Tom. Jusqu'à maintenant, elle ne s'intéressait pas vraiment aux garçons. Elle a beaucoup travaillé, l'année dernière, pour être admise au lycée très élitiste qu'elle intégrera à la rentrée. Et il faudra qu'elle bûche encore plus cette année. Pour ma part, je pense qu'elle doit aussi profiter de son adolescence, mais sa mère place la barre très haut !

Il ne précisa pas que tout au long de leur relation, Beth avait fait peser sur lui le même type de pression... Et qu'il avait fini par s'enfuir. Il n'en était pas fier mais il ne regrettait en rien son nouveau mode de vie.

— Ils sont mignons, ensemble, commenta Anne. Et c'est sans conséquence... Ce n'est pas comme s'ils étaient prêts pour le grand amour, à leur âge !

Pitt s'étouffa avec sa gorgée de vin.

— Chérie, tu as la mémoire courte ! Tu oublies que nous avions leur âge quand je suis tombé raide dingue de toi. Ce qui nous ramène combien d'années en arrière ? Déjà vingt-trois ! Ne sous-estime pas la puissance des sentiments, surtout chez les adolescents.

Anne sourit.

— Le monde était complètement différent, à l'époque. Tout était tellement plus innocent... Aujourd'hui, les jeunes vivent dans un monde plus complexe. Mais je persiste à penser que nos enfants ne sont pas prêts pour des relations sérieuses. Ils vont à la pêche, jouent à des jeux vidéo... c'est tout ce dont ils se soucient vraiment, pour le moment.

— Donne-leur quelques mois, un an tout au plus, répondit Pitt. Tout change quand ils passent au lycée, ça donne des idées aux filles comme aux garçons. Si ton père ne m'avait pas inspiré une sainte terreur, laisse-moi te dire que je me serais montré beaucoup plus entreprenant avec toi, à l'époque.

Tous trois éclatèrent de rire et Pitt reprit :

— Oui, j'étais certain qu'il m'aurait tué à la moindre incartade. On en a bien profité dès qu'on a été à l'université !

Anne se pencha pour déposer un petit baiser sur les lèvres de son mari, qui ajouta :

— Au moins, on a attendu jusque-là. Je suis certain que les lycéens sont bien plus dégourdis, de nos jours !

— Ne dis pas n'importe quoi, Pitt, tu fais une peur bleue à Tom ! le réprimanda Anne.

— Je ne m'inquiète pas pour Juliet, la rassura Tom en riant. Tomber amoureux au lycée et être encore ensemble vingt-trois ans plus tard, ce n'est pas commun.

— Tu peux le dire, confirma Pitt. On mesure notre chance.

Tom ne pouvait qu'envier leur relation, visiblement solide et harmonieuse.

— Malheureusement ça ne s'est pas passé comme ça, entre la mère de Juliet et moi. Quand on s'est rencontrés, il y a dix-sept ans, on était vraiment sur la même longueur d'onde. Et puis au bout de dix ans, ça a commencé à dérailler. Elle est devenue de plus en plus ambitieuse et accaparée par son travail. De mon côté, je commençais à en avoir assez de l'univers de Wall Street. Je voyais aussi les sacrifices qu'il fallait encore faire pour continuer à grimper les échelons et, au bout d'un moment, il m'a semblé que le jeu n'en valait pas la chandelle. Entre la compétition, les jeux de pouvoir, les mensonges permanents, je me sentais étouffer. J'ai compris qu'il fallait absolument que je m'échappe de cette jungle avant qu'elle me dévore tout cru. Et c'est comme ça que j'ai atterri à Fishtail.

Il avait parlé d'un ton calme et posé, quoiqu'un peu mélancolique. Son divorce avait un goût amer de capitulation, mais c'était le prix à payer pour sauver son âme.

— Eh bien ! Comment Juliet réagit-elle, maintenant que ton ex et toi menez des vies tellement différentes ? demanda Anne.

— Elle est un peu déboussolée, mais que faire ? Je ne peux vraiment plus me mentir. Ce en quoi je croyais autrefois a failli me détruire et je ne veux pas que ma fille suive le même chemin, broyée par la machine impitoyable de la course à la réussite. En fait, je ne crois plus que l'argent et le prestige social constituent une réussite. J'adore la vie que je mène ici et je veux que Juliet voie que ça n'a pas moins de valeur, bien au contraire. En découvrant différents modes de vie, elle pourra faire ses propres choix plus tard.

— Tu as raison, on ne peut rien décider à leur place. Peter veut suivre notre exemple, rester à Fishtail et gérer le ranch après ses études. Du moins c'est ce qu'il dit pour le moment. Mais Matt, le fils de Bill Brown, ne rêve que de s'enfuir d'ici pour aller travailler dans la tech, dans la Silicon Valley. Je ne peux pas nier que nous menons une vie particulière. Pour certains, c'est le paradis, pour d'autres, c'est pire qu'une condamnation à mort.

Bill Brown, qui venait d'arriver pour chercher Matt, corrobora les dires de son ami :

— Ah, ça c'est sûr. Matt ne pense qu'à prendre le large. Ça me brise le cœur de me dire qu'il ne reprendra pas le ranch, mais de quel droit est-ce que je pourrais l'empêcher de partir ? Mon fils cadet, Benjie, jure qu'il passera toute sa vie ici, mais il a tout juste 6 ans. Il dit qu'il veut devenir clown de rodéo ! Et franchement, je l'en crois capable. Avec un peu de chance, l'un des deux changera d'avis... Mais il faut reconnaître qu'être éleveur de vaches et de moutons, ce n'est pas très glamour.

Bill avait accompagné cette remarque d'une grimace qui fit rire les autres.

— Remarquez, ce n'était pas mon rêve non plus, et pourtant j'adore ce que je fais, poursuivit-il. Ma chance, c'est que Pattie aime autant que moi la vie à la ferme. Mais personne ne peut prédire la voie que choisiront nos enfants. Ça dépendra aussi de leurs rencontres et de la personne avec qui ils voudront faire leur vie.

La conversation glissa sur Marlene Wylie, qui devait tout gérer de front et ne savait pas comment elle s'en sortirait sans Bob. Ils filaient un bonheur sans nuage, jusqu'à ce que la maladie le frappe de plein fouet. À présent, toute la famille vivait dans l'attente du pire. Tom n'avait pas encore rencontré les Wylie, mais il était touché par cette histoire tragique.

Il était déjà tard quand ils se séparèrent. Dans la voiture, sur le chemin du retour, Tom déclara à Juliet qu'il était ravi de sa soirée, et qu'il trouvait tous les jeunes de la petite bande charmants et bien élevés. Quant aux parents, ils n'étaient pas prétentieux pour deux sous et avaient de solides valeurs. Rien à voir avec les snobs cupides et arrogants qu'il avait été amené à côtoyer bien malgré lui à New York. Maintenant qu'il était à son compte, Tom adorait ses clients, qu'il avait triés sur le volet. Il ne comprenait pas que Beth accepte de vivre dans ce panier de crabes, tout cela pour pouvoir affirmer qu'elle avait « réussi ». Aux yeux de Tom, c'était un signe de défaite totale ! En habitant à Fishtail, il ne changeait certes pas la face du monde, mais il était plus heureux que jamais. Même s'il souffrait parfois un peu de la solitude... D'un autre côté, cela faisait plusieurs années qu'il se sentait tout aussi seul en compagnie de Beth. Ils étaient devenus des étrangers l'un pour l'autre bien longtemps avant qu'il ne décide de partir. Et depuis, la guerre était déclarée. Tom n'imaginait même pas qu'ils puissent rester bons amis : le moindre contact était hostile et douloureux. La seule chose qui les unissait encore était Juliet. Et, ainsi que l'avait fait remarquer Anne, il ne devait pas être facile pour l'adolescente de trouver sa place, tiraillée entre deux parents qui en étaient venus à se détester et avaient maintenant des visions de la vie radicalement opposées. Mais pour le moment, bien que Tom se culpabilise souvent de l'avoir placée dans cette situation, Juliet semblait aller bien.

— Tu as passé une bonne journée ? lui demanda-t-il.

— Oui, ils sont tous très gentils. J'aime beaucoup Anne. Pattie, la mère de Matt, a l'air un peu plus nerveuse. Mais Anne est toujours posée et de bonne humeur.

Après ces moments passés avec eux, Tom savait pourquoi : le bonheur conjugal des Pollock était complet. En s'aimant aussi sincèrement et profondément, ils faisaient rayonner autour d'eux une sérénité et une joie de vivre communicatives. Tom se dit que c'était à cela, et à rien d'autre, qu'aurait dû ressembler une vie de couple.

Juliet monta se coucher dès qu'ils arrivèrent à la maison. Elle s'écroula, morte de fatigue, en songeant à Peter. Elle l'aimait beaucoup et sentait bien qu'elle lui plaisait aussi, mais il n'était pas encore question d'en parler à son père. Peter oserait-il l'embrasser avant la fin des vacances ? Elle l'espérait... Elle s'endormit, un sourire aux lèvres. Que c'était bon, d'avoir un aussi doux secret !

4

Un matin, quelques jours après le dîner chez les Pollock, Tom trouva dans la cuisine Juliet en train de confectionner une montagne de sandwichs. Elle semblait préparer à manger pour tout un régiment, ajoutant des fruits et des barres de céréales.

— C'est pour qui, tout ça ? demanda Tom en se servant une tasse de café.

— On retourne se baigner, aujourd'hui. J'ai proposé d'apporter le pique-nique. C'est la moindre des choses, ils ont tous été tellement gentils avec moi ! Tu veux bien m'emmener chez les Pollock quand tu auras fini ton petit déjeuner ?

Elle avait dévalisé le réfrigérateur et le placard pour réaliser deux sortes de sandwichs : des salés au poulet et les très traditionnels sucrés à la confiture et au beurre de cacahuètes – elle avait même pensé à vérifier que personne n'y était allergique. Peter, lui, apporterait du gâteau.

En entendant les garçons parler du week-end sous la tente qu'ils passeraient bientôt tous ensemble, Juliet s'était prise à rêver de pouvoir y aller avec eux. Mais

elle serait déjà rentrée à New York, à ce moment-là...
Elle attendit que son père ait avalé son café accompagné d'un toast beurré, puis ils prirent la voiture pour rejoindre le ranch.

— Il se pourrait que je reste dîner chez les Pollock ce soir... Je t'appelle pour que tu viennes me chercher ?

Tom n'avait rien de mieux à faire, et il était ravi de jouer les chauffeurs.

— Sois prudente, lui dit-il, plus par habitude qu'autre chose, lorsqu'elle descendit de voiture avec ses sacs pleins de provisions.

— Mais oui, papa. On va juste se baigner, comme l'autre fois.

Bonne nageuse, Juliet faisait de la compétition dans un club de natation. Elle portait son maillot de bain sous ses vêtements et avait noué un sweat autour de ses épaules au cas où la soirée serait fraîche. Cette fois-ci, le lieu de la baignade était une cascade au pied du pic Granit. D'après les garçons, le site était magique et Juliet avait hâte d'y être, d'autant qu'ils s'y rendaient de nouveau à cheval.

Peter, toujours attentionné, avait dit à Noel qu'il pouvait proposer à Justin de venir. Tout le monde adorait cette cascade à l'eau délicieusement fraîche, même les jours de canicule, et Justin avait accepté avec gratitude. Il ne supportait plus de rester enfermé à la maison. Les infirmiers avaient beau être très gentils, leur présence lui rappelait à chaque instant que son père était sur le point de mourir. Vivre avec cette épée de Damoclès au-dessus de la tête était épuisant. Il ne s'en rendait même plus compte, mais il avait désespérément besoin de moments où il pouvait redevenir un ado comme les autres et renouer avec un peu d'insouciance.

Bob se sentait particulièrement fatigué. Il avait pourtant insisté pour que sa femme aille au cabinet pour honorer un rendez-vous avec un nouveau client important. Elle avait donc demandé à Pattie Brown si elle voulait bien venir tenir compagnie à Bob. Cela rassurait d'autant plus Marlene que son amie était elle-même de la profession, et Bob avait toujours adoré Pattie et son sens de l'humour mordant. Ses visites lui redonnaient le sourire.

Pattie annonça la mauvaise nouvelle à Matt à la table du petit déjeuner : il allait devoir emmener Benjie avec lui.

— Je suis désolée, mon chéri, mais je ne peux pas faire autrement. Impossible de le laisser seul à la maison, et je ne peux pas non plus l'emmener chez les Wylie, c'est bien trop sinistre.

Matt laissa échapper un grognement.

— Pourquoi est-ce que Benjie ne peut pas rester avec papa ? Aujourd'hui on va pique-niquer à la cascade...

— Ton père est trop occupé pour le surveiller. Et puis ça fera tellement plaisir à Benjie d'aller se baigner... Je te demande juste de l'avoir à l'œil. Je n'ai pas d'autre solution pour aujourd'hui. J'ai promis à Marlene que je m'occuperais de Bob, et je lui dois bien ça...

Matt était encore contrarié lorsque Pattie le déposa avec son frère chez Peter.

— J'en ai marre, il gâche toujours tout, se plaignit-il aussitôt à son ami.

— Mais non, le consola Peter. Ça ne change rien. Quand il était petit, c'est vrai que c'était pénible. Mais maintenant, il sait nager. On lui donnera un cheval facile et je le mènerai avec une longe. Et puis on le surveillera tous. On aurait pu y aller un autre jour, mais Juliet a déjà fait des sandwichs pour tout le monde...

Justin et Noel arrivèrent peu de temps après sur leurs vélos. Une atmosphère de fête régnait dans le petit groupe, et Peter était très impatient de faire découvrir la cascade à Juliet.

Tim fut le dernier à arriver, également à vélo. Tandis qu'ils sellaient les chevaux, Juliet se mit à jouer aux devinettes avec le petit Benjie. Les parents de Peter étaient partis à une vente aux enchères tôt dans la matinée et l'adolescent attacha lui-même la longe à la monture de Benjie. Il lui avait choisi Black Diamond, un cheval âgé, placide et lent, mais au pied très sûr.

Peter plaisantait souvent sur le fait qu'il s'endormait en chemin. C'était idéal pour Benjie car Peter était certain que l'animal ne réservait aucune mauvaise surprise. Rien ne pouvait faire accélérer Black Diamond au-delà de son rythme d'escargot et il ne se laissait jamais déstabiliser par les autres chevaux. Par précaution, Peter avait en outre fait enfiler à Benjie un gilet de sécurité auto-gonflant. Au moment où les cavaliers et leurs montures s'apprêtaient à quitter la grande cour pour s'engager sur le chemin qui menait au pied du pic Granit, l'un des employés du ranch adressa de grands signes à Peter, qui arrêta son cheval.

— Faites attention, les jeunes, il y a eu un départ de feu à cinquante kilomètres, de l'autre côté des montagnes. C'est encore loin mais on ne sait jamais, il fait tellement sec...

— OK, merci, Joe !

Ils se remirent en route en file indienne. Peter ouvrait la marche, Benjie à côté de lui, et Juliet juste derrière. Ils grimpèrent pendant une bonne heure sur le sentier forestier avant d'arriver à un superbe point de vue, puis ils bifurquèrent en direction de la cascade. Ils l'entendirent avant de la voir. Là, au milieu de la clairière, elle était spectaculaire. Peter fut cependant un peu déçu car le débit était plus faible que dans son souvenir. Il n'y avait pas non plus beaucoup d'eau dans le bassin. Mais le site n'en était pas moins magnifique, et la baignade serait délicieuse.

Ils mirent pied à terre et attachèrent les chevaux à l'ombre, puis ils se déshabillèrent et laissèrent tous leurs vêtements en tas avant de courir jusqu'à l'eau. Pendant une bonne heure, ils s'éclaboussèrent et sautèrent à qui mieux mieux dans le bassin du haut des rochers. Juliet resta un moment à jouer avec Benjie sur le bord, puis Justin la relaya afin qu'elle puisse aller plonger avec les autres. Enfin, ce fut au tour de Matt de surveiller son frère. Il le fit monter sur son dos avant de le projeter à l'eau dans de grands éclats de rire. Quand Benjie fit mine de le cravacher et de l'éperonner, en revanche, Matt dut hausser le ton pour le calmer. Les autres avaient grimpé sur les rochers pour sécher au soleil mais Benjie voulait encore se baigner. Matt lui promit qu'ils y retourneraient après le repas.

Ils déployèrent les couvertures et dévorèrent à belles dents les sandwichs de Juliet. Tous les garçons la remercièrent profusément. Puis ils remballèrent bien vite les restes. Peter avait précisé que c'était particulièrement important dans ces montagnes où les ours étaient toujours en quête de nourriture. Juliet n'était pas sereine, mais Peter lui assura qu'il n'en avait encore jamais vu un de près. Il suggéra alors qu'ils montent jusqu'au-dessus de la cascade pour profiter de la rivière en amont. Après cette ascension, les garçons s'attendaient à se trouver face au torrent de montagne impétueux qu'ils connaissaient bien. Mais avec la sécheresse, ils ne découvrirent qu'un sage cours d'eau d'où émergeaient d'imposants rochers. Le paysage avait complètement changé depuis leur dernière excursion, un mois plus tôt. Ils remontèrent jusqu'à trouver un endroit où l'eau était assez basse pour pouvoir traverser à gué. Ils se donnèrent tous la main et Justin jucha Benjie sur son dos. Une fois de l'autre côté, ils prirent un moment pour réfléchir. Cette rive était un territoire totalement inconnu. Ils ne tardèrent pas à découvrir un nouveau sentier qui montait vers le sommet de la montagne. Tout excités, ils décidèrent de s'y engager. Justin était aussi enthousiaste que les autres, et c'est lui qui prit la tête de l'expédition, Matt et Peter à sa suite. Quelques pas derrière, Juliet tenait Benjie par la main pour l'accompagner sur le sol inégal.

Ils marchaient depuis une trentaine de minutes lorsqu'un éclair sembla exploser juste au-dessus de leurs têtes, aussitôt suivi d'un coup de tonnerre, comme si la foudre avait frappé à quelques pas. Une pluie violente commença à tomber et ils se réfugièrent sous un bosquet pour chercher un peu d'abri, pelotonnés les uns contre les autres. Benjie se mit à pleurer, terrifié par le tonnerre qui grondait de toutes parts. Juliet le serra contre elle et le rassura en lui disant qu'il n'y avait rien à craindre et qu'il fallait profiter du spectacle. L'enfant ne parut pas convaincu, mais ses pleurs diminuèrent pendant qu'ils contemplaient, muets, l'orage qui se déchaînait sur le sentier où ils se trouvaient un instant plus tôt.

Un peu plus loin, le ciel aurait été d'un bleu limpide s'il n'avait pas été voilé de fumée, sans doute celle de l'incendie dont l'employé du ranch leur avait parlé. Il faisait beau aussi en bas, du côté de la vallée d'où ils étaient arrivés : l'orage s'abattait seulement sur leur versant.

Une heure plus tard, le déluge n'avait toujours pas cessé. Depuis leur abri, ils entendirent soudain un grondement titanesque qui se rapprochait, comme un gigantesque éboulis. Sauf que ce n'étaient pas des pierres mais de l'eau qui surgit bientôt du haut de la montagne pour dévaler dans le lit de la rivière, presque à sec à leur arrivée. Tous les éléments se déchaînaient en même temps : le feu au loin, le ciel qui semblait leur tomber sur la tête, la crue subite du torrent... Les garçons échangèrent des regards inquiets, se demandant quoi faire. Juliet scrutait leurs visages pour tenter de déterminer si elle devait paniquer. Mais ce déchaînement naturel faisait peut-être partie des aléas habituels de la randonnée en montagne ?

Elle fut rassurée en entendant Peter prendre la parole.

— Toute cette eau ne vient pas du sommet de la montagne. C'est sûrement un barrage naturel qui a cédé, peut-être au niveau d'une source. Il ne nous reste qu'à remonter en amont de ce barrage, à traverser le cours d'eau au-dessus et à redescendre le sentier sur l'autre rive pour retrouver nos chevaux. Voilà qui semblait raisonnable. Et il n'était de toute façon pas envisageable de retraverser la rivière à gué comme ils l'avaient fait une heure plus tôt. Ils n'avaient donc d'autre choix que de se remettre à monter.

Heureusement, ils étaient tous bien chaussés, pas encore trop mouillés, et ils bénéficièrent même d'une accalmie. Mais le sentier était de plus en plus escarpé et Noel réclama bientôt une pause. Son grand frère, toujours en tête, la lui accorda volontiers. Quand les jeunes se remirent en route après quelques minutes, l'orage reprit de plus belle. Ils furent vite trempés de la tête aux pieds.

Ils ne distinguaient plus ni fumée ni le moindre coin de ciel bleu. La forêt était très dense et une pluie violente tombait en averses sporadiques. Dans le torrent, ils voyaient passer des troncs d'arbres et autres débris. Peter pensa soudain aux chevaux. Heureusement, ils étaient attachés bien au-dessus du bassin de la cascade.

Essoufflés, ils grimpaient en silence. Ils commençaient à avoir un peu froid, et aucun ne voulait admettre qu'il avait peur. Une foule de questions se bousculaient dans leur tête mais ils n'osaient en poser aucune à voix haute. À un moment donné, la carcasse imposante d'un cerf passa, charriée par les eaux tumultueuses. Justin supposa à voix haute qu'il avait été frappé par la foudre ou par la chute d'un arbre. Un peu plus tard, ce fut un loup efflanqué qui s'agrippait désespérément à un tronc, puis une famille de loutres serrées les unes contre les autres. Les troncs filaient à toute vitesse. Le courant était si fort que même les loutres avaient peu de chance de s'en tirer. Ils marchaient maintenant depuis deux heures et avaient pris de l'altitude. Pourtant, l'eau était toujours aussi haute dans le lit du torrent et ils commençaient à désespérer de trouver la fameuse source pour pouvoir la contourner. Ils étaient trempés, ils avaient froid... et de plus en plus peur.

L'obscurité tombait déjà quand ils décidèrent de s'arrêter et s'assirent sur des rochers.

— Il va bientôt faire nuit, constata Peter d'une voix aussi calme que possible. Je ne suis pas sûr que c'est une bonne idée de continuer à monter. La crue a dû commencer plus haut que ce que je pensais. Peut-être qu'on devrait rebrousser chemin.

Ses compagnons, dépassés par les événements, hochèrent la tête. Dans l'obscurité grandissante, ils avaient vu la rivière en contrebas inonder le chemin qu'ils avaient emprunté quelques heures plus tôt.

— Je ne veux pas inquiéter mes parents, admit Peter, qui avait un peu honte. Mais je crois qu'on ferait mieux de les appeler pour leur dire où on est.

— Oui, tu as raison, dit Justin en sortant son portable.

Mais il n'avait plus de batterie. Noel sortit le sien. Il avait reçu son premier téléphone plus jeune que ses camarades pour pouvoir contacter ses parents s'il avait un problème à cause de son diabète. Mais il n'avait pas de réseau ! Juliet ne captait rien non plus... Il en allait de même pour le reste du groupe.

— Je me disais aussi que c'était bizarre que mes parents n'appellent pas..., grommela Peter. J'aurais dû m'en douter.

— J'ai faim... et soif, aussi ! sanglota Benjie.

— Arrête de pleurer ! lui renvoya brutalement son frère, qui était lui-même à deux doigts de le faire.

Juliet passa un bras autour des épaules de l'enfant.

— Tu sais quoi ? Je me doutais que tu risquais d'avoir un petit creux...

Personne n'avait remarqué qu'elle portait encore son sac à dos. Au cas où, la jeune fille avait emporté quatre sandwichs supplémentaires, deux pommes et deux bananes ainsi que quelques bouteilles d'eau. Elle en fit passer une et chacun but une petite gorgée économe. Juliet endossait soudain le rôle de mère nourricière pour le reste du groupe... à l'instar de Wendy pour les garçons perdus dans *Peter Pan*.

À l'aide d'un couteau en plastique, elle découpa une mince tranche dans l'un des sandwichs et la tendit à Benjie, avant de remballer soigneusement le reste. Ces provisions pouvaient leur permettre de tenir un petit moment. Et de toute façon, ils ne resteraient sans doute pas longtemps coincés dans la montagne.

— Même si je ne peux pas les appeler, mes parents vont partir à notre recherche dès qu'ils s'apercevront que nous ne sommes pas rentrés, affirma Peter.

Tous savaient que leurs parents organiseraient une battue dès que possible. Peter espérait seulement qu'ils se mettraient en chemin avant la nuit. Matt acquiesça mais Tim et Noel échangèrent un coup d'œil : leurs pères respectifs ne risquaient pas de voler à leur secours. L'un se trouvait à l'étranger et l'autre était gravement malade.

Justin avait quant à lui autre chose en tête. Inquiet, il se tourna soudain vers son jeune frère :

— Tu en es où de ta pompe ?

Il savait que le réservoir contenait pour trois jours d'insuline, pas plus. Ensuite, Noel était en danger de mort.

— Ça va, dit l'adolescent d'une petite voix, gêné que sa vulnérabilité soit ainsi exposée. Elle est de ce matin, je peux tenir encore deux jours. On sera rentrés à la maison depuis longtemps...

— Tu n'as pas pris de kit de rechange ? demanda Justin, mâchoires serrées.

Son frère secoua la tête.

— Mais punaise ! Tu sais bien que tu dois toujours en avoir un sur toi, non ?

— Comment j'aurais pu savoir qu'on allait passer la nuit dehors ou qu'on serait coincés ici ? cria Noel en retour.

L'inquiétude de son frère faisait monter la sienne.

Instinctivement, Juliet se rapprocha de Peter tandis que Matt attirait Benjie contre lui et passait un bras autour de ses épaules. Le petit garçon avait été de bonne composition tout l'après-midi, grimpant sans broncher avec ses aînés. Mais tout à coup, il paraissait minuscule.

Jamais ils n'auraient dû passer le cours d'eau à gué, ils le savaient bien. Ils vivaient à la montagne depuis tout petits et connaissaient assez les risques du majestueux mais redoutable pic Granit. Dans leur euphorie, ils avaient oublié toutes les règles élémentaires de la randonnée en haute montagne.

Il faisait presque nuit, et ils n'avaient toujours pas décidé s'il valait mieux redescendre ou continuer à monter. Si Peter et Justin restaient persuadés qu'il était possible de remonter au-dessus de la source, les autres avaient trop peur. Mais en redescendant, ils risquaient de se retrouver piégés sur le sentier submergé, ce qui était encore pire, surtout de nuit. Et la pluie tombait toujours.

Quand il apparut clairement qu'ils ne bougeraient plus avant le lendemain matin, Juliet fit de nouveau passer la bouteille d'eau et découpa de petits morceaux de sandwich qu'elle distribua avant de remballer le reste. Tous la remercièrent de sa prévoyance.

L'obscurité croissante effrayait Benjie.

— Et si on se fait attaquer par des loups ?! s'écria-t-il soudain.

— Mais non, le rassura Matt en essayant de rester aussi calme que possible. Ils ne s'attaquent pas aux humains.

En principe, non... Mais tous savaient que cela arrivait parfois, dans des circonstances exceptionnelles. Quand ils étaient affamés ou stressés, par exemple. À l'issue d'un mois de juillet aussi sec, la nourriture avait manqué pour toute la faune, alors même que c'était la saison où la plupart des espèces devaient prendre soin de leurs petits. Les animaux, effrayés et affamés, risquaient de se montrer agressifs pour mettre leur progéniture à l'abri de la faim et de la montée des eaux...

— Ou bien par un *ours* ! ajouta Benjie, et la façon dont il le dit déclencha un rire nerveux chez ses aînés.

C'était une éventualité non négligeable... Pour détendre l'atmosphère, Justin renchérit :

— Ou bien par un éléphant !

Cette boutade réussit à faire rire même Benjie.

— Y a pas d'éléphants, ici ! rétorqua le petit. Mais y a des tigres, peut-être... ?

Les autres durent lui jurer que ce grand fauve ne vivait qu'en Asie. Hormis des loups et des ours, les grands mammifères qu'ils risquaient de rencontrer étaient surtout des wapitis, des élans et des antilopes d'Amérique.

— Et si on essayait de trouver une grotte pour passer la nuit ? suggéra Tim.

— Sauf qu'il risque d'y avoir un ours dedans, le dissuada Peter. Je pense que nous ferions mieux de rester à l'abri des arbres. On se remettra en marche demain matin. Si on reste sur un sentier, c'est sûr qu'on viendra nous chercher dès qu'il fera jour.

— On devrait peut-être prendre des tours de garde. Toutes les heures, pour ne pas piquer du nez.

Les autres acquiescèrent et Juliet programma sa montre. Elle préférait économiser la batterie de son téléphone.

Matt se porta volontaire pour le premier quart. Ils avaient faim, ils étaient épuisés et ils avaient encore soif, mais ils ne voulaient plus toucher aux bouteilles par crainte de manquer d'eau. Au moins, il ne pleuvait plus. Mais à cette altitude, la température baissait rapidement après la tombée de la nuit. Ils se serrèrent les uns contre les autres pour se tenir chaud, répétant qu'on ne manquerait pas de venir les sauver au matin.

Ils se rappelleraient longtemps cette aventure mémorable : la nuit où ils n'avaient pas été dévorés par les ours du pic Granit.

— On pourrait appeler ça l'Épreuve du pic Granit ! suggéra Matt.

— Ou juste l'Épreuve ! renchérit un autre. On en ferait un événement annuel.

— Désolé, mais je ne suis pas sûr de m'inscrire à la prochaine session, grommela Noel.

Ce pique-nique à la cascade leur avait pourtant paru être une si bonne idée ! Même le fait de traverser à gué la rivière leur avait semblé bien inoffensif. Comment auraient-ils pu prévoir l'orage et la crue subite du torrent ?

— On nous acclamera en héros et on annoncera nos noms dans les rodéos ! s'enflamma Benjie en se blottissant contre son frère.

— J'aurais préféré ne pas être un héros et dormir dans mon lit..., marmonna Tim.

Il se demandait tout de même si son père serait un peu impressionné par le fait qu'il ait passé la nuit en pleine montagne. Après tout, Ted Taylor espérait toujours voir son fils se comporter « comme un homme », selon ses critères.

Juliet, les yeux fermés, pensait à son père. Il allait terriblement s'inquiéter... Elle sentit soudain que Peter lui prenait la main en lui murmurant « N'aie pas peur... ». Elle esquissa un faible sourire et Peter garda sa main dans la sienne. Elle n'aspirait qu'à dormir, et oublier à quel point elle avait soif.

5

Ce soir-là, de retour de leur vente aux enchères, Pitt et Anne se rendirent directement dans leur bureau pour s'absorber un moment dans des histoires de comptabilité. Ils se réjouissaient encore de la vente de deux superbes étalons pour une coquette somme en se dirigeant vers la maison quand ils s'immobilisèrent à quelque distance, très surpris de la trouver plongée dans le noir.

— Ils ont dû s'incruster chez Bill et Pattie en voyant que le dîner n'était pas encore prêt. Ils n'avaient sans doute pas envie de devoir se faire cuire des pâtes, dit Pitt pour rassurer son épouse.

Il l'attira à lui pour l'embrasser avant d'ajouter :
— Tu les as mal habitués ! Quelle heure est-il ? 21 heures ? Je suis sûr qu'ils ne vont pas tarder à rentrer !

Ils étaient en train de se préparer des sandwichs dans la cuisine lorsque le portable d'Anne sonna. C'était Pattie Brown.

— Salut ! À quelle heure veux-tu que je vienne chercher mes deux monstres ? Tu ne dois plus pouvoir les

supporter, à l'heure qu'il est ! En tout cas, merci beaucoup. Je suis restée chez les Wylie jusqu'à 20 heures pour leur préparer le dîner, Marlene avait du travail en retard. Ce pauvre Bob décline à vue d'œil...
— Comment ça ? l'interrompit Anne en fronçant les sourcils. Je croyais que les enfants étaient avec toi... En tout cas ils ne sont pas chez nous.
— C'est bizarre... Peut-être qu'ils sont allés au *diner* à vélo ? Mince, il est tard... Benjie va être ingérable, demain. J'espère qu'il aura au moins fait un petit somme sur une banquette ! Je suis sûre qu'ils vont rentrer d'une minute à l'autre. Celle qui les voit en premier appelle l'autre ! Bien sûr, Peter et les autres peuvent passer la nuit chez nous s'ils en ont envie...

Anne était en train d'essayer de joindre son fils lorsque le téléphone fixe sonna. Pitt décrocha. C'était Tom Marshall.

— Bonsoir. Désolé d'appeler si tard mais j'ai l'impression que ma fille a officiellement intégré le groupe des mousquetaires. Elle était censée m'appeler pour que je vienne la chercher mais j'imagine qu'elle s'amuse tellement qu'elle a oublié son vieux papa... Son téléphone est même éteint, je tombe sur la messagerie ! Si vous avez fini de dîner, je peux passer la chercher d'ici quelques minutes.

— Eh bien, il semblerait qu'ils soient tous sortis. Ils devraient rentrer d'une minute à l'autre, dit Pitt.

— Juliet n'est pas chez vous ? s'étonna Tom.

— Non, et nous venons seulement de rentrer. Nous étions à une vente aux enchères toute la journée. Anne est en train d'appeler Peter pour savoir où ils en sont. Je te rappelle dès que j'ai l'info !

Anne révéla à son mari que Peter ne répondait pas sur son portable, et qu'elle tombait directement sur la messagerie.

— Mince, mais qu'est-ce qui se passe ? Ils ne sont pas chez les Brown ni chez Tom Marshall.

— Ni chez les Wylie, évidemment. Je ne pense pas qu'ils soient allés chez Tim. Ils n'y vont jamais. June travaille tard et... aucun des enfants n'apprécie sa cuisine, ajouta Anne, un peu gênée, ce qui arracha un petit rire à Pitt.

— Bon, j'appelle Jack. Il me dira à quelle heure ils ont ramené les chevaux. Ce qui me rassure, c'est qu'ils sont trop jeunes pour pouvoir aller au bar, plaisanta-t-il. Ils doivent bien être chez quelqu'un.

La réponse de son responsable d'écurie, qui habitait sur place, instilla un début d'inquiétude en lui :

— Quand j'ai débauché, ils n'étaient toujours pas rentrés. Je me suis dit qu'ils avaient finalement dû décider de passer la nuit au ranch des Brown. En tout cas, leurs vélos sont toujours ici.

— Je vois. Merci, Jack, bonne soirée.

Pitt raccrocha, fit les cent pas en se grattant la tête puis, brusquement, se décida à enfiler ses bottes en cuir et son lourd imperméable d'équitation.

— Où est-ce que tu vas ? s'enquit Anne, l'air paniqué.

— Je vais jeter un coup d'œil sur les sentiers. Les gosses doivent être encore dehors, puisqu'ils n'ont pas ramené les chevaux et qu'ils ne sont chez personne.

— Emmène au moins un ou deux gars avec toi ! le supplia Anne.

— Oui, tu as raison.

Il rappela Jack, s'excusa de le déranger à une heure pareille et lui expliqua la situation. Puis il lui indiqua les noms des chevaux à seller pour leur expédition nocturne.

Il appela ensuite Bill pour lui demander s'il voulait l'accompagner.

— On se retrouve dans quinze minutes au départ du sentier, lui répondit son voisin d'une voix tendue. Moi aussi, j'emmène mes gars.

Pitt hésitait à rappeler Tom Marshall, mais il n'avait rien à lui dire de plus sinon que personne ne semblait savoir où étaient les adolescents.

— Est-ce que je contacte Harvey ? lui demanda Anne alors qu'il sortait en trombe en se coiffant de son Stetson.

Après un instant de réflexion, Pitt secoua la tête.

— Pas tout de suite. On va d'abord jeter un coup d'œil. Bill et moi, on connaît le coin aussi bien que Harvey. Ces sept gamins ne peuvent pas s'être évaporés dans la nature. Ils doivent être quelque part, gelés,

trempés et terrifiés. Peut-être que l'un d'entre eux est blessé, à moins que ce ne soit l'un des chevaux...
Harvey Mack était le ranger en chef du secteur. Même si Pitt et lui étaient amis de longue date, il ne voulait pas le déranger sans savoir de quoi il retournait. D'autant qu'avec l'incendie qui sévissait de l'autre côté de la montagne, Harvey devait être sur le qui-vive et risquait de devoir se mobiliser très rapidement. Il n'avait pas besoin d'une bande de sept gamins perdus sous la pluie par-dessus le marché ! Pitt était certain que Bill et lui allaient les retrouver en moins d'une heure. Dans le cas contraire, ils se résoudraient à appeler Harvey.

Pitt rejoignit l'écurie au pas de course. Les employés avaient déjà sellé les chevaux et ils quittèrent la cour au petit trot, sous des trombes d'eau. Le sol était glissant, aller plus vite était dangereux. Bill et trois de ses hommes les attendaient à l'entrée du sentier qui menait au pic Granit. Tous les sept partirent en direction de la cascade, qu'ils mirent deux fois plus de temps que d'habitude à atteindre. Sur place, ils virent les chevaux des adolescents toujours attachés en surplomb du bassin et constatèrent que la rivière était en crue.

— Je suis passé par ici il y a quelques jours, cria l'un des employés de Bill dans le vent. La rivière était presque à sec. L'eau est montée d'un seul coup aujourd'hui.

— Je parie que ces petits inconscients sont passés à gué là-haut quand l'eau était encore basse, avança Pitt. Et puis ils se seront retrouvés coincés de l'autre côté après la crue...

Bill acquiesça : eux-mêmes avaient commis des imprudences de ce genre. Mais jamais ils ne s'étaient perdus en montagne après la tombée de la nuit !

Les hommes attachèrent leurs chevaux et s'engagèrent à pied sur le sentier escarpé et glissant qui menait au sommet de la cascade. Une fois en haut, ils éclairèrent le sous-bois sur l'autre rive avec de grosses lampes torches mais ne virent personne. Puis Jack, le responsable d'écurie, cria le nom des enfants dans un porte-voix. Il n'obtint pas de réponse.

— S'ils ont traversé, ils n'ont pas dû rester là bien gentiment à nous attendre, commenta Pitt. Mais Dieu seul sait s'ils ont continué à monter ou s'ils ont pu redescendre de l'autre côté.

Tout en parlant, il balayait lentement l'autre berge avec le faisceau de sa lampe. Il l'arrêta brusquement et s'écria :

— Regardez !

Accroché à un buisson, un lambeau d'étoffe flottait au vent. Pitt plissa les yeux pour mieux voir. C'était un petit morceau de flanelle à carreaux rouge vif.

— Peter portait sa chemise de bûcheron ce matin. Cela confirme qu'ils sont passés à gué et sont restés pris au piège de l'autre côté. J'espère seulement qu'ils n'ont pas essayé de retraverser à la nage...

Sa voix était devenue rauque sous le coup de l'émotion, ses joues aussi humides de larmes que de gouttes de pluie.

— On ne peut rien faire maintenant, reprit-il. Il faut que Harvey envoie ses hommes demain dès le lever du soleil. Le terrain est trop dangereux et les broussailles trop denses pour partir à leur recherche dans le noir. Ça leur servira de leçon...

Il se retint d'ajouter « S'ils s'en sortent... ».

Pitt et Bill n'échangèrent pas un mot sur le chemin du retour. Ils avaient attaché les montures des adolescents aux leurs et tous avançaient avec la plus grande prudence. Malgré cela, par deux fois, un des chevaux dérapa et menaça de tomber dans le ravin. Le retour leur prit encore plus de temps que l'aller.

En voyant revenir son mari et Bill la mine fermée, Anne imagina le pire, mais Pitt s'empressa de la rassurer de son mieux en lui racontant ce qu'ils avaient vu et les hypothèses qu'ils en tiraient.

— À l'heure qu'il est, ils doivent être réfugiés sous un arbre, trempés et morts de trouille.

— Ou en train de se faire lacérer par un grizzly, s'étrangla Anne en se cramponnant à son mari. Seigneur, faites qu'il ne leur arrive rien !

— Nous les retrouverons dès demain matin. J'appelle Harvey tout de suite. De ton côté, tu veux bien appeler Marlene et June ? Je me charge de prévenir Tom dès que j'aurai joint Harvey.

Pitt avait le numéro personnel du ranger qui décrocha aussitôt. Pitt ne l'avait pas réveillé. Harvey écouta son récit sans l'interrompre avant de dire de sa voix grave et posée :

— C'est le déluge ici, alors que sur l'autre versant il y a un incendie de tous les diables et pas une seule une goutte d'eau... ! Bon, écoute-moi : tu vas donner rendez-vous à tous les parents chez toi sur le coup de 6 heures demain matin. D'ici là, je suis désolé, Pitt, mais il n'y a rien à faire. Dès qu'il fera jour, j'enverrai mes gars dans les hélicos. Tu peux me donner les noms des jeunes, s'il te plaît ?

— À part mon fils et Matt Brown, il y a les fils Wylie. Circonstance aggravante : je ne sais pas si tu te souviens, mais Noel, le cadet, est diabétique... Le dernier des Brown, Benjie, est aussi avec eux. Il a 6 ans. Et ils sont accompagnés par une fille de 14 ans, Juliet Marshall, qui n'est pas de la région. Elle a débarqué de New York pour passer l'été chez son père et s'est liée d'amitié avec les garçons...

— Seigneur ! Et puis quoi, encore ? Merci de cette précision sur le fils Wylie. Je préviens l'équipe d'évacuation. À propos, comment va ce pauvre Bob ?

— Mal. C'est bientôt la fin, il bénéficie de soins palliatifs à domicile. Avoir ses deux garçons perdus dans la montagne, c'était bien la dernière chose dont Marlene avait besoin. Espérons que Justin ait un peu plus de plomb dans la cervelle que les plus jeunes...

— Pauvre Marlene... Et qui est le septième de la bande ?

Après avoir nommé Tim Taylor, Pitt raccrocha. Harvey avait le chic pour vous persuader que tout finirait par s'arranger, même quand la situation paraissait désespérée. Ragaillardi par la confiance inébranlable de son ami ranger, Pitt prit une inspiration et rappela Tom. Il redoutait un peu cet appel.

— Tom ? Je suis désolé, j'ai des nouvelles mitigées. Les enfants ne sont pas rentrés à la maison. Ils sont encore quelque part dans la montagne. Nous pensons qu'ils ont dû traverser une rivière à gué, mais avec l'orage l'eau est montée et ils n'ont pas pu revenir. Nous avons retrouvé les chevaux. À pied, les enfants n'ont pas pu aller bien loin, surtout que le petit Benjie est avec eux. Le chef des rangers nous donne rendez-vous chez moi à 6 heures demain matin. Il enverra les hélicoptères de secours. Si tu pouvais nous dire comment Juliet était habillée ce matin, ça pourrait être utile...

— Oh mon Dieu, comment est-ce possible ?! s'exclama Tom, qui en avait perdu la parole.

— Ma foi, sept gamins en vadrouille, inconscients du danger... Ce n'est pas faute de leur avoir répété les consignes de sécurité. Nous leur passerons un savon quand ils seront rentrés mais il faut d'abord les faire redescendre de cette fichue montagne. Je suis vraiment désolé, Tom. Je t'assure que mon fils sera privé de sorties, au moins jusqu'à son trentième anniversaire !

— Ils ont bien dû s'y mettre à sept pour inventer une bêtise pareille. Bon, merci, Pitt. On se tient au courant. Je ferais mieux d'appeler la mère de Juliet. Elle va m'en vouloir à mort de ne pas l'avoir prévenue plus tôt, et me reprocher de ne pas avoir su surveiller notre fille... J'espérais que tu appelais pour me dire que les enfants étaient rentrés chez vous sains et saufs.

— J'aurais préféré. Mais tu sais, Tom, le chef des rangers est un type formidable. Il va les retrouver. Ils vont sortir les hélicos. J'espère seulement qu'aucun d'entre eux ne s'est blessé.

Pitt en avait la gorge serrée. Après avoir raccroché, il alla retrouver Anne à la cuisine. De son côté, elle avait eu Marlene.

— Je ne sais pas si cette pauvre femme va survivre à tout ça. Son mari est à l'agonie, et maintenant ses deux garçons sont perdus dans les monts Beartooth...

— Et nous, qu'est-ce qu'on va devenir s'il arrive quelque chose à notre Peter ? murmura Pitt, qui ne pouvait plus retenir ses larmes.

Anne et lui se tombèrent dans les bras et restèrent longtemps enlacés. Ni l'un ni l'autre ne pouvait songer à dormir ; l'aube ne viendrait jamais assez tôt.

Assise au chevet de Bob, Marlene le regardait respirer avec difficulté, assommé par de puissants calmants. Elle priait pour leurs enfants. Comme s'il pouvait entendre ses pensées, son mari ouvrit les yeux, soudain réveillé.

— Comment vont les garçons ? demanda-t-il, assez agité.

— Très bien, ils sont chez les Pollock.

Il hocha la tête, puis la regarda avec intensité.

— S'il y avait un problème, tu me le dirais, n'est-ce pas ?

— Bien sûr, mon amour...

Ses paupières retombèrent et il sombra à nouveau dans le sommeil. Marlene continua à prier. Elle priait pour qu'il ne meure pas ce soir-là. Pour que Noel et Justin rentrent sains et saufs. Et elle ne cessait de recalculer la quantité d'insuline qui devait rester dans la pompe de son cadet. Avait-il pensé à prendre un kit de rechange ? Dans le cas contraire, une autre course contre la montre n'allait pas tarder à commencer.

Assis sous un arbre contre son frère endormi, Justin en avait lui aussi parfaitement conscience. Son père était mourant, et la vie de son petit frère ne tenait qu'à un fil. C'était plus qu'il ne pouvait supporter, et il était rongé de culpabilité à l'idée d'avoir laissé le groupe s'aventurer jusqu'ici. Il était l'aîné, il aurait dû leur dire que passer le gué n'était pas une bonne idée, ou au moins leur faire faire demi-tour tant que c'était encore possible. Mais c'était trop tard. Si Noel mourait, il ne pourrait jamais se le pardonner, et ses parents non plus.

Tom attendit 5 heures du matin pour appeler Beth. Il était 7 heures à New York, un horaire acceptable pour la réveiller sans risquer de la faire paniquer plus que nécessaire. Il délivra l'information aussi rapidement et simplement que possible.

— Je ne doute pas qu'ils vont la retrouver saine et sauve, Beth.

Il n'avait aucune raison de l'affirmer mais, dans son désarroi, il était bien décidé à garder espoir. Beth lui jeta au visage tous les reproches auxquels il s'attendait, et qu'il se faisait déjà à lui-même.

— Mais tu es complètement dingue ?! Tu la laisses crapahuter seule en montagne avec une bande de gamins ? Qu'est-ce qui a bien pu te passer par la tête ? C'est la vraie vie, Tom, pas ton rêve de retour à la nature, et je te rappelle que tu as des responsabilités ! Tu ne grandiras donc jamais ? Je n'aurais jamais dû te confier Juliet… Pas même cinq minutes ! Si tu n'es pas capable d'assurer sa sécurité, crois-moi, tu n'es pas près de la revoir là-bas...

— Tu as raison, je n'aurais pas dû la laisser y aller, admit-il. Mais tu sais, elle est avec des jeunes de son âge qui connaissent bien la région, et ce sont tous de braves gamins. Je suis désolé de ne pas t'avoir appelée avant. Il n'y a rien à faire avant le lever du jour... Les rangers vont partir à leur recherche avec des hélicoptères.

— Je serai là dès que possible, déclara-t-elle dans un mélange de colère et de terreur. Si jamais il est arrivé quoi que ce soit à Juliet, je ne te le pardonnerai jamais !

— Et je ne me le pardonnerai pas non plus.

Ils savaient tous les deux que le destin était parfois d'une cruauté sans nom. Maladies, accidents... Ce n'était pas dans l'ordre des choses, mais parfois les enfants disparaissaient avant leurs parents. Tom ne pouvait même pas imaginer qu'il ait pu arriver quoi que ce soit à leur fille adorée.

— Je t'envoie mon heure d'arrivée dès que j'ai mon billet.

— Entendu. Je serai là. Il y a une heure de route depuis l'aéroport.

Ce n'est qu'après avoir raccroché que Beth éclata en sanglots. Entre ses larmes, elle parvint à réserver son vol. En se dépêchant, et si elle ne ratait pas la correspondance, elle pourrait arriver en début d'après-midi. Elle s'habilla en vitesse, jeta quelques affaires dans un sac, ferma la porte à clé, descendit l'escalier en courant et héla un taxi. Le dernier endroit où elle avait envie d'aller était bien Fishtail, dans le Montana, mais elle était prête à tout pour ramener sa fille à la maison. Et après cela, elle ne voulait plus jamais avoir affaire à Tom Marshall...

6

Dans le salon des Pollock, Harvey Mack semblait emplir tout l'espace. Anne avait prévenu Tom qu'il en imposait autant par sa carrure et sa personnalité que par l'effet qu'il produisait sur une assistance. Tom comprenait ce qu'elle avait voulu dire. Le chef des rangers mesurait presque 2 mètres et possédait les épaules les plus larges qu'il ait jamais vues. Ses mains étaient grandes comme des pattes d'ours. Sa crinière brune grisonnait aux tempes, et son beau visage austère s'éclairait d'un sourire ponctuel. Comme de juste, sa voix était grave et caverneuse, et il semblait vous transpercer de ses yeux sombres. Il dégageait une impression d'autorité incontestable.

Selon les circonstances, il savait se montrer tantôt inflexible tantôt doux comme un agneau. C'était par nature un meneur d'hommes. Au cours de ses études, il avait joué dans l'équipe de football américain de l'université du Michigan, après quoi il avait servi pendant dix ans dans les forces spéciales de l'US Navy. Cela faisait plus de vingt ans qu'il était ranger dans les forêts du Montana, dirigeant une petite équipe qui se faisait occasionnellement épauler par des réservistes civils.

Il se présenta ce matin-là dans son uniforme de ranger sur lequel il arborait ses médailles militaires et Tom le trouva franchement intimidant, jusqu'à ce qu'il leur sourie et enlace Anne dans une étreinte chaleureuse, lui exprimant toute sa compassion. Ils avaient momentanément perdu la trace de leur fils, certes, mais il lui assura d'un ton convaincant qu'ils ne tarderaient pas à le retrouver.

Harvey était un homme fiable, ça crevait les yeux. S'il passait désormais le plus clair de ses journées à cheval, il avait, au début de sa carrière de ranger, piloté régulièrement l'avion de reconnaissance et de sauvetage. Il était maintenant responsable d'un territoire d'une étendue considérable au sein des Beartooth. Il résidait à Big Sky, tout près de Fishtail, et connaissait la région comme sa poche.

À son arrivée, les conversations des parents s'étaient tues et tous s'étaient levés pour le saluer. Anne avait disposé des muffins et des viennoiseries sur la table et offert une tasse de café à chacun. Dévorés d'inquiétude pour leurs enfants, pas un des parents n'avait fermé l'œil de la nuit. Harvey mettait un point d'honneur à connaître tous les habitants de son secteur et Pitt lui présenta Tom, lui expliquant qu'il était le père de Juliet, la seule que le ranger ne connaissait pas. Harvey était présent à tous les événements locaux et il assurait personnellement les interventions de prévention dans les établissements scolaires.

Il expliquait les règles à respecter dans les parcs naturels protégés, comment éviter les incendies, comment camper de manière responsable, et mettait en garde contre les animaux potentiellement dangereux de la région. Chaque année, des touristes étaient blessés par leur propre faute après avoir commis diverses sottises, telles qu'essayer de donner à manger aux ours. Si les habitants du cru étaient en principe plus raisonnables, il arrivait aux jeunes de se montrer téméraires, ce qui avait parfois des conséquences désastreuses.

Harvey échangea quelques mots avec Marlene pour lui demander des nouvelles de Bob, resté sous la surveillance d'une infirmière le temps de la réunion. Quand Marlene lui parla de la pompe à insuline de Noel, il la rassura aussitôt : Pitt l'avait déjà averti et l'équipe d'évacuation sanitaire était prête à intervenir en cas de nécessité. Harvey avait pleinement conscience des différents dangers qu'encouraient les enfants, et il avait mis en place toutes les mesures possibles. Il expliqua aux parents que deux hélicos passeraient la zone au peigne fin toute la journée. Sur leurs cartes, les rangers avaient indiqué quels itinéraires avaient pu emprunter les adolescents, et tous les points où la crue de la rivière avait barré les différents sentiers. Les zones les plus dangereuses comportant des ravins voire des crevasses étaient signalées en rouge. La possibilité que l'un des jeunes ait chuté et soit resté coincé quelque part était à prendre très au sérieux.

— Pensez-vous qu'ils aient emporté des outils ou du matériel de camping ? Peut-être qu'ils avaient prévu de bivouaquer, mais qu'ils ne vous ont pas prévenus ? Les jeunes ne nous disent pas toujours tout...

— Franchement, je pense qu'ils nous en auraient parlé, avança Anne.

Harvey demanda ensuite avec quelles provisions ils étaient partis. Tom répondit que sa fille avait préparé une montagne de sandwichs pour toute la troupe, et Anne estima qu'ils devaient avoir six bouteilles d'eau.

— Tout ça est rassurant, commenta Harvey.

Marlene précisa par ailleurs que Justin connaissait parfaitement les procédures d'urgence si son frère avait un problème lié à son diabète.

La plupart des parents se souvenaient de la façon dont leurs enfants étaient habillés. Quand Pitt évoqua le morceau de tissu rouge, Anne confirma que Peter était parti avec sa chemise à carreaux. Harvey interrogea ensuite Tom au sujet de sa fille : quels étaient sa taille et son poids ? Était-elle sportive ? Avait-elle déjà fait de la randonnée ou de l'alpinisme ? Même s'il avait très bonne mémoire, Harvey griffonna quelques notes. La sécurité des sept jeunes était sa priorité absolue et il avait besoin d'en savoir le maximum à leur sujet. Les parents affirmèrent, unanimes, que leurs enfants ne consommaient ni alcool ni drogues. Ils étaient catégoriques sur ce point.

— Nous pensons qu'ils se sont engagés sur un sentier qu'ils ne connaissaient pas, qu'ils sont allés un peu trop loin et se sont retrouvés coincés, résuma simplement Pitt.

— Peut-être que l'un d'eux est blessé et que les autres tentent de l'aider, ce qui retarde leur retour, expliqua Harvey. Ou peut-être ont-ils juste été piégés par la crue de la rivière. Par ailleurs, j'imagine que vous êtes tous au courant qu'un incendie sévit de l'autre côté du pic Granit. On peut regretter que les pluies ne se déchaînent pas plutôt sur le versant en question, mais pour le moment ce feu progresse lentement et les pompiers arrivent à le contenir. Je suis plus inquiet au sujet des ravins et des glissements de terrain que la pluie aura pu provoquer. Rassurez-vous : nous allons ratisser tout le secteur et il serait très étonnant que nous ne les ayons pas retrouvés d'ici ce soir. Et ils auront vraiment intégré les risques qu'implique le fait de s'aventurer en montagne sans être accompagné d'un adulte, sans provisions suffisantes, sans carte topographique, sans une préparation minutieuse du programme et de l'itinéraire... auxquels il faut se tenir !

Harvey but une gorgée de café, sourit à son auditoire et reprit :

— Bien sûr, outre les hélicoptères, mes hommes et moi-même serons sur le terrain à cheval et tout le monde restera en contact radio permanent. J'ai apporté un émetteur-récepteur par famille. Comme ça, vous entendrez même les gars à bord des hélicos, vous serez informés en temps réel.

— Est-ce que Bill et moi pouvons participer à la battue à cheval avec vous ? demanda Pitt.

Harvey hésita. Les deux hommes étaient certes des cavaliers hors pair, mais il ne voulait pas qu'ils soient confrontés à la découverte de l'un des jeunes gravement blessé... voire pire.

— Je crois qu'il vaudrait mieux que vous restiez ici. Mais si vous y tenez vraiment, je ne m'y opposerai pas.

Pitt hocha la tête et lança un coup d'œil à Bill, qui acquiesça à son tour. Ils voulaient en être. C'étaient leurs enfants. Peut-être sauraient-ils reconnaître des indices qui échapperaient aux rangers.

En tout, Harvey passa quarante-cinq minutes en compagnie des parents, après quoi il regarda sa montre et annonça que les hélicoptères décolleraient trente minutes plus tard.

Depuis la porte de la cuisine, il fit un signe au ranger qui l'avait accompagné et l'homme sortit du 4x4 une caisse contenant les émetteurs radio. Il montra à chacun comment les utiliser. Ils étaient déjà réglés sur la bonne fréquence et on entendait les pilotes en train de se coordonner avant le décollage. Les rangers prendraient plusieurs chevaux supplémentaires avec eux, au cas où il leur faudrait ramener les jeunes jusqu'à un endroit plus accessible pour les hélicoptères. L'hôpital St Vincent, à Billings, était prévenu de leur disparition et prêt à accueillir les blessés éventuels. Le service de traumatologie y était très bien équipé, même si on leur envoyait surtout des patients l'hiver, quand les conditions climatiques étaient particulièrement difficiles, entre les cas d'hypothermie et les accidents de la route liés au verglas ou aux tempêtes de neige.

Sur le seuil, tous remercièrent chaleureusement Harvey. Marlene devait aller prendre la relève de l'infirmière au chevet de Bob. Malgré les circonstances, June n'avait pas annulé ses consultations, mais elle laisserait la radio allumée. Anne proposa à Tom et Pattie de rester pour attendre ensemble les nouvelles des équipes de recherche terrestres et aériennes. Quant à Bill et Pitt, ils avaient fixé un point de rendez-vous avec Harvey et ses rangers à cheval. Sur le point de remonter dans son véhicule, celui-ci s'arrêta net.

— J'ai failli oublier la presse ! Si nous ne retrouvons pas les jeunes très rapidement, les journalistes ne vont pas tarder à arriver pour faire leurs choux gras de cette histoire de disparition. D'abord à l'échelle locale, et très vite à l'échelle nationale. Débarqueront ensuite les camions-régie, et des reporters avec leurs caméras feront le siège devant votre porte. Il faut vous y préparer. Croyez-moi, mieux vaut avoir le moins possible affaire à eux, et s'abstenir de tout commentaire. Ces gens-là ont la fâcheuse tendance de sortir vos paroles de leur contexte pour vous faire dire ce qui les arrange. Et s'ils mettent leur nez dans nos opérations sur le terrain, ils provoquent du désordre et nous ralentissent. Je ne vous interdis pas de leur parler, bien évidemment, mais pour ma part je préfère m'en tenir au strict minimum.

Harvey ne le précisa pas, mais les journalistes débarqueraient à coup sûr comme des vautours si quelque chose était arrivé à l'un des jeunes.

— Seigneur, il ne nous manquerait plus que ça ! s'exclama Pitt en se tournant vers son épouse.

— Je sais bien, soupira Harvey, mais c'est ainsi : les médias raffolent de tout ce qui est sensationnel, en particulier les histoires de sauvetage.

Tandis que Bill et Pitt filaient à l'écurie préparer leurs montures, Harvey donna par radio le signal du départ aux quarante rangers à cheval. Les hélicoptères décolleraient vingt minutes plus tard.

Au même moment, dans la montagne, les jeunes émergeaient d'une nuit agitée au cours de laquelle ils avaient monté la garde à tour de rôle. Une chouette, tout près, avait hululé pendant un moment, et ils avaient même entendu au loin les hurlements sinistres d'une meute de coyotes. Seul le petit Benjie avait pu dormir d'une seule traite. Juliet l'avait couvert du pull qu'elle avait apporté, et au petit matin Matt l'avait accompagné à l'écart pour qu'il puisse faire ses besoins à l'abri des broussailles.

Ils commencèrent la journée par une mince tranche du dernier sandwich, accompagnée d'une bonne gorgée d'eau.

— Je n'aurais jamais imaginé que de l'eau pourrait un jour me paraître aussi délicieuse, soupira Peter. Je pourrais en boire cinq litres d'un coup.

Les gobelets que Juliet avait placés sur le sentier pour récolter l'eau de pluie étaient pleins. La jeune fille remplit prudemment les bouteilles avec leur contenu, avant de ranger le tout dans son sac.

Peu après, ils entendirent les hélicoptères. Mais à leur grande déception, ils volaient très loin de l'endroit où eux se trouvaient.

— Pourquoi est-ce qu'ils restent de l'autre côté ? grogna Peter, sourcils froncés. Ils ne vont jamais nous voir !

Comble de malchance, les appareils partirent bientôt carrément dans la direction opposée, plus haut dans la montagne.

— Et merde, jura Matt, découragé. Ils ne savent vraiment pas où on est. J'espère qu'on ne va pas devoir encore passer une nuit dehors.

Effrayé à l'idée qu'ils soient attaqués par des ours, il n'avait pas fermé l'œil de la nuit. Aucun ne s'était manifesté, bien sûr, mais ils avaient bien fait de ne pas chercher refuge dans une grotte.

— ... et encore moins plusieurs nuits dehors, compléta Justin.

Ils étaient tous épuisés, affamés, et ils avaient encore froid. Heureusement leurs vêtements humides se réchauffaient sous le soleil matinal.

Tim suggéra qu'ils aillent cueillir des fruits des bois, ce qui remonta le moral de toute la troupe. Pour avoir participé à quelques sorties avec les scouts, il savait quelles espèces ils pouvaient manger sans danger, et lesquelles il fallait absolument éviter. Ils purent ramasser quantité de petites baies dans leurs mains et dans leurs tee-shirts, et se sentirent presque rassasiés après les avoir partagées. Puis ils discutèrent de la marche à suivre. À la lumière du jour, ils voyaient maintenant un étroit sentier qu'ils n'avaient pas repéré la veille. Il ne semblait ni monter ni descendre mais plutôt tourner autour de la montagne. Ils le suivirent un moment en continuant à picorer les baies qu'ils trouvaient en chemin, jusqu'à ce que Benjie se plaigne d'un mal de ventre.

— Tu es bien sûr de savoir lesquelles sont comestibles ? demanda Justin à Tim, préoccupé.

Le jeune homme était très silencieux. Il se torturait les méninges pour trouver une façon de descendre de cette montagne, et il s'inquiétait pour Noel. En tant qu'aîné du groupe, il se sentait investi d'une responsabilité, surtout envers son frère. Il aurait dû s'assurer avant de partir qu'il avait bien une pompe de rechange ! Mais au départ ils étaient juste censés rentrer au ranch juste après le pique-nique... L'erreur avait été de dévier du plan initial. Justin pensait également beaucoup à son père. Comment allait-il ? Comment avait-il réagi en apprenant leur disparition ? Mais il n'était plus en état de supporter ce stress supplémentaire, et peut-être leur mère avait-elle préféré ne rien lui dire. Bob était devenu extrêmement fragile et Justin savait que sa mère faisait tout ce qui était en son pouvoir pour l'épargner au maximum. Justin s'en voulait aussi beaucoup de causer un souci supplémentaire à sa pauvre mère, qui devait déjà tout mener de front. Il avait l'impression de l'avoir trahie en laissant Noel se mettre en danger. Il ne cessait de se culpabiliser et de se répéter qu'il aurait dû mettre le holà quand les plus jeunes avaient proposé de traverser à gué.

Ils marchaient depuis plusieurs heures lorsqu'ils arrivèrent dans une petite clairière qui leur rappelait quelque chose. Ils s'aperçurent alors qu'ils avaient tourné en rond et étaient revenus à leur point de départ, là où ils avaient passé la nuit.

— Moi, je vote pour qu'on redescende tout droit, dit Matt. C'est le plus logique.

Mais tous les sentiers qu'ils essayèrent d'emprunter butaient rapidement sur un mur infranchissable de végétation. De plus, les hélicoptères ne pourraient jamais les repérer dans un sous-bois aussi dense. Ils décidèrent donc de rebrousser chemin et de reprendre leur ascension sur le seul chemin à peu près praticable qui s'offrait à eux. À un moment donné, ils durent passer le long d'une étroite corniche au-dessus d'un ravin. Personne ne dérapa, mais le moindre faux pas aurait pu être fatal et ce fut dans un silence tendu qu'ils franchirent la corniche à tour de rôle. Passer là en pleine nuit se serait révélé mortel. Cette aventure n'avait vraiment plus rien d'amusant.

Ils firent une pause pendant laquelle Juliet distribua une nouvelle ration prélevée sur le reste de sandwich, avec une gorgée d'eau et quelques rondelles de la banane qu'elle avait encore dans son sac. Ils se partagèrent ensuite deux barres de céréales. Ils se sentaient un peu mieux après cette dînette.

— Je ne vois pas l'intérêt de continuer à monter, grommela alors Peter.

— C'est notre seule façon de passer en amont de la crue, protesta Justin.

Jusqu'ici, ils étaient parvenus à tomber d'accord sur la direction à suivre.

Le soleil commençait déjà à décliner. Ils avaient aperçu les hélicoptères par intermittence toute la journée, mais les appareils ne s'étaient jamais approchés suffisamment pour pouvoir les repérer.

Du côté des adultes aussi, le découragement gagnait du terrain. Les rangers à cheval n'avaient rien trouvé : pas d'autre lambeau de vêtement accroché à un arbre, pas la moindre trace des sept jeunes.

Dans le mobile-home qui lui servait de bureau pendant cette opération, Harvey, sourcils froncés, scrutait la progression des rangers sur différents écrans GPS.

— J'ai l'impression que les gamins se sont déplacés, la piste d'hier ne donne rien..., dit-il aux deux rangers qui l'assistaient.

L'un d'eux, le visage grave, indiqua une zone sur la carte et Harvey opina, avant de demander par radio aux pilotes d'explorer ce nouveau secteur. Le chef des rangers avait l'impression qu'ils cherchaient une aiguille dans une meule de foin.

— Si seulement ils nous avaient laissé un signe quelque part...

— Vous pensez qu'ils se sont séparés ? demanda le plus jeune des deux rangers.

— Ça m'étonnerait. Ils doivent savoir qu'ils sont plus en sécurité tous ensemble. À part la petite, ce sont tous des gosses du coin. Et je pense qu'ils sont de toute façon trop terrifiés pour envisager de se séparer.

À Fishtail, Pattie avait fini par rentrer chez elle, laissant Tom chez les Pollock. Anne avait passé la moitié de l'après-midi à cuisiner pour s'occuper les mains et l'esprit. Elle finit par couper le gaz et remplit un gros Tupperware de ragoût encore fumant.

— C'est pour qui ? s'enquit Tom, curieux.

— Je me suis dit que j'allais passer déposer ça chez Marlene. Ses garçons seront affamés quand ils rentreront à la maison.

Les yeux d'Anne se voilèrent de larmes en disant cela. Elle priait pour que tous les jeunes rentrent l'estomac dans les talons mais sains et saufs. Elle ne s'autorisait même pas à penser au fait que Peter pouvait ne pas revenir. Sa vie, comme celle de Pitt, n'aurait plus aucun sens. Elle n'avait pas de mots pour décrire son angoisse mais Tom savait exactement ce qu'elle ressentait et il se permit de la prendre dans ses bras. Par radio, Pitt leur donnait régulièrement des nouvelles, même si l'équipe de recherche restait bredouille.

— Veux-tu que j'aille déposer pour toi le ragoût chez Marlene ? proposa Tom.

Il avait besoin de prendre l'air, et de se rendre utile. Anne avait appelé Marlene une heure plus tôt : Bob avait passé la journée à dormir tandis qu'elle restait à écouter la radio des rangers.

— Je dois de toute façon aller chercher Beth à l'aéroport d'ici deux heures, ajouta-t-il. Je peux m'arrêter chez Marlene au passage. Ça ne t'embête pas que je te laisse ?

Anne lui adressa un sourire mélancolique.

— Je ne sais pas ce qui a mal tourné dans votre couple mais ce que je peux te dire c'est que tu es un type bien, Tom Marshall. Ton ex ne sait pas ce qu'elle a perdu.

— Moi-même, je ne comprends pas comment nous avons pu en arriver là, répondit Tom, la mine grave.

Il y avait beaucoup pensé ces derniers temps, plus encore qu'après son départ de New York. Il n'y avait plus de colère en lui, désormais.

— On est devenus trop différents... Quand on s'est mariés, on avait les mêmes objectifs. Et puis tout à coup, ça n'a plus été le cas. On a perdu de vue l'essentiel. Du moins, ce que moi je trouve essentiel. Beth considère que je l'ai abandonnée, et elle a peut-être raison. J'en étais venu à détester New York et notre vie là-bas. Je n'arrivais plus à faire semblant. Et je ne me voyais pas y rester jusqu'à la fin de mes jours. Mais ce qui pour moi a été une sorte de révélation a signé l'arrêt de mort de notre couple. Mon boulot avait dévoré ma joie de vivre. Quand j'ai essayé de l'expliquer à Beth, elle a pensé que j'étais devenu fou.

Il laissa échapper un soupir, avant de reprendre :

— Je suis venu ici la première fois pour un week-end de pêche entre collègues. Et tout à coup, j'ai vu clair dans ma vie. J'ai compris que j'en avais fait n'importe quoi et qu'il était temps de changer de logiciel. J'aurais vraiment voulu emmener Beth avec moi dans cette nouvelle aventure. Mais elle a refusé, et je me suis enfui. Tu vois, Anne, je ne suis pas franchement quelqu'un de bien. C'est vrai, je l'ai abandonnée. Mais j'adore chaque minute de la vie que je mène ici. C'est tout ce dont j'avais besoin. Et j'ai bien conscience que ça n'aurait jamais convenu à Beth. Ici, tout me rend heureux... Enfin, c'était le cas jusqu'à ce que Juliet se perde en pleine montagne. Seigneur, s'il lui arrivait quelque chose, j'en mourrais...

— Nous sommes tous dans le même bateau, répondit Anne. Jusqu'ici, tout allait tellement bien dans notre vie... Pitt et moi avons énormément de chance, et nous le savons. On forme vraiment une bonne équipe. Ni lui ni moi n'aurions pu vivre dans une grande ville. Et c'est vrai que la nature est sublime, ici ! On travaille dur, mais on adore ce qu'on fait. Et tout ça reviendra à Peter un jour. On espère qu'il sera autant attaché à ce ranch que nous et qu'il voudra reprendre le flambeau.

En disant ces mots, elle frissonna. C'était aussi pour leur fils qu'ils se donnaient autant de mal au quotidien.

— Je comprends, assura Tom. Moi, je veux que Juliet fasse quelque chose d'utile, quelque chose qui la passionne, plutôt que de cocher toutes les cases du succès sans se poser de questions, comme le fait sa mère. Ici, on n'est pas coupé du monde réel comme à New York. Je n'étais pas fait pour cette vie-là, mais il m'a fallu quarante ans pour m'en apercevoir ! « Connais-toi toi-même », nous dit la Bible, mais je ne me suis rencontré qu'à 43 ans. C'est déjà tard, mais je ne voulais pas rater ma dernière chance. Si j'avais continué sur la même lancée, je crois que j'y aurais laissé ma peau.

— C'est un choix très courageux que tu as fait, commenta Anne. Il en faut pour laisser tomber une vie comme celle que tu avais.

— Je ne sais pas vraiment... Ça a fait beaucoup de mal à Beth. À Juliet aussi, et je n'en suis pas fier. Et puis Fishtail est vraiment très loin de New York. J'aimerais que ma fille puisse passer du temps avec moi ici, mais elle rentre déjà au lycée et sa mère l'a inscrite dans un établissement très élitiste pour la mettre sur les rails d'une belle carrière. Moi, je lui souhaite mieux que ça. Peut-être qu'en passant du temps ici avec moi, elle apprendra à profiter du meilleur des deux mondes.

— Tu sais, les enfants font leurs propres choix. Je l'ai remarqué avec les gamins de la région. Certains restent parce qu'ils ne se voient pas vivre ailleurs quand d'autres s'envolent pour la grande ville dès qu'ils en ont la possibilité. Mais il y en a aussi qui reviennent plus tard dans leur vie. Je suis persuadée que chacun d'entre nous finit par atterrir exactement là où il doit être.

— J'espère que tu as raison, soupira Tom. Bon, j'y vais. Je redoute un peu la confrontation avec Beth. Elle a plus de raisons que jamais de m'en vouloir. Déjà qu'elle me jugeait irresponsable... Ce qui vient de se passer lui donne raison.

— Les enfants nous ont filé entre les doigts alors que tout aurait dû bien se passer, objecta Anne. On les surveille toujours de très près. Nos montagnes sont magnifiques, mais elles peuvent être dangereuses. Il suffit d'un instant de distraction ou d'imprudence. Il faut croire qu'ils l'ont momentanément oublié. Qui sait ? Peut-être qu'ils se sont lancé une sorte de défi, pour voir jusqu'où ils pouvaient aller. Les garçons font ça, parfois.

Tom se prit à sourire.

— À qui le dis-tu ! C'est un peu ce qui m'est arrivé à New York. Je me suis perdu dans le défi que je m'étais lancé. Heureusement, j'ai fini par me rendre compte que le jeu n'en valait pas la chandelle et j'ai retrouvé ma route. Et j'ai compris la leçon.

— Les garçons ne risquent pas d'oublier la leur.

Tom et Anne tombèrent à nouveau dans les bras l'un de l'autre. Au sein de cette minuscule communauté, il avait trouvé de véritables amis. Ce qu'ils traversaient était un véritable enfer, mais au moins ils n'étaient pas seuls.

— Pitt a bien de la chance, murmura Tom. J'espère rencontrer une femme comme toi quand je serai grand... Si je le suis un jour.

— Tu es tout ce qu'il y a de plus adulte, Tom. Il te suffit de rencontrer une femme qui partage les mêmes valeurs que toi, maintenant que tu sais vraiment ce que tu veux. Allez, bon courage et bonne chance avec Beth.

— Je pense qu'elle va m'étriper dès qu'elle descendra de l'avion... Si seulement on pouvait avoir des nouvelles des enfants d'ici ce soir !

— Croisons les doigts. Et embrasse Marlene de ma part.

Tom empocha la radio des rangers et saisit le Tupperware avant de passer la porte.

En partant, il croisa Pattie qui revenait et ils échangèrent un signe de la main. Quel soulagement c'était de pouvoir se soutenir mutuellement. Dans son malheur, Tom savait au moins qu'il était désormais chez lui à Fishtail.

Sur la porte de Marlene et Bob, Tom trouva un post-it indiquant de ne pas sonner. Il frappa doucement, et Marlene l'en remercia après lui avoir ouvert. Elle fut touchée par le ragoût qu'Anne lui avait mitonné.

— Bon, toujours pas de nouvelles..., lâcha-t-elle comme pour dire quelque chose.

— Non... Mais ils sont vraisemblablement ensemble, ils se serrent les coudes... On va les retrouver !

— Ce soir, Noel n'aura plus que vingt-quatre heures d'insuline sur lui, et qui sait s'ils ont assez à manger... Dieu merci, Justin est avec lui. C'est tout ce qui me rassure.

— Comment va Bob ? demanda Tom.

— Son état est stable. Heureusement, il a dormi toute la journée, je n'ai pas eu besoin de lui mentir.

— Est-ce que je peux faire quelque chose pour toi ? Tu ne veux pas essayer de te reposer un peu pendant qu'il dort ? Quand as-tu pris du repos pour la dernière fois ?

— Je dirais... l'année dernière ? fit-elle avec un sourire fatigué.

— Tu pourrais t'allonger un peu jusqu'à ce qu'il se réveille ? Moi, je vais chercher mon ex-femme à l'aéroport. Elle m'en veut terriblement d'avoir laissé Juliet escalader cette montagne avec une bande de garçons.

— Tu l'as seulement laissée aller se baigner à la cascade. Aucun d'entre nous n'aurait pu imaginer qu'ils iraient se perdre plus haut. Ils y sont déjà allés des centaines de fois et ça s'est toujours bien fini. Mais on ne peut pas tout contrôler. Les enfants finissent toujours par faire ce qu'ils veulent. Tout va bien se passer.

C'était le mantra que Marlene s'était répété toute la journée.

— J'espère que tu as raison, soupira Tom.

Il la serra brièvement dans ses bras et fila chercher Beth à l'aéroport.

7

Quand Beth finit par apparaître dans le petit hall des arrivées de l'aéroport de Bozeman Yellowstone, Tom vit aussitôt qu'elle était épuisée. En prime, elle avait dû attendre sa correspondance plusieurs heures à Chicago. Cependant, ses cheveux bruns étaient soigneusement tirés dans une queue-de-cheval et elle portait un jean, une saharienne et des mocassins Chanel impeccables : Beth restait élégante en toutes circonstances.

— Il y a du nouveau ? demanda-t-elle sans même lui dire bonjour.

Tom ne pouvait pas lui en vouloir, après neuf heures de voyage. Il l'avait tenue informée par SMS chaque fois que les rangers décidaient d'explorer un nouveau secteur.

— Toujours pas.

— Nom d'un chien, mais qu'est-ce qu'ils fabriquent ?

— Il ont envoyé quarante rangers à cheval, plus deux hélicos. Mais c'est une région de forêt très dense, et le territoire est vaste.

Tom préféra ne pas ajouter que c'était une zone dangereuse, et que les enfants étaient peut-être blessés... Au lieu de cela, il tenta de la rassurer :
— Tu sais, j'ai écouté toute la journée les échanges entre les équipes de secours à la radio. Ils font vraiment tout ce qu'ils peuvent.
— Je n'en doute pas. Mais ça ne m'explique pas pourquoi tu l'as laissée partir !
— Au départ, leur petit groupe devait seulement aller se baigner dans une cascade à faible altitude, se justifia Tom. Personne ne pensait qu'ils partiraient en vadrouille vers le sommet.
— Et tu ne pouvais pas rester avec elle ? lança-t-elle d'un ton glacial.
— Beth, je ne peux pas la garder enfermée à la maison. Elle s'est liée d'amitié avec des gamins de son âge parfaitement adorables. Il ne s'agissait que d'un pique-nique entre copains.
— Que des garçons, à ce que je comprends ?
— Oui, de braves gamins issus de familles tout ce qu'il y a de plus respectable. Tu vas pouvoir en juger toi-même en rencontrant les parents. Ils sont partis accompagnés d'un petit frère de 6 ans, et d'un grand qui en a 17. Il les aidera peut-être à retrouver leur chemin...

Le fait qu'un enfant de 6 ans ait été autorisé à participer à l'excursion sembla faire retomber quelque peu la fureur de Beth.

— J'espère avoir des nouvelles d'une minute à l'autre, conclut Tom.

— Et moi qui pensais que tout serait terminé avant que j'atterrisse dans ce trou perdu ! Il m'aurait fallu moins de temps pour aller à Londres. La campagne, c'est bien joli, mais je ne comprendrai jamais ce que tu es venu faire ici. Ton père était un investisseur de talent, ta mère issue d'une grande famille newyorkaise... Comment as-tu pu décider de tout lâcher pour venir t'enterrer ici, enfin ?

Tom n'avait aucune envie de subir ces reproches, mais ce n'était pas le moment de jeter de l'huile sur le feu. À Fishtail, il lui avait réservé un petit bungalow proche du *General Store*. Il savait que cela ne lui plairait pas. De toute façon, aucun hébergement du village ne proposait le standing auquel elle était habituée. Mais au vu des circonstances, Beth ne s'arrêterait pas sur de tels détails. L'un comme l'autre, ils ne pensaient qu'à leur fille.

— Quand est-ce que je pourrai parler au chef des rangers ? demanda-t-elle alors qu'ils s'engageaient sur la route.

— Je pense que Harvey est encore sur le terrain, mais il devrait rentrer en même temps que nous puisqu'il va bientôt faire nuit.

Sur ce, il lui tendit l'émetteur-récepteur.

— Tiens, tu peux écouter la radio. On entend tout ce qu'ils se disent, même dans les hélicos.

Beth resta branchée pendant tout le trajet, mais il n'y eut rien de nouveau dans les échanges entre les sauveteurs. Ils ne faisaient que s'informer mutuellement de leurs positions respectives, confirmant qu'ils ne trouvaient rien.

Il leur fallut près de deux heures pour atteindre Fishtail. Beth ne fit aucun commentaire en découvrant son logement même si, ainsi que Tom l'avait prévu, elle ne semblait pas ravie.

— Je sais que ce n'est pas le Ritz, reconnut-il. Mais à part ça il n'y a que quelques Airbnb et des chambres d'hôtes dans les ranchs. Je me suis dit que tu n'aurais pas envie de séjourner chez moi...

— Et tu as eu raison, répliqua-t-elle sans ménagement.

Beth était dure mais il voyait bien qu'elle était absolument terrifiée. Ses yeux étaient gonflés à force d'avoir pleuré. Même si leurs ambitions pour Juliet divergeaient, ils l'aimaient tous les deux plus que tout.

— Il y a un *diner* au bout de la rue. On y mange assez bien.

— Je n'ai pas faim.

Beth ne pouvait rien avaler quand elle était contrariée. Et elle était de toute façon perpétuellement au régime. Elle avait très peu changé depuis leur rencontre, à l'époque où elle était encore en école de journalisme et où lui étudiait le commerce à Columbia. En ce temps-là, ils étaient tous deux de vrais New-Yorkais et ne doutaient pas de devenir un jour les rois du monde. Et ils avaient réalisé leurs rêves. Si Tom avait compris entre-temps que ce succès superficiel n'était que de la poudre aux yeux, Beth, de son côté, en voulait toujours plus. Il se demandait parfois combien de reconnaissance et d'argent il faudrait à son ex-femme pour s'estimer enfin satisfaite. Aurait-elle été plus heureuse s'il était devenu P-DG d'une grande entreprise, et qu'elle-même avait remporté le prix Pulitzer ? Tout cela semblait désespérément vain à Tom.

— Est-ce que tu as besoin de quelque chose ? demanda-t-il après avoir monté sa valise à Beth.

Elle secoua la tête, au bord des larmes. Il l'attira contre lui et elle ne résista pas. Même si, trahie et déçue, elle le détestait cordialement, ils avaient besoin l'un de l'autre. Il n'y avait certes plus d'amour entre eux, mais ils étaient encore liés par leur fille, et c'était un lien puissant. Tom lui caressa doucement les cheveux. Il aurait tant voulu lui promettre que tout irait bien...

— Cette attente est insoutenable, dit-il. J'espère vraiment qu'ils vont les retrouver très vite.

Elle s'écarta et opina, séchant ses larmes, tandis que Tom ajoutait :

— Appelle-moi si tu as besoin de quoi que ce soit. J'habite tout près, je passerai te chercher si le chef des rangers demande à nous voir.

Beth était déjà moins hostile qu'à sa descente de l'avion. Elle se comportait en mère rongée d'inquiétude, non plus en ex furieuse. Elle paraissait plus petite, plus humaine, et Tom éprouvait beaucoup de compassion pour elle. Lui, au moins, se sentait soutenu par ses nouveaux amis. Mais Beth ne pouvait même pas compter sur les relations superficielles qui constituaient sa vie sociale. Maintenant que son couple avait volé en éclats, elle se rendait compte de sa solitude. Et si le pire arrivait à Juliet, la dernière trace de leurs années de bonheur commun disparaîtrait.

Tom rentra chez lui. Effondré sur le canapé, le regard dans le vide, il ne pouvait qu'attendre des nouvelles en essayant de ne pas repenser à ce que Beth et lui avaient partagé.

Les adolescents n'avaient pas la moindre idée de l'endroit où ils se trouvaient, mais la forêt était maintenant particulièrement dense et il leur fallait se frayer un chemin parmi les broussailles. Les hélicoptères semblaient ne jamais s'approcher de là où ils étaient, et c'est en vain que la petite bande avait tenté toute la journée de s'approcher de la zone où les appareils faisaient leurs rondes : à chaque fois, ils se retrouvaient coincés par des ravins infranchissables ou par une végétation impénétrable. Pour couronner le tout, ils apercevaient maintenant de la fumée et une mince pellicule de cendre tombait autour d'eux comme une sorte de grésil. Ils ne cessaient de se prendre les pieds dans les ronces et les racines. Benjie était tombé plusieurs fois, s'écorchant les genoux. Matt avait dû le porter sur son dos pendant un moment, relayé par Justin qui était plus grand et plus fort. Noel, quant à lui, était très pâle. Ils avaient tous très faim. Les plaisanteries qu'ils avaient échangées sur l'aventure que représentait cette expédition étaient désormais oubliées. Ce n'était pas un jeu, il en allait de leur survie. Le sac de Juliet ne contenait plus que quelques bouchées de sandwich. Ils continuaient à picorer des baies, mais en manger trop leur donnait mal au ventre. Le soleil allait se coucher, et il était trop tard pour tenter de redescendre.

— On ferait mieux de continuer demain, dit finalement Peter à Justin.

Les jeunes s'étaient tous assis, épuisés, par terre ou sur les rochers éparpillés devant l'entrée d'une petite grotte.

Ils n'avaient cessé d'espérer que la forêt se ferait moins dense s'ils continuaient à monter, mais jusque-là c'était plutôt l'inverse qui s'était produit. Pour autant, ils avaient déjà atteint une altitude où ils se sentaient de plus en plus essoufflés. Ils se passèrent la bouteille d'eau, totalement découragés. Les hélicoptères avaient disparu du ciel autour de 19 heures, alors qu'il faisait encore grand jour.

Ils discutaient de ce qu'ils allaient faire le lendemain lorsque tout à coup une gigantesque masse brune émergea de la grotte... C'était une ourse, dressée sur ses pattes arrière ! Les sept jeunes se liquéfièrent de terreur alors qu'elle montrait les crocs. Ils s'aperçurent bientôt qu'un minuscule ourson était avec elle. Les adolescents la fixaient, littéralement pétrifiés. L'ourse semblait se demander s'il valait mieux attaquer ou tenter de passer devant ce petit groupe d'humains potentiellement dangereux. L'ourson était adorable et paraissait terrifié. L'ourse émit un terrible grognement qui leur fit dresser les cheveux sur la tête.

— La vache, lâcha Justin.

— Que... qu'est-ce qu'on fait ? On lui jette des cailloux ? murmura Peter d'une voix tremblante.

— Ne dites rien et surtout ne bougez pas, ordonna Justin.

Lentement, sans jamais montrer son dos à l'animal, le jeune homme rejoignit un gros rocher et commença à l'escalader, hors de vue de l'ourse. Une fois en haut, il se redressa d'un seul coup, sans émettre un son. De là-haut, Justin surplombait la bête d'un bon mètre.

En le voyant, la mère, effrayée, retomba sur ses quatre pattes et, poussant son petit du bout de son museau, l'entraîna bien vite dans le sous-bois. Justin poussa un soupir de soulagement. Puis, sans doute emporté par l'adrénaline, il sauta du haut du rocher au lieu de redescendre comme il était monté. Ses jambes tremblantes le lâchèrent et il tomba à la renverse, manquant de se cogner la nuque contre un rocher. Les autres se précipitèrent vers lui.

— Tu nous as sauvé la vie ! s'écria Juliet, admirative.

Le jeune homme grimaça en tentant de se relever.

— J'ai lu quelque part qu'ils attaquent si on leur crie dessus ou si on imite leurs rugissements. Par contre, si on reste silencieux et qu'on les domine d'un point plus élevé, ils fichent le camp. Enfin, c'était la première fois que j'essayais.

Peter lui tendit la main et Justin réussit à se redresser, mais son visage était tordu de douleur.

— Je crois que je me suis fait une entorse. Il ne manquait plus que ça...

Il dut s'appuyer sur ses camarades pour faire quelques pas. Les jeunes scrutèrent nerveusement le sous-bois. L'ourse ne faisait pas mine de revenir. Peut-être cherchait-elle une autre tanière où mettre son petit à l'abri. Tous étaient épatés que la ruse de Justin ait si bien fonctionné. Mais il ne pouvait plus marcher...

— Ça ne sert à rien d'insister, tu ferais mieux de t'asseoir, finit par dire Juliet.

Suivant son conseil, il s'adossa au rocher et Peter lui apporta de quoi surélever son pied. Au bout de quelques minutes, sa cheville avait triplé de volume. Entre la douleur et le choc de la confrontation avec l'ourse, le jeune homme peinait à retenir ses larmes.

Peter emboîta le pas de Juliet, qui allait chercher un peu d'eau dans son sac.

— J'espère qu'il ne s'est pas cassé un truc, lui souffla-t-il.

— Moi aussi, répondit la jeune fille gravement.

Tout allait de mal en pis. Ils étaient coincés dans la montagne depuis deux jours et commençaient à désespérer que quelqu'un les retrouve.

— Matt, Peter et moi, on peut porter Justin demain, lança courageusement Tim.

Au lieu de se disputer et de se rendre mutuellement responsables de leurs malheurs, ils faisaient tous preuve d'une belle solidarité. Peu à peu, ils reprirent leurs esprits après cet incident terrifiant, mais le petit Benjie se cramponnait à son frère. Noel ne disait plus rien. Il commençait à se sentir vraiment faible. Juliet lui avait réservé la seule petite bouteille de jus de fruit qu'il lui restait. Elle la lui passa et il en but les dernières gorgées.

— Si on rentre chez nous vivants, on pourra vraiment dire qu'on a relevé le challenge, commenta Peter. Mention spéciale pour Justin. Tu nous as bien sauvé la mise.

Cette nuit-là encore, ils montèrent la garde à tour de rôle, mais l'ourse ne se montra plus. Tous espéraient qu'elle était partie le plus loin possible pour protéger son petit...

Il était 20 heures lorsque Harvey Mack appela les Pollock. Il voulait que tous se retrouvent au ranch pour les mettre au courant du plan d'action du lendemain. Harvey était clairement épuisé après cette longue journée de recherches infructueuses, mais sa pugnacité restait intacte.

— Qu'est-ce qu'il a dit ? demanda Beth à Tom quand il passa la chercher.

Il remarqua à l'expression de son visage qu'elle était passée en mode « combat », ce qui n'était jamais bon signe.

— Il veut juste nous parler de la suite des opérations. Tu voulais le rencontrer, non ?

— Je ne comprends pas pourquoi ils mettent tellement de temps ! Bon sang, c'est si difficile de retrouver un groupe de sept ados sur une malheureuse montagne ?

Tom eut la sagesse de ne pas lui reprocher son ton agressif. Elle pouvait se montrer très difficile quand elle était en colère... Il avait suffisamment eu l'occasion de s'en rendre compte au cours de l'année précédente. Mais après tout, il n'avait pas à répondre de l'attitude de son ex-femme.

Ils furent les derniers à arriver chez les Pollock. Tom présenta aussitôt Beth aux autres, qui lui manifestèrent toute leur solidarité dans cette épreuve. Beth se montra polie mais guère chaleureuse, comme si elle les tenait pour responsables de la situation, au même titre que Tom. Et quand le chef des rangers les rejoignit, quelques minutes plus tard, il apparut clairement que Beth lui en voulait aussi. Harvey Mack était très calme mais Tom remarqua qu'il serrait les mâchoires. La journée avait été rude, et Harvey ne cacha pas qu'il était frustré.

— Nous aussi, lança Beth d'une voix sonore.

Montrant la carte topographique qu'il avait apportée, Harvey Mack ignora souverainement la nouvelle venue et annonça, plus inébranlable que jamais :

— Le ranch où nous nous trouvons se situe ici. Aujourd'hui, nous avons concentré nos efforts sur la zone que vous voyez là, car elle correspond à la direction la plus évidente que les jeunes auraient dû prendre. Puisque cela n'a rien donné, nous allons nous orienter demain vers cet autre secteur, au cas où les enfants auraient dévié des sentiers battus. La plupart d'entre eux connaissent la région comme leur poche, mais il est possible qu'ils se soient complètement égarés.

— Êtes-vous tout à fait certain de la compétence de vos équipes de recherche ? l'apostropha Beth, lui coupant la parole.

Tom fit la grimace et jeta un regard d'excuse au ranger.

— À 100 %, madame Marshall. Et demain, ils seront bien accompagnés. Compte tenu de la progression des incendies sur l'autre versant de la montagne, j'ai demandé le soutien de réservistes. Nous aurons une centaine d'hommes sur le terrain, et pas moins de six avions de reconnaissance en plus de nos hélicos. Ce sera l'opération de sauvetage la plus importante jamais menée dans la région. Nous devons ramener vos enfants à la maison, ou a minima les localiser dès demain. Si par malchance le relief ne nous permettait pas de les évacuer immédiatement, nous leur larguerons des kits de survie. Une de nos urgences absolues est de s'assurer que le traitement de Noel ne soit pas interrompu.

Les yeux de Marlene se remplirent de larmes et tous hochèrent la tête avec gratitude.

— Et si vous ne les trouvez pas demain ? s'exclama encore Beth avec aigreur.

Tom avait honte d'elle.

— Madame, je les chercherai personnellement jusqu'à ce que nous les trouvions.

Le regard qu'il posa alors sur Beth la surprit. Il n'était pas chargé de colère mais de compassion. Elle prit tout à coup conscience qu'elle avait en face d'elle une forte personnalité. Au lieu d'intimider Harvey Mack, elle lui faisait de la peine.

— Je comprends votre peur, madame Marshall. Nous avons tous peur, et moi aussi. Je ne veux perdre aucun de vos sept enfants et j'aurais préféré comme vous les avoir déjà tous rapatriés. Mais il faut comprendre que le milieu montagnard est extrêmement contraignant. Je vous demande de me faire confiance quand je vous dis que je consacre toute mon énergie et mes compétences à ramener vos enfants sains et saufs. De votre côté, c'est en restant aussi calme que possible que vous m'aiderez le plus. Je n'ai pas besoin de votre colère. La sécurité et la santé de vos enfants sont ma priorité absolue. Tout ce que je veux, c'est que demain, à la même heure, vous teniez Juliet dans vos bras.

En trente secondes, Harvey avait complètement désarmé Beth, qui laissait maintenant libre cours à ses larmes. Harvey lui effleura le bras et ajouta :

— Je ne vous laisserai pas tomber. Ni vous ni vos enfants.

— Merci, répondit Beth d'une voix tremblante. Je vous prie d'excuser ma grossièreté.

— J'ai appris que souvent la colère sert de façade à la peur.

— Je suis terrifiée à l'idée qu'elle meure là-haut... ou qu'elle soit déjà morte, murmura Beth.

Harvey, aussi imposant qu'une montagne, prit dans ses bras la mince silhouette de Beth, qui se sentit tout de suite mieux.

— En toute franchise, et pour le dire crûment, si c'était le cas, je pense que nous les aurions déjà retrouvés. Si nous ne les trouvons pas, c'est parce qu'ils sont mobiles. Ils cherchent sans doute à se rapprocher de nos hélicos. Mais sur un terrain de montagne accidenté, il n'y a pas de ligne droite, et ils ne cessent de changer de direction pour trouver un passage. C'est ce qui les rend si difficiles à localiser. Bien sûr, ce ne sont que des suppositions. Quoi qu'il en soit, ils ne devraient pas tarder à fatiguer et ralentir, ce qui, paradoxalement, jouera en leur faveur.

Beth répondit au sourire de Harvey, quelque peu rassérénée et pleine de gratitude.

— À demain, madame Marshall. Essayez de prendre un peu de repos.

Tom était bluffé : Harvey avait retourné Beth comme une crêpe et avait trouvé les mots justes pour la calmer. Il avait lu en elle comme dans un livre ouvert.

Les paroles du chef des rangers avaient redonné espoir et courage à tout le monde. Malgré cela, Tom ne put fermer l'œil de la nuit. Il pensait à sa fille, espérant qu'elle n'avait pas trop faim, trop froid ni trop peur, là-haut, dans la montagne. Il pensait aussi aux opérations impressionnantes qui démarreraient le lendemain dès l'aube. C'était une course contre la montre, et les moyens mobilisés étaient dignes d'une opération militaire.

Seule chez elle, June Taylor ne dormait pas non plus. Elle tentait de se rassurer en se remémorant les paroles du chef des rangers. Elle avait fini par se résoudre à se relever pour se faire un lait chaud lorsque son téléphone sonna. Espérant avoir enfin des nouvelles de Tim, elle décrocha aussitôt. Mais c'est à peine si elle reconnut la voix dans l'appareil. C'était Ted, son ex-mari, qui l'appelait depuis le Moyen-Orient.

— J'étais en mission cette semaine mais je viens de rentrer. Qu'est-ce qui se passe ? J'ai vu que tu avais cherché à me joindre plusieurs fois.

Il paraissait contrarié. Ils ne s'étaient pas quittés bons amis et ne se contactaient que lorsqu'ils y étaient vraiment obligés. Ted ne voyait de toute façon pas la nécessité de faire partie de la vie de son fils unique. Il se contentait de lui verser sa pension alimentaire, et de quelques cartes postales envoyées de l'étranger.

Quand June le mit au courant de la situation, il sembla sous le choc.

— Redis-moi depuis combien de temps ils sont là-haut... ? Il y a encore une chance de les sauver ?

— Cela fait deux jours, dit-elle, les larmes aux yeux. Heureusement c'est la période la plus chaude de l'année, il y a moins de risques d'hypothermie la nuit. S'ils ne reviennent pas, Ted, tu seras passé à côté de la vie de ton fils, qui est une personne formidable. Et tout ça parce que tu n'as jamais été capable d'accepter son handicap, alors que tu devrais être fier de lui et de ce qu'il a accompli pour surmonter ses difficultés ! Je sais très bien qu'il te fait honte, mais c'est toi qui devrais avoir honte. Tu es d'une mesquinerie et d'un égoïsme sans nom !

Épuisée par l'angoisse et le manque de sommeil, les nerfs à fleur de peau, June venait enfin de lui dire ce qu'elle avait sur le cœur depuis quatorze ans. Elle n'entendit rien pendant quelques instants, puis, en tendant l'oreille, elle s'aperçut que Ted pleurait, lui aussi.

— Je suis désolé, June. Je prie pour que notre Tim soit sain et sauf.

— Moi aussi, répondit-elle d'une voix étranglée.

Une fois l'abcès crevé, ils réussirent à échanger quelques mots. C'était plus que ce qu'ils s'étaient dit en dix ans. June informa Ted des moyens mis en œuvre par les rangers et les réservistes, et promit de le tenir au courant. Il s'excusa de ne pas pouvoir venir. Elle ne s'était de toute façon guère fait des idées à ce sujet. Elle espérait cependant qu'il n'attendrait pas la mort de son fils pour ouvrir enfin les yeux. Son garçon méritait un père digne de ce nom.

Après avoir raccroché, elle s'assit près de la fenêtre et pria, les yeux rivés sur les monts Beartooth que l'on distinguait au loin dans le clair de lune.

Beth aussi ne parvenait à penser qu'à sa fille. Et il en allait ainsi pour chacun des parents. Tous avaient hâte que l'aube se lève pour reprendre les recherches.

8

Après de longues heures à fixer le plafond, transi d'angoisse, Tom avait fini par s'assoupir. Réveillé en sursaut, il se leva et descendit se préparer une tasse de café. Quelle ne fut pas sa surprise lorsqu'il regarda par la fenêtre ! Quatre camions-régie étaient stationnés devant la maison, et une demi-douzaine de reporters parsemaient sa pelouse. Il n'avait fallu que deux jours à la presse pour les trouver... Comme l'avait dit Harvey, la plus vaste opération de sauvetage jamais lancée dans la région depuis longtemps était en cours. Les dernières dataient d'hivers lointains durant lesquels des randonneurs imprudents s'étaient égarés dans la neige. Tom n'avait aucune envie de parler à ces oiseaux de malheur et il ferma sèchement ses rideaux.

Il attendit 8 heures pour appeler les Pollock. Cela faisait trois heures qu'ils étaient debout et eux aussi avaient découvert avec déplaisir les journalistes.

— À quoi ça sert de nous harceler alors qu'on est déjà à bout de nerfs ? gémit Tom.

— C'est dans la nature des médias, soupira Anne.

Pitt était également très contrarié. Mais c'est Marlene qu'ils plaignaient le plus : elle avait suffisamment de soucis comme ça. Ils se demandaient si les journalistes savaient que Noel était diabétique. Sans doute se feraient-ils un plaisir d'utiliser cette information pour ajouter une touche dramatique supplémentaire à leur reportage.

— Ils avaient commencé à faire le tour des bâtiments quand nos employés leur ont signifié que c'était une propriété privée et les ont fait déguerpir. Ils étaient en train de filmer tout ce qu'ils voyaient. Ils ont même essayé d'entrer dans les écuries pour photographier nos chevaux ! lui raconta Anne. J'ai l'impression de ne même plus pouvoir mettre le nez dehors.

— Quel sans-gêne ! J'espère qu'ils ne sauteront pas sur les enfants dès leur retour à la maison.

Après avoir raccroché, il appela Beth pour la prévenir. Jetant un coup d'œil derrière les rideaux de son bungalow, elle découvrit le même triste spectacle que lui. Il y avait même les chaînes nationales. S'ils étaient particulièrement nombreux devant les ranchs des Pollock et des Brown, qui fournissaient le décor le plus pittoresque, les journalistes étaient prêts à interviewer quiconque accepterait de leur parler. Beth, de par son métier, savait mieux que personne qu'il valait mieux rester enfermée et éviter tout contact avec ses confrères.

Enfin, Tom appela Marlene pour prendre de ses nouvelles. Elle lui apprit que les journalistes avaient harcelé l'infirmière en soins palliatifs à son arrivée à 6 heures du matin, lui demandant combien de temps il lui restait à vivre. Tom compatit. C'était vraiment à vomir.

— Tu veux que je vienne faire barrage devant ta porte ? demanda-t-il.

— Non, mais merci de proposer, répondit Marlene après une hésitation. Tu as tes propres soucis. Si je puis me permettre, ton ex-femme n'a pas l'air commode !

Tom décela un sourire dans sa voix.

— Je ne peux pas te donner tort. J'étais mortifié, hier, quand elle a essayé de voler dans les plumes de Harvey.

— Oh, c'est un grand garçon, tu sais. Tu as bien vu la façon dont il l'a immédiatement désamorcée. J'ai même entendu Beth s'excuser auprès de lui.

— J'avoue qu'il s'en est bien mieux sorti que je ne l'ai jamais fait ! Moi, il a fallu que je m'enfuie dans le Montana pour échapper à ses colères.

Marlene eut un petit rire. Elle appréciait sa délicatesse et son sens de l'autodérision, et il était visible que c'était un père très aimant. Elle était surprise qu'il ait épousé une femme aussi dure que Beth.

— Bon, alors verrouille bien ta porte d'entrée, conclut-il. J'imagine que les soignants savent qu'il faut s'abstenir de tout contact avec les journalistes ?

Tom savait que Marlene était brillante et exceptionnellement courageuse, mais sa situation personnelle tragique la rendait aussi très vulnérable.

Il avait proposé à Beth d'aller la chercher, ce qu'elle avait accepté avec gratitude, mais dès qu'il mit le pied dehors une jeune femme trop maquillée, vêtue très moulant et coiffée d'une choucroute blonde fonça droit sur lui.

— Tom Marshall ?

Il tenta de mentir :

— Non, vous faites erreur.

La journaliste l'empêchait d'ouvrir sa portière et ne faisait pas mine de bouger.

— Pouvez-vous me dire un mot sur la façon dont vous pensez qu'est menée l'opération de sauvetage de votre fille ? lança-t-elle, espérant visiblement une critique des équipes de secours.

— Tout est géré de main de maître, répliqua Tom, agacé qu'elle cherche à lui faire dire du mal de Harvey.

— Alors pourquoi pensez-vous que les enfants n'ont toujours pas été retrouvés ?

Il était très tenté de la pousser sur le côté pour pouvoir accéder à son véhicule... D'autant qu'elle insistait :

— Cela fait déjà trois jours que les enfants se sont égarés dans la montagne, cela doit vous paraître terriblement long. Pensez-vous que les secours aient tardé à se mettre en place ?

— Pas du tout. Je pense simplement qu'il est terriblement difficile de retrouver quelqu'un là-haut. Ils font tout ce qui est en leur pouvoir, depuis le début.

— Pensez-vous que les jeunes ont consommé de l'alcool ou des drogues ? demanda-t-elle en lui fourrant son micro sous le nez.

C'en était trop ! Dire qu'à l'heure où ils parlaient, les enfants pouvaient être aussi bien morts que gravement blessés, et que cette femme ne cherchait qu'un nouveau scandale à se mettre sous la dent...

— Absolument pas. Sauf le petit de 6 ans. Vous devriez peut-être écrire un article sur la toxicomanie précoce des enfants au CP.

La journaliste ne se laissa pas démonter. Vu la nature de ses questions et son style extrêmement agressif, elle devait avoir l'habitude de se faire envoyer paître.

— Êtes-vous inquiet de la progression incontrôlée des incendies sur le pic Granit ? Vous arrive-t-il de songer que les secours pourraient arriver trop tard pour sauver votre fille ?

— Vous osez me demander tranquillement comment je me sentirais si ma fille était brûlée vive avant l'arrivée des secours ? explosa Tom. Vous n'avez donc aucune pudeur, aucune éthique, pour poser de telles questions à un père malade d'inquiétude ? Comment faites-vous pour vous regarder dans le miroir le matin ?!

— Vous pensez donc qu'il risque d'y avoir des morts ? ajouta encore la jeune femme.

Un muscle tressauta dans la mâchoire de Tom.

— Écartez-vous ou j'appelle la police, gronda-t-il.

Imperturbable, la femme décida de changer complètement son angle d'approche.

— Vous semblez satisfait de l'organisation des secours, mais que pensez-vous des sommes engagées aux frais du contribuable pour cette opération de sauvetage, consécutive à l'imprudence de quelques adolescents ? On parle de millions de dollars, et ce matin des troupes militaires sont également engagées sur le terrain.

— Vous insinuez qu'il aurait mieux valu laisser nos gamins mourir ?

— Je me demande juste si vous éprouvez une forme de responsabilité sociale vis-à-vis des sommes en jeu.

— J'éprouve surtout une immense gratitude envers les autorités qui mobilisent les moyens nécessaires pour sauver ma fille et les six autres enfants perdus avec elle en pleine montagne. Maintenant, dégagez de ma propriété ou j'appelle la police. Je suis sérieux. D'ailleurs, comment vous appelez-vous ?

— Selma Thornton, répondit-elle sur un ton bravache.

— Très bien, madame Thornton. Si vous osez m'approcher encore une fois, ou si vous continuez à faire le pied de grue devant chez moi, je porte plainte contre votre chaîne et j'exige votre renvoi. Est-ce que c'est clair ?

— Comme de l'eau de roche, répondit-elle avec un grand sourire. Merci pour cet entretien passionnant, cher monsieur.

Il était à deux doigts de devenir franchement grossier mais il eut la sagesse de se contenir. Nul doute que sinon, elle écrirait dans son torchon que Tom Marshall avait proféré des menaces à son encontre, mentionnant au passage que le chagrin avait dû lui faire perdre la tête.

Marlene préféra ne pas mettre le nez dehors. Et tandis que Pitt et Anne avaient réussi à rejoindre leur voiture par une porte de derrière, plusieurs équipes de tournage filmèrent June en train de courir pour rejoindre la sienne. Ces paparazzi étaient une vraie plaie. Ils devaient être déçus de ne pas avoir pu obtenir des photos des parents en larmes. Leur voyeurisme était écœurant.

Mais tout ce qui comptait, c'était que les sauveteurs puissent faire leur travail dans de bonnes conditions. Désormais, les équipes passaient toute la montagne au peigne fin.

Pour le groupe d'adolescents, le troisième jour fut encore plus difficile que les précédents. Noel commençait à se sentir vraiment mal. Il ne restait plus une miette de sandwich ni de barre de céréales et les jeunes étaient malades à la seule vue d'une baie. Vers midi, ils coupèrent les deux pommes qui leur restaient et gardèrent pour plus tard le dernier quartier à l'intention de Noel. Ils ne buvaient plus que de toutes petites gorgées d'eau.

Plutôt que de s'acharner à remonter, ils avaient décidé de redescendre de la montagne et ils cherchaient désespérément un nouveau sentier. Mais tous ceux sur lesquels ils s'engageaient finissaient en culs-de-sac. Leurs forces s'épuisaient et ils ne cessaient de trébucher, tombant de plus en plus fréquemment sur le terrain inégal. Comme Justin ne pouvait pas du tout marcher, Matt, Tim et Peter se relayaient pour le porter deux par deux, en formant un siège avec leurs mains jointes. Les hélicoptères semblaient plus proches que la veille, mais ils les entendaient sans les voir car la canopée était trop dense. Ils entendirent aussi les avions. Ils en déduisirent que les réservistes de l'armée avaient été mobilisés.

Il était 18 heures et les secouristes étaient sur le point de rentrer au camp de base lorsque les jeunes levèrent la tête en entendant le vacarme d'un hélicoptère. Il était juste au-dessus d'eux ! Tous se mirent à crier mais le bruit du rotor était trop assourdissant.

Le pilote fit brusquement demi-tour.

— Qu'est-ce qu'il y a ? s'inquiéta son copilote.
— Tu n'as pas vu ? Il y avait un gamin en chemise à carreaux rouge ! Peut-être que la fatigue me fait halluciner mais je préfère en avoir le cœur net.
— Je n'ai rien vu, c'est trop dense...
Dans le sous-bois, Justin eut soudain une illumination.
— Vite ! cria-t-il. Tout le monde enlève son haut !
— Hein ? Mais pourquoi ? demanda Tim.
— Donne-moi juste ta chemise. Allez, tout le monde !
Juliet découvrit sa brassière sans l'ombre d'une hésitation. Avec l'aide de Justin, elle noua ensemble sweats et tee-shirts afin de créer une sorte de long oriflamme multicolore.
— Grimpe sur le rocher le plus haut et fais tourner ça comme un lasso, ordonna alors Justin à Peter.
Le jeune garçon s'exécuta, faisant tournoyer d'une main experte le drapeau de fortune. À sa vue, pilote et copilote laissèrent échapper un cri, puis annoncèrent aussitôt leur découverte sur la radio des rangers. Maintenant qu'ils avaient vu Peter, ils distinguaient vaguement les autres entre les branches.
— Bingo, on les a trouvés !
Quand ils indiquèrent leurs coordonnées précises, Harvey leur répondit en personne dans le poste, la voix chargée d'émotion.
— Est-ce que vous pouvez vous poser ?

— Négatif, chef. Pas un seul terrain favorable à moins de 20 kilomètres. C'est même trop broussailleux pour tenter un parachutage. Il va falloir les récupérer par voie terrestre.

— Vous les avez comptés ?

— Impossible. On en voit juste un qui agite une sorte de drapeau, mais on aperçoit à peine les autres. En tout cas, ils sont plusieurs.

Les jeunes s'étaient énormément éloignés de leur point de départ et, sans le savoir, ils s'étaient rapprochés de l'incendie. Les cendres continuaient de tomber comme une légère chute de neige.

— On n'arrivera peut-être pas à les rapatrier ce soir, reprit Harvey. Il faut leur larguer des provisions et du matériel de premiers secours, surtout la pompe à insuline pour le petit diabétique.

Les parents, branchés sur la radio, écoutaient en pleurant de soulagement.

— Les colis risquent de se prendre dans les branchages, prévint le pilote.

— Larguez tout ce que vous avez, on verra bien ce qui arrive à terre et ce qu'ils peuvent attraper. Il leur faut absolument de quoi se nourrir et s'hydrater.

À bord des hélicoptères, les secouristes constituèrent donc des colis avec des rations alimentaires, des couvertures de survie, des bouteilles d'eau et de jus de fruit, ainsi que des nécessaires de premiers soins avec bandages et attelles, sans oublier une pompe à insuline dans chaque paquet. Le tout fut prêt à être largué en moins de dix minutes. L'un après l'autre, les hélicos passèrent au-dessus des jeunes et déversèrent leur chargement, au total une douzaine de colis. Puis ils s'éloignèrent. Dans les paquets, les secouristes avaient laissé un petit mot pour expliquer qu'ils seraient de retour le lendemain matin, et que les troupes au sol viendraient à leur rencontre à pied pour évacuer les blessés éventuels. Plus qu'une nuit à passer dehors !

Malheureusement, pas un seul paquet n'avait atteint le sol... Tous étaient suspendus aux branches, comme autant de décorations de Noël dans un sapin. Les adolescents se doutaient bien que les colis contenaient tout ce dont ils manquaient cruellement depuis des jours, mais impossible de les attraper à une telle hauteur.

Sur la radio des rangers, c'était l'euphorie. Les secouristes avaient enfin localisé les jeunes ! Ils étaient à des dizaines de kilomètres de leur point de départ, et avaient pris une direction tout à fait inattendue. Il était malheureusement encore impossible de savoir s'ils étaient tous ensemble, et dans quel état... Les parents devraient affronter une nouvelle nuit d'attente insoutenable avant de savoir si le cauchemar était bel et bien terminé.

Ce soir-là, Harvey convoqua à nouveau l'ensemble des parents au ranch des Pollock. Il ne leur cacha pas que ses équipes avaient durement bataillé avec les éléments et la montagne elle-même. Les jeunes s'étaient déplacés à une vitesse surprenante. Leur énergie et leur jeunesse les avaient malheureusement desservis, car les retrouver revenait à peu près, selon les mots de Harvey, à essayer d'attraper une puce. L'incendie se rapprochait, mais il était convaincu de pouvoir les récupérer avant que leur versant de la montagne ne soit la proie des flammes. Sans donner davantage d'explications, il annonça également qu'il aurait besoin de couper les radios pour faciliter les opérations du lendemain. En réalité, il préférait les tenir au courant lui-même au cas où le pire serait arrivé...

Les adolescents, atterrés, regardaient les paquets argentés suspendus aux branches, très haut au-dessus d'eux.

— Bon, pas le choix. Il faut que quelqu'un grimpe pour faire tomber les paquets, finit par dire Justin.

Quand ils étaient plus jeunes, Matt était le meilleur grimpeur du groupe. Mais il était maintenant trop lourd. Il en allait de même pour Tim. Les branches sèches risquaient de casser sous leur poids. Bien que grand aussi, Peter était moins lourd que ses camarades. Malheureusement, il avait le vertige. Avec sa cheville méchamment foulée, Justin ne tenait même pas debout. Quant à Noel, il avait le tournis après ces trois jours presque sans manger. Benjie ne demandait pas mieux que d'y aller, mais les autres déclarèrent, unanimes, que c'était trop dangereux.

— C'est bon, je vais monter ! déclara soudain Juliet. J'adore grimper aux arbres depuis que je suis gamine.

Tous lui jetèrent un regard sceptique tandis qu'elle remettait dignement son tee-shirt après l'avoir dénoué du drapeau de fortune. Elle était grande, mais paraissait terriblement mince et frêle. D'un autre côté, sa légèreté était un atout. Avaient-ils faim et soif au point de risquer que l'un d'entre eux se rompe le cou ? La jeune fille ne se posait même pas la question. Noel avait besoin d'insuline, c'était tout ce qu'elle avait en tête.

— Tu es sûre ? demanda Peter.

— Tout à fait sûre.

Le garçon lui fit la courte échelle au pied de l'arbre le plus proche, et elle progressa dans la ramure à une vitesse stupéfiante, ne ralentissant qu'à l'approche du faîte. Les branches grinçaient et l'une d'entre elles céda même avec un craquement. Juliet essayait autant que possible de rester le plus près du tronc, là où les branches étaient les plus robustes. Enfin, elle réussit à atteindre trois paquets, qu'elle fit tomber l'un après l'autre. Pour en saisir un quatrième, elle ne prit pas la peine de redescendre mais passa directement dans l'arbre voisin. Elle avait l'impression d'être Tarzan ! Elle dut malheureusement laisser trois paquets, trop difficiles d'accès, avant de redescendre avec prudence.

Elle avait les bras et les mains pleins d'échardes – certaines avaient même traversé son jean – mais peu lui importait.

Ils eurent réellement l'impression d'être au matin de Noël quand ils ouvrirent les paquets. Avec neuf pompes à insuline, Noel ne risquait plus rien. Il y avait en outre de l'eau, du jus, de la viande séchée, des fruits, ainsi que du chocolat et des crackers, mais aussi des couvertures de survie et plusieurs modèles d'attelles gonflables, dont une qui convenait parfaitement à Justin. Ils avaient tout ce qu'il leur fallait, y compris des allumettes et plusieurs lampes torches. Chacun but plusieurs petites bouteilles d'eau à la suite. Puis Justin aida Noel à changer de pompe. Il ne tarderait pas à se sentir mieux. Après avoir mangé et bu à satiété pour la première fois depuis trois jours, ils s'enveloppèrent dans les couvertures et s'allongèrent au pied des arbres. Ils avaient retrouvé tout leur optimisme... ou presque, car ils voyaient le ciel rougeoyer à travers les branches.

Un peu plus tard dans la nuit, pendant le tour de garde de Juliet, Peter et elle virent passer deux loups à vive allure. Les animaux ne leur prêtèrent même pas attention. Ils fuyaient le feu. Puis plusieurs cerfs filèrent tout près d'eux. Au petit matin, ils mangèrent, burent, et levèrent le camp sans demander leur reste.

Outre les vivres, le matériel de premiers secours et les petits mots d'encouragement, les sauveteurs avaient inclus dans les paquets des traceurs GPS, ainsi que des cartes topographiques avec l'indication d'un point de rendez-vous. Ils virent qu'il leur fallait continuer à descendre. Peter et Matt soutenaient Justin qui, grâce à l'attelle, avait un peu moins mal et était plus facile à déplacer.

Au bout d'une heure, quel ne fut pas leur soulagement de tomber sur deux secouristes qui venaient à leur rencontre ! L'un examina Noel : le jeune diabétique semblait avoir bien récupéré et était hors de danger. L'autre, après avoir jeté un coup d'œil à la cheville de Justin, le hissa sur son dos. Ils marchèrent encore pendant une heure avant d'atteindre une vaste clairière où deux hélicoptères étaient stationnés. Tous les sept montèrent à bord des appareils, et Benjie eut même le droit de s'asseoir près du pilote, pour sa plus grande joie. Ils décollèrent en direction de l'hôpital de Billings, où ils seraient tous placés en observation.

Aussitôt informé de la bonne nouvelle, Harvey réactiva les radios et relaya le message aux parents de sa voix grave :
— Ici Harvey, à tout le monde. Les sept biquets égarés rentrent au bercail. Je répète : les sept biquets égarés rentrent au bercail.

Sur l'hélisurface de l'hôpital, les infirmiers installèrent Justin dans un fauteuil roulant pour l'emmener aux urgences. Benjie, quant à lui, bondissait comme un cabri, et Peter avait passé un bras autour des épaules de Juliet. Un immense sourire illuminait leurs visages sales et fatigués, mais ils furent très surpris de découvrir les photographes et les caméramen qui les attendaient devant la porte principale.

Assis à son bureau, Harvey souriait, lui aussi. Il écrasa même une larme.

9

Lorsqu'il entendit l'annonce de Harvey sur la radio des rangers, Tom était seul chez lui. De soulagement, il fondit en larmes et resta un instant assis là, sans rien pouvoir faire d'autre que sangloter. Puis il appela Beth pour s'assurer qu'elle était au courant. Elle aussi avait des larmes dans la voix. Elle était restée dans son bungalow pour éviter les journalistes et n'était même pas encore habillée.

— Ils sont tous vivants, et ils vont bien, hoqueta Tom. C'est un vrai miracle. Je passe te prendre pour aller la chercher à l'hôpital ?

La hache de guerre semblait enterrée. Ils ne formaient plus un couple, mais ils n'étaient plus ennemis pour autant. Leur fille avait survécu, et c'était tout ce qui comptait.

— Bien sûr, répondit Beth. Où se trouve l'hôpital ?

— À Billings. Il y a à peu près une heure de route. Je serai là dans dix minutes.

— Merci, Tom.

Lorsqu'il sortit de chez lui, la même reporter blonde se jeta littéralement sur lui, en même temps qu'une trentaine d'autres journalistes et photographes. Mais c'est elle qui, la première, réussit à lui coller son micro sous le nez.

— Comment vous sentez-vous, monsieur Marshall ? demanda-t-elle, un grand sourire aux lèvres.

— Euphorique, soulagé, reconnaissant. Je suis très soulagé que tous les enfants s'en soient sortis.

Après avoir éteint son micro, elle lui adressa un regard gêné.

— Je tiens à m'excuser pour l'autre jour. Dans notre métier, il peut nous arriver de perdre de notre humanité. Je me suis sentie honteuse en réécoutant mon enregistrement. Je suis très heureuse que tous les enfants aillent bien. Et clairement, l'argent du contribuable a été bien employé : il vaut mieux financer les secours en montagne que l'armement nucléaire ! Quoi de plus important que de sauver des vies d'enfants ?

Tom la gratifia d'une petite tape sur l'épaule.

— Excuses acceptées, dit-il avec un sourire magnanime. Ce genre d'accident nous rappelle ce qui compte vraiment. Maintenant, veuillez m'excuser, il faut que j'aille retrouver ma fille.

La journaliste hocha la tête, puis adressa un signe de la main à Tom quand il passa à bord de son pick-up. Elle avait encore besoin de recueillir quelques témoignages pour boucler son reportage mais elle avait compris la leçon.

Beth l'attendait devant la porte de son bungalow, et il n'y avait cette fois aucun camion-régie en vue.
— Tu avais dit dix minutes, pas vingt, lui lança-t-elle aussitôt sur un ton acide.
Tom sourit. Sacrée Beth !
— J'ai été retardé par une journalise que j'ai insultée l'autre jour. Elle voulait me présenter ses excuses.
— Tu l'as insultée et c'est elle qui s'excuse ?!
— C'est à peu près ça.
— Elle essayait surtout de te draguer, non ?

Tandis que Tom et Beth étaient en route pour Billings, Harvey donna une conférence de presse sur le rapatriement des sept jeunes. Il expliqua qu'ils avaient échappé à de nombreux dangers, et qu'il aurait sans doute été impossible de les retrouver sains et saufs en plein hiver. Mais tout s'était bien terminé. Après avoir remercié les médias, il s'informa de la progression des incendies puis, à l'instar des parents impatients de retrouver leurs enfants, se mit lui aussi en route vers l'hôpital.

En entrant dans la chambre de leurs garçons, Bill et Pattie trouvèrent Benjie en train de sauter sur son lit. Il se jeta à leur cou dès qu'il les aperçut.
— Maman ! Papa ! Vous savez, Justin a fait fuir un ours énorme ! s'écria-t-il.

Matt confirma que c'était vrai, et enlaça à son tour ses parents. Bill et Pattie serraient les garçons si fort qu'ils n'arrivaient presque plus à respirer, et tout le monde pleurait à chaudes larmes.

En fait, Justin s'était fracturé la cheville en sautant du haut du rocher. Lorsque Marlene arriva à l'hôpital, ravagée de fatigue et d'angoisse, le jeune homme était déjà au bloc opératoire. Quant à Noel, il devait rester quelques jours en observation jusqu'à ce que sa glycémie soit complètement stabilisée.

— Comment va papa ?

Ce fut la première chose que Noel demanda à sa mère, et Justin fit de même lorsqu'il revint du bloc avec la cheville dans le plâtre.

— Toujours pareil, répondit Marlene.

Elle ne leur dit pas que leur père avait instinctivement senti qu'il leur était arrivé quelque chose.

Les Pollock ne se lassaient pas d'étreindre Peter, qui leur raconta avec enthousiasme comment Juliet avait grimpé jusqu'à la cime des arbres pour récupérer les colis de survie, et comment Justin avait eu l'idée de faire un drapeau à l'aide de leurs vêtements. Il portait toujours sa chemise à carreaux rouge, déchirée au coude.

Tom et Beth serraient Juliet dans leurs bras à tour de rôle. Une infirmière avait passé un bon moment à lui enlever toutes les échardes qu'elle s'était plantées sous la peau en grimpant dans les arbres.

Globalement, les jeunes étaient en bien meilleure forme que leurs parents ne l'avaient craint, notamment grâce aux vivres largués par les hélicoptères.

Harvey fit le tour des chambres et échangea quelques mots avec chacun des jeunes ainsi que leurs parents. La police avait barré l'accès au couloir afin de garantir la tranquillité des familles. Le parking débordait de journalistes et de photographes.

Harvey s'arrêta un instant pour parler à Beth pendant que Tom s'entretenait avec Pitt.

— Je vous avais bien dit qu'on vous la ramènerait, dit-il à voix basse. Vous ne vouliez pas me croire !

— J'avais si peur... Elle est tout pour moi. Je ne sais pas comment vous remercier.

— Je n'ai fait que mon travail. Vous devriez rester un peu dans la région, vous savez. C'est un endroit idéal pour réfléchir et pour écrire.

Ne sachant que répondre, Beth se contenta de hocher la tête. Elle avait l'impression que Harvey était capable de lire en elle, et quelque chose de très rassurant émanait de lui. Et ce n'était pas dû qu'à sa carrure imposante.

En son for intérieur, Harvey n'imaginait pas cette parfaite New-Yorkaise s'attarder plus que nécessaire à Fishtail, au fin fond du Montana. Il lui posa une main chaleureuse sur l'épaule et prit congé pour aller demander des nouvelles de Bob à Marlene, qui avait enfin retrouvé ses deux garçons. Dans son malheur, c'était un vrai miracle.

Après le passage du médecin, Tom et Beth purent ramener Juliet. La jeune fille avait hâte de retrouver sa chambre dans la petite maison de son père, de prendre une douche et de se laver les cheveux.

— À un moment, j'ai bien cru que je ne reverrais jamais cet endroit, déclara-t-elle sur le pas de la porte. Ni aucun autre, d'ailleurs ! Ces nuits dans la forêt, c'était vraiment horrible. On avait tout le temps peur de se faire attaquer par des bêtes sauvages. Et franchement, quand l'ourse est sortie de sa caverne et qu'elle s'est dressée sur ses pattes arrière pour protéger son petit, j'ai senti ma dernière heure arriver... Je ne vous parle même pas des journées ! On n'arrêtait pas de marcher pour essayer de redescendre de la montagne. Plusieurs fois, on s'est retrouvés sur des sentiers très étroits, juste au bord du précipice. Et à la fin, j'ai bien cru qu'on allait tous mourir de faim. Heureusement que j'avais mis les sandwichs dans mon sac à dos quand on est partis se balader après s'être baignés dans la cascade. On a réussi à les faire durer trois jours.

Beth frissonna en entendant ce récit. Tom, quant à lui, se sentait empli de gratitude.

— Beth, tu dînes avec nous bien sûr ?

Après les événements des derniers jours, Tom craignait que Beth veuille ramener immédiatement Juliet à New York. Mais elle semblait avoir pris beaucoup de recul et se montrait bien plus pondérée que de coutume.

— Avec plaisir, si cela ne vous dérange pas..., répondit-elle.

Elle ne se lassait pas de toucher sa fille et de lui caresser les cheveux, comme pour s'assurer qu'elle était bien réelle. Juliet monta se doucher et pendant que Tom préparait une salade et mettait des pâtes à cuire, Beth emplit deux verres de vin et lui en tendit un.

— Je suis désolée de t'avoir traité d'irresponsable, dit-elle. Ce sont les enfants qui auraient dû s'en tenir au programme prévu. Mais tu avais raison : mis à part le fait de passer la rivière à gué, ce qui était clairement une idée stupide, ce sont de braves gamins. Et leurs parents sont des gens très bien.

— Et ils ne sont pas près d'oublier cette leçon..., fit remarquer Tom avant de boire une gorgée de vin.

Il était soulagé de pouvoir enfin lui parler sans cris et sans tension. C'était la première fois depuis très longtemps.

— Tu sais que je commence presque à comprendre pourquoi tu aimes tellement vivre ici ? Presque ! plaisanta Beth.

— Ah ça, c'est autre chose que Manhattan, hein ?

— Je refusais d'y croire mais c'est vrai que tu sembles plus heureux, ici. Plus détendu. Malgré l'angoisse des derniers jours.

— C'est parce que je ne me sens plus submergé par la pression ingérable du quotidien. Alors ça me permet de prendre du recul. La seule chose qui me déplaît, c'est d'être si loin de Juliet. Il faut que je vienne la voir plus souvent. Une fois toutes les six semaines, ça ne suffit pas. Mais je serais incapable de retourner vivre à New York.

— D'un autre côté, je ne te vois pas non plus en cow-boy ! Pourquoi le Montana et pas le Vermont, par exemple ?

— L'environnement est magique, ici. Et j'aime beaucoup les gens que j'y ai rencontrés. Ils mènent une vie saine et véhiculent de belles valeurs. J'ai beau être différent d'eux, ils m'ont très bien intégré et sont adorables avec moi. Et pas besoin de devenir un cow-boy : j'aime toujours mon boulot. Mais maintenant, je le fais dans de bonnes conditions. Mes clients ne se portent pas plus mal depuis que je suis ici.

— On s'entendait si bien sur tout, avant. Comment en sommes-nous arrivés à être si différents ?

— Je ne sais pas, et ça me rend triste. Mais tu es toujours heureuse à New York, n'est-ce pas ?

— Oui. Même si je reconnais que tu as raison, il m'arrive à moi aussi de m'interroger sur cette course folle que je mène chaque jour. Si Juliet avait disparu en montagne, rien de ce que j'ai construit n'aurait plus eu aucune valeur. Ma vie serait totalement vide de sens.

— Tu sais, Beth, je voudrais m'excuser pour la façon dont les choses se sont passées. Certes, la transition était délicate, mais je m'y suis vraiment pris comme un manche. J'ai paniqué et j'ai lâchement quitté le navire.

— Et j'ai eu l'impression d'être trahie. Même si maintenant, je comprends que tu avais juste besoin de faire tes propres choix. Tu en as eu assez de jouer selon mes règles, alors tu as fini par retirer tes billes. Je ne peux pas t'en vouloir.

— Ça me touche beaucoup d'entendre ça. Je me dis parfois que peut-être qu'un type qui en impose, un type qui n'a pas besoin de tes encouragements t'aurait rendue plus heureuse. Tu as besoin d'un battant.

— Peut-être bien...

Beth n'était plus en colère contre lui. Elle se fit la réflexion que jamais elle n'aurait choisi comme partenaire de vie — et père de son enfant — cet homme qui vivait dans le Montana et n'avait plus rien en commun avec le Tom d'autrefois. Juliet était vraiment le seul lien qui leur restait.

La jeune fille apparut dans la cuisine enveloppée dans un peignoir en tissu éponge rose, les cheveux encore mouillés. Son téléphone portable se mit à sonner, et elle ressortit aussitôt de la pièce. Ses parents échangèrent un regard.

— Je me trompe ou il y a comme de l'amour dans l'air ? murmura Beth.

— C'est bien possible, répondit Tom sur le même ton. Je soupçonne que c'est Peter Pollock.

Juliet revint quelques minutes plus tard d'un pas léger, un sourire mystérieux flottant sur les lèvres.

— Peter vous passe le bonjour, lança-t-elle.

— Bien vu, souffla Beth à Tom, qui rit doucement.

Ils passèrent à table et savourèrent le plaisir simple de dîner ensemble après les pires jours de leur vie.

— Est-ce que Peter peut venir à la maison demain ? demanda Juliet à son père.

Beth haussa un sourcil.

— Bien sûr, répondit Tom. Pour le dîner ?

— Non, juste comme ça, pour passer l'après-midi ensemble...

Ses parents échangèrent un coup d'œil.

— Tu n'en as pas marre de lui, après trois jours ensemble en pleine montagne ?

— Ben non, répondit Juliet, étonnée.

Puis elle ajouta, sans transition :

— Vous savez que ses parents sont ensemble depuis qu'ils ont 14 ans ?

Sa mère manqua de s'étouffer.

— Et toi, que dirais-tu de poursuivre tes études dans un pensionnat pour jeunes filles ? lança-t-elle d'un ton taquin.

Tous trois éclatèrent de rire, puis Beth ajouta :

— De toute façon, tu rentres à New York bientôt.

Juliet ne répondit pas et remonta dans sa chambre aussitôt la table débarrassée.

— Est-ce qu'on devrait s'inquiéter ? demanda alors Beth.

— Je ne crois pas. Tout ça reste très innocent. Peter est un gentil garçon très bien élevé, et ses parents sont vigilants.

— Mouais ! Comme on a pu s'en rendre compte au cours des derniers jours ! railla Beth. Seigneur, pourquoi faut-il que les enfants grandissent ? Juliet vient à peine d'entrer dans l'adolescence !

— On apprendra au fur et à mesure, la rassura Tom en souriant.

Il repensa à ce qu'il avait dit à Beth avant le dîner : il était certain qu'elle serait plus épanouie avec un homme plus volontaire que lui. Pour sa part, il aspirait à fréquenter une femme avec qui il pourrait se placer sur un pied d'égalité. Se livrer à une compétition permanente ne l'intéressait plus le moins du monde...

Bob était endormi lorsque Marlene revint avec Justin. Grâce aux antalgiques, la cheville du jeune homme le faisait un peu moins souffrir, et le stress de son épopée en montagne était retombé. En tant qu'aîné, il s'était senti responsable de l'ensemble du groupe et son soulagement depuis qu'ils étaient tous rentrés sains et saufs était peut-être encore plus vif que celui de ses compagnons.

Lorsque Justin entra dans la chambre en boitant, Bob ouvrit les yeux et parvint à sourire.

— Comment ça va, fiston ? murmura-t-il.

— Très bien, papa. Et toi ?

— Ça peut aller. Mais j'ai comme l'impression que ces derniers jours n'ont pas été tendres avec toi. Avec Noel non plus. Ta mère a eu beau m'assurer que tout allait bien, j'ai senti que ce n'était pas tout à fait vrai.

Dans d'autres circonstances, Justin aurait été fier de lui raconter comment il avait fait fuir l'ourse.

— Bien vu, papa. Mais ne t'inquiète pas, ce n'est rien de grave. Je dois juste garder ce plâtre pendant six semaines...

— Je peux savoir comment tu t'es fait ça ?

— Je suis bêtement tombé d'un rocher en m'amusant avec les copains.

Bob ne fut pas étonné outre mesure. C'étaient des choses qui arrivaient, même à 17 ans.

— Pas de chance, la saison de rodéo est finie pour toi ! Et Noel, comment va-t-il ?

— Très bien. Il est chez le médecin pour un contrôle de routine de son diabète.

— D'accord. Prends bien soin de lui, fiston. Et de ta mère aussi.

— Bien sûr, promit Justin.

Le jeune homme n'avait pas le courage de se lancer dans cette conversation, même s'il savait pertinemment que la fin était proche. Les yeux de Bob se refermèrent lentement et il se rendormit. Ce bref échange l'avait épuisé mais il était heureux d'avoir vu son fils, tout comme Justin était soulagé que son père ne soit pas mort pendant son absence. Le garçon sortit de la chambre les joues baignées de larmes.

Les médias continuaient de harceler les familles. Les journalistes, qui voulaient capturer des images de l'heureux dénouement, les guettaient devant leur porte et ne lâchaient pas prise. Ils voulaient savoir comment Justin s'était cassé la cheville, pourquoi Noel n'était toujours pas rentré de l'hôpital, si le petit Benjie était traumatisé par ces trois jours perdu dans la montagne et si leurs parents les avaient punis pour leur imprudence. Toutes ces questions paraissaient bien stupides aux garçons et à Juliet, qui ne comprenaient pas que les journalistes cherchaient seulement à monter en épingle la moindre de leurs paroles.

Les reporters finirent par se désintéresser d'eux car désormais c'étaient les incendies qui ravageaient les monts Beartooth qui faisaient le cœur de l'actualité. Juste après l'évacuation des jeunes, le vent s'était levé, propageant le feu sur le versant où ils s'étaient égarés. La nuit venue, le pic Granit rougeoyait comme un volcan.

Harvey était sur le pied de guerre. Il couchait dans son bureau afin de coordonner vingt-quatre heures sur vingt-quatre les brigades de pompiers venues en renfort des comtés et États voisins. Il donnait des conférences de presse quotidiennes, et des journalistes de tout le Montana s'aventuraient au plus près du brasier pour capturer des clichés sensationnels. Heureusement, aucune perte humaine n'était encore à déplorer, mais le chef des rangers était soumis à un stress intense. Pour le soutenir et le remercier d'avoir ramené Peter et ses amis sains et saufs, Anne lui avait fait livrer un grand panier plein de denrées délicieuses.

Beth, encore à Fishtail pour quelques jours, regardait chacune des prises de parole de Harvey à la télévision. Un soir, alors qu'elle l'écoutait dresser le bilan de la journée de sa voix grave, elle se rendit compte qu'elle était très impressionnée par le sang-froid avec lequel il répondait aux journalistes. Il y avait quelque chose de profondément rassurant dans ses intonations. Elle se prit à sourire en réalisant qu'elle éprouvait de l'attirance pour un ranger. Elle se voyait plutôt avec un P-DG, un écrivain célèbre, un éditeur ou un investisseur ! Mais il y avait en Harvey un je-ne-sais-quoi qui piquait sa curiosité. Sa stature imposante, sa voix grave, son regard empreint de sagesse, son aplomb au milieu de la tempête. C'était quelqu'un à qui on pouvait faire aveuglément confiance.

Comme il était peu probable qu'elle le revoie, elle lui envoya un mail de remerciement. Elle n'attendait pas de réponse, surtout en pleine gestion de crise. Aussi fut-elle très surprise, le lendemain, de recevoir un appel de sa part.

— Merci pour votre message. Vous n'êtes donc pas encore rentrée à New York ?

— Non, je profite de quelques jours avec ma fille. Mais je repars bientôt, répondit-elle, évasive.

Même au téléphone, Harvey en imposait.

— Eh bien, j'espère que vous reviendrez nous voir bientôt, dit-il avec chaleur. Je regrette mais je dois vous laisser, je suis un peu occupé en ce moment.

— J'imagine. Les journaux prétendent que c'est le premier incendie de cette ampleur depuis un siècle dans le Montana. Comment faites-vous pour tenir le coup ?

— Ça fait partie de mon travail, j'ai l'habitude. Nous finirons par maîtriser les flammes, tout comme nous avons fini par retrouver vos enfants.

Beth admirait son assurance. Elle ne pouvait l'imaginer en train de se dérober à son devoir. Elle se demanda soudain s'il avait jamais été marié... Quelque chose lui disait que non. Elle ne savait rien de lui, sinon qu'il avait une personnalité intéressante, et qu'il avait sauvé la vie de sa fille.

— Merci encore. Je me disais... Je me disais que je ferais bien votre portrait.

— Vous savez, Beth, je n'aime pas tellement être sous les feux des projecteurs. J'avance mieux en coulisses que sur le devant de la scène.

— Ha ! Voilà qui ferait une superbe citation d'accroche pour mon article ! Vous savez, j'ai écrit des portraits en pleine page pour des présidents américains, de chefs d'État étrangers, de membres de diverses familles royales, de stars de cinéma...

— Alors je vous rappellerai quand je serai à l'affiche d'un blockbuster !

Beth rit de bon cœur et Harvey reprit :

— Prenez bien soin de vous, Beth. C'est tout ce que je voulais vous dire. Veillez à ce que New York ne vous dévore pas toute crue.

— Vous aussi, faites attention à vous, surtout en ce moment, où mes confrères de la presse locale ne vous laissent pas de répit...

— Ne vous inquiétez pas. Sans mauvais jeu de mots, je travaille mieux quand je me sens sous le feu de la critique.

— Je le sais bien, je suis comme vous.

Harvey se souvenait de la façon dont elle l'avait confronté, le soir de son arrivée à Fishtail. Beth n'avait pas peur de grand-chose. Sa personnalité comprenait de nombreuses facettes qui intriguaient le chef des rangers.

— J'espère que vous reviendrez, déclara-t-il.

— Ce n'est pas impossible, répondit-elle sur un ton mystérieux.

Mais aussitôt ces paroles prononcées, tous deux surent avec certitude que Beth reviendrait à Fishtail...

10

La veille de son retour à New York, Juliet dit à sa mère quelque chose qui lui fit l'effet d'un coup de massue.

La jeune fille était ravie de la présence de Beth à Fishtail, d'autant que ses parents semblaient bien s'entendre pour la première fois en un an. Les moments d'angoisse partagée pour leur fille unique n'avaient pas réparé leur couple, mais désormais ils s'appréciaient comme des amis. Bien sûr, les choses auraient pu tourner de façon très différente si les aventures de Juliet dans la montagne avaient connu un dénouement dramatique...

Peter passait presque chaque jour voir Juliet, et de leur côté les Pollock invitaient l'adolescente à dîner. Même si elle était la seule fille, Anne et Pitt l'avaient spontanément incluse au groupe des autres amis de Peter. Elle ne passait pas la nuit chez eux, mais ils lui permettaient de rester aussi tard qu'elle le souhaitait, jusqu'à ce que son père vienne la chercher.

Mère et fille s'étaient rendues au Tippet Rise Art Center, un ranch qui proposait une exposition permanente de sculptures monumentales en plein air ainsi qu'un programme riche et varié de manifestations culturelles. Elles avaient aussi écumé les deux boutiques d'antiquités du village et plusieurs fois mangé un morceau au *diner*. En dehors de cela, il n'y avait vraiment pas grand-chose à faire à Fishtail, mais pour quelques jours cela suffisait à Beth. Bien que ce soit très différent des loisirs que Juliet partageait avec son père, comme monter à cheval ou aller à la pêche, avec parfois une virée jusqu'à la salle de bowling de la ville voisine, elles passaient de bons moments ensemble. Juliet constatait que sa mère semblait se détendre et s'adoucir.

La veille de son départ, elle acheta deux paires identiques de santiags au *General Store* – l'une pour elle, l'autre pour Juliet. Après quoi, satisfaites, elles s'installèrent en terrasse pour siroter une citronnade.

Une fois devant son verre, Juliet adressa un regard appuyé à sa mère. Elle était visiblement nerveuse mais se jeta à l'eau :

— Maman, je voulais te demander quelque chose...

Beth eut un instant de panique, craignant que la question ait trait à la contraception. Juliet était encore beaucoup trop jeune pour ça ! Mais il ne s'agissait pas de cela...

— Je veux rester ici et m'inscrire au lycée du coin, lâcha-t-elle dans un seul souffle.

Beth la regarda avec des yeux ronds, estomaquée.

— C'est à cause de Peter ?
La jeune fille secoua la tête.
— Non, c'est à cause de l'école. Et de papa. Je suis heureuse, ici. Et je n'aime pas le lycée que tu as choisi à New York. J'ai peur que ce soit beaucoup trop dur pour moi.
— Mais... tu n'as même pas encore fait ta rentrée.
— J'ai des amis, ici. Et j'aime leur mode de vie. Au lieu de passer leurs week-ends à sortir ou à courir d'une activité à l'autre, ils se rendent visite à vélo et passent du temps en famille. Je comprends pourquoi papa se sent comme un poisson dans l'eau à Fishtail.
— C'est vrai qu'il y a comme un supplément d'âme, reconnut Beth. Mais je ne suis pas certaine que tu te rendes bien compte. On est en été, il fait beau. Mais l'hiver, tout est bloqué par la neige pendant des mois !
Elle était sidérée. Beth ne pouvait pas imaginer vivre si loin de sa fille. Sans elle, l'appartement de New York serait terriblement vide.
— Maman, je me demandais... Tu ne voudrais pas venir passer un peu de temps ici, toi aussi ? Parce qu'en vrai, tu peux travailler de n'importe où, non ?
Beth se trouva replongée dans les disputes avec Tom, un an plus tôt.
— Est-ce que c'est ton père qui t'a mis ça dans la tête ?

— Pas du tout. Je ne lui en ai même pas encore parlé. C'est juste que... je me suis fait de vrais amis, ici.

Même si Beth voyait bien qu'un lien unique unissait Juliet aux jeunes avec qui elle avait survécu trois jours en pleine montagne, elle pensait que cela passerait, comme souvent les amitiés de jeunesse.

— Tu sais que si tu vas dans un lycée de la région, tu risques de ne pas avoir accès aux universités de ton choix ?

— Ce n'est pas vrai. Si je prends toutes les options et que je reste tête de classe, je pourrai aller dans une bonne université. S'il te plaît, laisse-moi au moins essayer ! La vie à New York est tellement dure, parfois... Le lycée où tu m'as inscrite a déjà l'air d'une université. Je n'ai que 14 ans, je ne veux pas commencer les choses sérieuses tout de suite !

— Je ne sais pas... Tu me prends de court... Il faut que je réfléchisse, et que j'en parle à ton père. C'est une décision qui ne se prend pas à la légère, avec des implications pour nous trois. Mais il faut se décider rapidement. La rentrée est dans moins d'un mois.

Cela faisait à peine un an que son mari l'avait abandonnée, et voilà que sa fille voulait en faire autant. Beth ne se sentait pas capable de survivre à un nouveau déchirement.

— Je te remercie, maman. Je pourrais venir te voir à New York une fois par mois, tu sais...

— J'ai peur que tu n'en aies pas envie, soupira Beth. Après la rentrée, tu seras bien occupée avec tes amis...

— ... mais le mieux, ce serait que tu viennes ici, répéta la jeune fille.

Son air suppliant lui rappela Tom : Juliet était bien la fille de son père ! Tandis que Juliet la raccompagnait à pied jusqu'à son bungalow, Beth ne parvint pas à décrocher un mot.

Elle appela aussitôt Tom pour lui parler du projet de leur fille. Il fut aussi surpris qu'elle.

— Elle ne m'en a même pas parlé ! Pour être honnête, je ne suis pas certain que ce soit une très bonne idée... Tu penses que c'est à cause de Peter ?

Au lieu de se réjouir, comme Beth l'aurait imaginé, il paraissait plutôt inquiet.

— Non, ce n'est pas à cause de Peter. Elle aime vraiment vivre ici. Enfin, Peter doit bien peser dans la balance, mais ce n'est pas que pour ça. Leur aventure en montagne les a tous beaucoup rapprochés. Plus qu'on ne l'imagine.

— D'accord, j'ai décidé de descendre du manège en route. Mais Juliet, elle, n'est même pas encore montée dessus. New York a beaucoup à lui offrir.

— Et dire qu'il y a un an, tu voulais tous nous faire emménager ici ! lui rappela Beth.

— Je sais, mais c'était de la folie. Je m'en rends compte maintenant. Je ne te vois pas vivre à Fishtail, et je ne veux pas non plus t'arracher Juliet. Cela n'a jamais été mon intention.

— La mienne non plus ! Bon, il faut qu'on réfléchisse et qu'on se rappelle pour en parler dans quelques jours.

— D'ici là, elle aura peut-être changé d'avis, dit Tom avec espoir.

— Ça m'étonnerait, tu la connais aussi bien que moi : quand elle a une idée derrière la tête...

— Je me demande de qui elle tient ça ! plaisanta Tom.

— De nous deux, pardi.

— C'est bien possible, avoua-t-il en riant. Mais tout de même, je suis un peu sous le choc. Je ne m'en doutais pas le moins du monde.

— Je pense que c'est tout frais. Elle passe ses journées avec ces garçons qui parlent de leur futur lycée, alors elle a envie d'y aller avec eux. Elle ne connaît encore personne dans l'école où je l'ai inscrite. Mais d'un point de vue académique, et pour tout le reste d'ailleurs, je ne suis pas sûre que ce soit une bonne idée. New York aurait beaucoup plus d'opportunités à lui offrir. C'est d'ailleurs une des raisons pour lesquelles j'ai refusé de te suivre l'année dernière.

— Bon, on va voir si ça se décante, conclut Tom sans enthousiasme.

Le lendemain, mère et fille se dirent au revoir en pleurant avant que Beth ne monte dans son taxi. Très en avance à l'aéroport, elle en profita pour appeler Anne. Elle voulait lui demander son avis au sujet de Juliet, mais aussi en savoir davantage sur le lycée d'Absarokee que Peter et les autres s'apprêtaient à intégrer. Beth appréciait Anne ainsi que sa façon d'élever son fils.

— Ma foi, selon moi, la valeur d'un lycée tient surtout à l'enthousiasme avec lequel nos enfants y vont. Si Juliet est travailleuse, il n'y a pas de raison pour que ça se passe mal. Si elle se tourne les pouces, elle finira par décrocher. Mais ce sera la même chose dans n'importe quel établissement.

— Juliet a toujours été très bonne élève. Elle est sérieuse et investie.

— Alors elle pourrait s'y épanouir et y être très heureuse avec ses nouveaux amis, et nous serions ravis qu'elle reste dans la région. Mais elle est encore trop jeune pour te quitter, tu ne crois pas, Beth ? Et vivre avec son père, ce n'est pas la même chose. Pour moi, les jeunes filles ont quand même besoin de leur mère, même s'il y a des jours où elles la détestent...

Les deux femmes rirent à cette vérité. Puis Anne reprit :

— Écoute, je suis désolée, je ne sais pas ce que je ferais à ta place. Je crois que je voudrais la garder près de moi à New York. C'est trop triste de rater ces années-là, ça passe si vite. Elle est trop jeune pour que tu la laisses partir.

— C'est vrai. Et dire que certains parents mettent leurs enfants à l'internat, même tout petits... Ça me paraît dingue.

— À moi aussi. Pour ma part, je compte bien garder Peter contre mon cœur jusqu'à son entrée à l'université. Après ça, de toute façon, ils nous échappent pour mener leur propre vie.

— Eh oui... Ah, l'embarquement va commencer. Merci pour cet échange, Anne, je dois te laisser !

— Tu peux appeler quand tu veux, tu sais ! Tu me diras ce que vous décidez, au final, et si je peux faire quoi que ce soit pour vous aider. Le lycée d'Absarokee a bonne réputation. Reste à voir si c'est la meilleure option pour Juliet.

— Je vais en discuter avec Tom dans les jours qui viennent. Lui non plus n'est pas très enthousiaste. Et puis, je ne sais pas s'il est prêt à avoir Juliet à demeure chez lui. On ne parle plus d'un week-end par mois ni même de six semaines de vacances l'été...

Beth ne parvint pas à penser à autre chose pendant ses deux longs trajets en avion jusqu'à New York, ni pendant les jours qui suivirent. Dans un sens, c'était plus dur à encaisser que quand Tom lui avait annoncé qu'il s'en allait. Malgré quelques frictions, elle était très proche de Juliet. Même si la jeune fille ne la pressait pas, elle devait prendre sa décision rapidement.

Beth se félicitait d'avoir souscrit à l'assurance qui permettait le remboursement intégral des frais de scolarité – exorbitants – du lycée. Elle avait pris cette précaution pour parer à toute éventualité mais jamais elle n'aurait imaginé que Juliet refuserait d'y aller...

Beth prit sa décision après avoir passé le week-end seule chez elle. Pour sa fille, elle se sentait prête à faire ce à quoi elle n'avait pu consentir pour son mari. Il lui semblait que c'était la seule solution, et elle ne risquait rien à tenter l'expérience. Ils pourraient toujours changer d'avis à la fin de l'année scolaire.

Elle appela Tom le soir même et lui demanda de mettre le haut-parleur pour que Juliet aussi l'entende.

— Ma chérie, je suis prête à te laisser partir dans le Montana... mais à une condition. Je ne veux pas vivre si loin de toi. Je n'avais jamais envisagé cette situation et je ne sais pas du tout ce que ça va donner mais je veux bien essayer, pour un an déjà, de louer quelque chose à Fishtail. Quelque chose d'assez grand pour que tu aies ta propre chambre et que tu puisses aller et venir comme ça te chante entre chez ton père et chez moi. Je travaillerai de là-bas, même si j'aurai besoin de revenir à New York de temps à autre. Qu'en dis-tu ?

— Tu es sûre de toi ? demanda Tom, inquiet. Il y a un an, tu disais que tu aimerais mieux mourir que de vivre dans le Montana.

— C'est vrai. Mais en réalité, j'aimerais mieux mourir que de vivre éloignée de ma fille pendant les prochaines années. Juliet, je te lâcherai les baskets quand tu partiras à la fac. Mais à 14 ans, c'est hors de question ! Alors je répète ma question. Est-ce que ça te plairait si je venais vivre à Fishtail, au moins à temps partiel ? Et Tom... je sais que ce n'est qu'un petit village, on serait amenés à se croiser... Je ne veux pas empiéter sur ta nouvelle vie...

— Pour tout te dire, j'en serais ravi. Et je pense que ce serait formidable pour notre fille. Elle nous aurait tous les deux. Mais toi, tu n'as pas peur de déprimer dans ce trou perdu ?

— J'y ai longuement réfléchi. Je serai toujours plus heureuse dans le Montana avec ma fille que sans elle à New York. Alors, qu'en penses-tu, ma chérie ?

— Ce serait tellement génial, maman ! Moi non plus, je ne veux pas être séparée de toi. Je serai dans un village que j'adore, avec papa et toi... Et je pourrai rester chez lui quand tu seras à New York.

— Bon, eh bien puisque nous sommes tous d'accord... Il n'y a même pas besoin d'officialiser le droit de garde, il me semble. Juliet ira chez l'un ou l'autre comme ça lui plaît. Oui, je crois que ça peut marcher. À condition que vivre ici ne soit pas trop dur pour toi, Beth.

— Si vraiment je n'y arrive pas, je retournerai à New York d'ici un an. Mais en attendant, c'est un

choix que je fais avec plaisir. Quelque chose me dit que ça peut fonctionner pour nous, tant que je me laisse la possibilité de rentrer à New York pour le boulot... ou pour dévaliser mes magasins préférés !
Tous trois éclatèrent de rire, puis Beth redemanda :
— Alors ? C'est décidé ?
— Oui ! s'écria Juliet, euphorique.
— Je vote pour ! confirma Tom.
— Et moi aussi. Tom, est-ce que tu pourrais t'occuper de l'inscription au plus vite ? Il ne faudrait pas que Juliet se retrouve sans lycée...
Beth annonça qu'elle devait rester quelques semaines à New York pour travailler mais qu'elle retournerait à Fishtail sous peu pour se trouver un logement.
— Tu vois, ça aura pris un an, mais tu as réussi à me faire déménager dans le Montana ! dit-elle, amusée, à Tom.
Elle le faisait uniquement pour Juliet, bien sûr, mais le compromis semblait convenir à tout le monde. Avec un pied-à-terre à New York, Beth ne se sentait pas prise au piège.

Le lendemain, Tom appela le lycée d'Absarokee, une localité située à une dizaine de kilomètres de Fishtail, et prit rendez-vous pour l'inscription de Juliet. Quand son amie lui annonça la nouvelle, Peter resta bouche bée. Le plus étonnant de l'histoire était que Juliet et Beth n'avaient cessé de se chamailler au cours des derniers mois. Mais depuis que Juliet s'était égarée en montagne, tout avait changé et elles appréciaient à nouveau de passer du temps ensemble. Il faut dire que Beth était ressortie transformée de cette épreuve. Et par la même occasion, elle avait pu renouer des relations apaisées avec Tom.

Beth elle-même n'arrivait toujours pas à le croire lorsqu'elle annonça à son agent qu'elle s'apprêtait à déménager dans le Montana. Elle n'avait pas le moindre regret.

— Tu vas vivre dans un trou perdu du nom de Fishtail ? s'exclama-t-il, horrifié. Mais comment c'est possible ?

— C'est possible parce que j'aime ma fille.

Elle était convaincue d'avoir trouvé la bonne solution pour profiter du meilleur des deux mondes, le parfait équilibre entre d'une part l'excitation et la motivation que lui procurait la vie new-yorkaise, et de l'autre un espace privilégié pour profiter de Juliet et passer du temps avec elle avant qu'elle ne prenne son envol vers la vie d'adulte. Le jeu en valait la chandelle.

Avant de quitter New York, Beth déjeuna avec une amie du nom de Natalie Wyndham qu'elle avait connue avant son mariage avec Tom, quand elles étaient toutes les deux salariées du même magazine.

Quand Beth lui parla de son projet, Natalie la regarda comme si elle était devenue folle.

— Toi ? Dans le Montana ? Tu as perdu la tête ? Ou bien tu as une relation avec un fringant cow-boy qui te ligote au lit avec son lasso ?

Natalie dirigeait à présent une petite maison d'édition. Même si elles ne se voyaient pas très souvent, elles étaient restées assez proches. Toutes deux avaient des vies bien remplies et pendant que son couple volait en éclats, Beth, très déprimée, avait eu tendance à s'isoler.

— Le concept du cow-boy est alléchant mais non, ce n'est pas ça. J'essaie juste de me comporter en adulte, de garder l'esprit ouvert et d'être une bonne mère pour ma fille.

— Je suis décidément bien contente de ne pas avoir d'enfants !

Natalie vivait depuis treize ans avec le même homme, mais ils n'étaient pas mariés. Bien que leur relation soit fidèle et exclusive, Natalie disait que le fait de ne pas être mariée lui permettait de se sentir libre et indépendante. Et après une enfance difficile, la seule idée de procréer l'avait toujours terrifiée.

— Mais... Pourquoi le Montana ?

— Il s'est passé des choses, depuis notre dernier déjeuner l'année passée... Tom a fait une espèce de crise existentielle. Il a démissionné pour se mettre à son compte, en mode « retour à la nature », et il a décidé tout à coup qu'il détestait tout ce pour quoi on avait bossé comme des dingues toutes ces années...

— Il est tombé amoureux du meilleur pote de ton frère et a découvert qu'en fait il était né pour être femme ?

— Non, pas exactement. Il avait juste envie de vivre à la montagne. Mais notre mariage s'est disloqué pendant qu'on avait le dos tourné. En fait, je pense que c'était fini depuis longtemps, mais qu'on n'avait pas le courage de se l'avouer. C'était vraiment la bonne décision pour lui, et pour moi aussi, avec le recul. On a divorcé. Le village où il s'est installé est minuscule, mais il s'y sent comme un poisson dans l'eau. Et maintenant, ma fille aussi.

Beth raconta alors à Natalie l'odyssée de Juliet et les liens qu'elle avait noués avec les jeunes de Fishtail.

— Eh ben... Quelle aventure !

— N'est-ce pas ? Qu'est-ce que je pouvais faire d'autre ? La ramener de force à New York et l'obliger à fréquenter une école qu'elle n'aime pas ? Ou la laisser vivre avec son père sans jamais la voir ? Impossible. La seule solution, c'était de m'adapter en faisant des allers-retours. Tant que j'entretiens mon carnet d'adresses à New York en revenant environ une fois par mois, je peux travailler de n'importe où. Je sais que ça doit te paraître bizarre, mais l'endroit m'a vraiment plu. En tout cas je comprends pourquoi Tom a fait ce choix et je sais que c'est parfait pour lui. Ici, il devenait dingue et ça a eu raison de notre couple. Alors voilà. À nous deux, Fishtail !

Elle souriait mais Natalie secouait la tête, incrédule.

— Pour tout te dire, j'ai l'impression que tu as fumé la moquette. C'est ce que je te disais au sujet des enfants : ça peut te rendre marteau et te forcer à abandonner ce que tu as toujours adoré. Moi, je préférerais me suicider plutôt que de quitter New York pour la banlieue, alors le Montana... Franchement, tu mérites la médaille de la mère la plus méritante de l'année.

Beth eut un petit rire.

— Oui, tu vois, je ne l'ai pas fait pour Tom quand il me l'a demandé. À la rigueur, peut-être que j'y aurais réfléchi dans le cadre d'une relation passionnelle, si j'avais pensé tout plaquer pour un autre. Mais entre Tom et moi, il y avait de l'eau dans le gaz depuis longtemps. Alors que pour Juliet ? Même pas peur. Je n'y avais jamais pensé sous cet angle mais l'amour maternel te pousse vraiment à faire des sacrifices que tu n'aurais pas imaginés avant.

— Mais maintenant tu dois trouver le cow-boy dont je parlais, histoire de pimenter un peu le tout. Je dois dire que je t'admire, Beth. Et je suis désolée pour la séparation.

— On commençait à s'ennuyer ensemble, on ne riait plus. Je ne m'en suis aperçue que quand il a essayé de m'imposer son choix.

— Dans un sens c'est très chic de faire des allers-retours jusqu'à Fishtail, Montana ! remarqua Natalie.

— Arrête de te moquer, ça pourrait tout aussi bien t'arriver ! Attends un peu que Charlie décide de prendre sa retraite et d'emménager dans une colocation pour seniors en Floride, ou bien dans un ranch dans le Wyoming.

— Je choisirais le ranch, mais j'irais toute seule et j'enverrais Charlie dériver sur un bloc de glace, de l'East River jusqu'à la mer.

— Ho ! Cruelle ! dit Beth en riant. Et toi, quoi de neuf ?

Tandis qu'elles finissaient leur salade, Natalie mit Beth au courant des derniers potins du monde de l'édition : qui couchait avec qui, qui était sur le point de se faire licencier, quel auteur s'apprêtait à signer un gros contrat. Avec elle, Beth ne s'ennuyait jamais. Elles se dirent au revoir devant le restaurant et Beth héla un taxi.

— Bonne chance, cow-girl ! Envoie-moi une carte postale du Montana, et appelle-moi quand tu es de passage à New York. J'ai hâte que tu me parles du cow-boy que tu vas rencontrer !

— Moi aussi, répondit Beth en riant.

Sur ce, elle rentra chez elle terminer le papier sur lequel elle était en train de travailler pour le *New York Times*. Ces allers-retours promettaient d'être un vrai challenge. Mais New York n'allait pas s'envoler pendant son absence tandis que Juliet, elle, prendrait son indépendance d'ici quelques années à peine.

Après avoir envoyé son article, Beth se lança dans des recherches sur Internet. Il lui fallait organiser sa nouvelle vie à Fishtail.

11

Vers la mi-août, Harvey put enfin cesser de donner des conférences de presse quotidiennes. Les incendies qui avaient ravagé les monts Beartooth étaient maîtrisés à 80 % grâce aux efforts conjugués de brigades de pompiers venues de pas moins de sept États. Trois soldats du feu avaient malheureusement péri en combattant les flammes.

L'été touchait presque à sa fin et Juliet passait le plus clair de son temps dans la piscine des Pollock, en compagnie d'une dizaine d'autres jeunes du coin. Elle avait rencontré quelques-unes des filles avec qui elle intégrerait le lycée d'Absarokee à la rentrée, mais ne se sentait encore proche d'aucune d'elles. Les garçons avaient envers elle une attitude très protectrice, tout en répétant à qui voulait l'entendre combien elle avait été courageuse, en particulier quand elle avait grimpé dans les arbres pour récupérer les colis de survie. Quand Juliet n'était pas fourrée chez Peter, c'est lui qui venait la voir. Juliet s'était prise de passion pour les jeux vidéo et il lui arrivait même de gagner, ce qui confortait son propre ego sans toutefois froisser celui de son ami. Ils retrouvaient presque tous les jours la petite bande avec laquelle ils avaient vécu leurs aventures en montagne. La cheville de Justin était toujours plâtrée. Quant à Noel, il était en pleine forme.

Inquiète, Pattie avait appelé Anne pour lui demander si Peter avait des problèmes de sommeil : son petit Benjie faisait des cauchemars récurrents dans lesquels il revoyait l'ourse qui avait failli les attaquer. Il croyait l'entendre grogner et rugir dans la nuit et craignait qu'elle ne pénètre dans l'enceinte du ranch. Anne suggéra à Pattie de demander des recommandations à June et d'emmener l'enfant chez un psychologue. C'était ce que Pattie comptait faire, même si Bill avait des a priori sur les psys et considérait que Benjie n'en avait pas besoin.

— Le pauvre petit n'a pas fait une nuit complète depuis leur retour... et nous non plus, expliqua Pattie.

June lui donna le nom de deux pédopsychiatres qui lui avaient envoyé des patients pour des séances d'orthophonie. Le premier que Pattie appela lui proposa un rendez-vous pour le mois de septembre.

Lors du traditionnel barbecue de pré-rentrée des Pollock, Anne remarqua que Pattie semblait anxieuse. Benjie était plus calme que d'habitude, moins exubérant. Elle s'aperçut également que Justin était plus réservé que jamais. Mais c'était bien compréhensible. Noel et lui traversaient une période très difficile. Marlene, les yeux cernés, était maigre à faire peur. La vie de Bob ne tenait plus qu'à un fil, semblable à la flamme vacillante d'une bougie. À part accueillir les deux frères dans la chaleur de leur foyer encore plus souvent que d'habitude, les Pollock ne pouvaient pas faire grand-chose.

Tom Marshall mettait un point d'honneur à appeler Marlene le plus souvent possible, lui proposant de l'aider avec différentes tâches ou démarches. Parfois, il invitait les deux garçons à dîner. Justin semblait être brusquement devenu un homme au cours de l'été. Son expérience dans la montagne, ajoutée à la maladie de son père, l'avait mûri d'un coup. Il avait confié à Tom qu'en tant qu'aîné, il s'était senti responsable de tous les autres pendant leur longue errance dans la montagne. Lui aussi restait très marqué par leur rencontre avec l'ourse. Et dès son entrée en terminale, il allait devoir commencer à constituer ses dossiers de candidature pour différentes universités.

Le barbecue des Pollock n'en fut pas moins particulièrement joyeux. Entre le début imminent du lycée et l'heureux dénouement de leur mésaventure de juillet, il y avait de quoi se réjouir.

Comme d'habitude, Anne et Pitt avaient invité Harvey Mack, dont ils se sentaient particulièrement proches cette année-là. Il prit le temps de bavarder avec chacun des sept jeunes, heureux de voir que dans l'ensemble ils s'étaient tous bien remis de leur épreuve. Il conversa longuement avec Benjie, qui lui reparla de l'ourse. L'animal avait gagné en taille et en volume dans le récit du petit garçon, mais la réactivité et le courage de Justin n'en demeuraient pas moins héroïques. Il s'en sortait avec des broches et une plaque d'acier dans la cheville. Lui, la star de son équipe de football américain, ne pourrait pas retourner sur le terrain avant très longtemps.

Tous les parents remercièrent à nouveau Harvey. Il avait sauvé les enfants en mobilisant les réservistes de la garde nationale, puis dompté les feux de forêt sur le pic Granit.

Tom aimait particulièrement discuter avec lui : il était érudit et intéressant. Le récit de ses années dans les forces spéciales de la marine avait un parfum d'aventure. Harvey demanda à Juliet de saluer sa mère de sa part, et la jeune fille promit de ne pas y manquer. Puis elle fila avec Peter et les autres piquer une tête dans la piscine. Avec son plâtre, Justin ne pouvait pas se baigner. Il n'y avait pas non plus d'autre jeune de son âge avec qui il pouvait parler. Assis à l'écart des adultes, il se contentait de regarder ses cadets s'amuser dans l'eau, l'air abattu. Tout le monde savait pourquoi les fils Wylie étaient plus silencieux qu'à l'accoutumée. Tandis que Noel avait réussi à se dérider vers la fin de la soirée, son grand frère semblait enfermé dans sa déprime. La mort imminente de son père était comme une épée de Damoclès au-dessus de sa tête.

Marlene en glissa un mot à Tom tandis qu'ils étaient attablés côte à côte au bord de la piscine. Malgré son épuisement, Tom la trouvait très séduisante. Il appréciait beaucoup sa compagnie, et il éprouvait de l'affection pour les deux garçons. Ce qu'ils étaient en train de vivre le peinait beaucoup.

— Je crois que j'en demande trop à Justin, lui avoua Marlene entre deux bouchées des délicieux travers de porc préparés par le maître des lieux. Les barbecues de Pitt étaient célèbres dans la région et tous les convives se régalaient.

— Je ne veux pas faire peser trop de responsabilités sur ses épaules sous prétexte qu'il est l'aîné, reprit-elle. Mais c'est maintenant un peu lui l'homme de la maison, et il est très serviable. Avec sa cheville dans le plâtre, il ne peut plus sortir se changer les idées avec ses copains. Le foot va vraiment lui manquer, de même que le ski cet hiver.

Marlene laissa échapper un soupir : tout cela aurait pu se terminer bien plus mal. Mais les enfants n'étaient pas non plus revenus complètement indemnes.

— Pattie dit que Benjie fait des cauchemars. Je soupçonne que c'est aussi le cas de mes garçons, mais je pense que leur anxiété est surtout due à l'état de leur père.

— Tu sais que tu peux toujours m'appeler si tu as besoin de quoi que ce soit.

— Je le sais, merci. Mais j'ai déjà l'impression d'abuser de ta gentillesse... En tout cas, c'est une très bonne nouvelle que Juliet ait décidé de rester ici !

Les deux garçons considéraient Juliet comme leur sœur et Justin était pour elle le grand frère dont elle avait toujours rêvé.

Le barbecue se prolongea bien après le coucher du soleil. Tout le monde savourait la douceur de la nuit et la conclusion d'un bel été. Dans l'animation de la soirée, Peter et Juliet disparurent un moment. Ils se retrouvèrent dans un cabanon à outils pour s'embrasser. Il leur arrivait souvent de s'éclipser ainsi, depuis leur sauvetage. Juliet n'aurait pas pu imaginer un été plus excitant. Peter et elle étaient fous l'un de l'autre, mais faisaient tout pour ne pas laisser la passion les emporter trop loin. S'ils n'avaient encore rien fait qu'ils auraient pu regretter, la tentation était bien présente... Peter était déjà taillé comme un homme, et Juliet avait gagné des courbes de femme. Ils paraissaient tous deux plus âgés qu'ils ne l'étaient et faisaient preuve d'une grande maturité. Alors que les choses commençaient à s'échauffer, la jeune fille se détacha de lui pour retourner parmi les autres. Ni l'un ni l'autre ne voulait être vu par les parents, même si tout le monde se doutait de ce qui se tramait. Aussi bien Tom que les Pollock essayaient de garder les tourtereaux à l'œil. Ils se doutaient que l'intensité de ce qu'ils avaient traversé avait approfondi leurs sentiments et les avait d'une certaine façon propulsés dans l'âge adulte.

Juliet était en train de quitter l'abri de jardin lorsqu'elle vit Justin émerger des fourrés, échevelé, une bouteille de vin à la main, sa béquille dans l'autre, les yeux vitreux.

— Qu'est-ce que tu fiches là ? lui demanda-t-il d'un ton brusque inhabituel chez lui.

Tous deux étaient embarrassés de se retrouver ainsi nez à nez.

— J'étais partie me balader un peu, mentit Juliet.

Elle ne lui retourna pas la question car il était évident qu'il avait bu en cachette. Tout était si difficile pour lui depuis la maladie de son père...

— Tu ne devrais pas te promener toute seule, la sermonna-t-il.

Elle s'abstint de rétorquer que, de son côté, il valait mieux qu'il évite de s'alcooliser comme ça.

— Allez, viens, dit-il en cachant la bouteille derrière les buissons.

Et il avança d'un pas chancelant vers la terrasse. Juliet se demanda si elle serait la seule à s'apercevoir qu'il était ivre. Marlene était si préoccupée que son fils aurait pu sombrer dans un coma éthylique juste sous son nez sans qu'elle le voie. Mais Juliet ne voulait pas laisser penser qu'elle avait bu avec Justin. Aussi, elle bifurqua dès qu'elle le put tandis que Justin se laissait lourdement tomber sur une chaise.

Tom la retint au passage.

— Tu es partie te balader avec Justin ? demanda-t-il, surpris.

Juliet s'intéressait-elle à ce garçon plus âgé ?

— Non, je suis juste tombée sur lui en revenant des toilettes.

Du coin de l'œil, elle aperçut Peter qui émergeait à son tour de leur cachette. Deux minutes plus tard, il s'approcha avec des Coca à la main.

— Bonsoir, monsieur Marshall. Tout va bien, vous passez une bonne soirée ? s'enquit-il, en jeune homme de bonne famille.

— Oui, merci, Peter, on peut dire que tes parents savent recevoir ! Ton père fait le meilleur barbecue de tout le Montana. Je vais lui demander des leçons !

Ce garçon était toujours charmant et aimable, avec lui comme avec les autres adultes. Tom espérait seulement que Juliet et lui ne faisaient pas de bêtises. Il n'y avait rien qu'il puisse faire, bien sûr. Autant essayer d'arrêter la marée ! Tout ce que Tom espérait, c'est qu'ils attendraient d'avoir acquis suffisamment de maturité pour se protéger, et pouvoir gérer en adultes les conséquences éventuelles de leurs actes.

La conversation s'orienta bientôt sur leur prochain week-end sous la tente au sein du parc national de

Yellowstone, tout proche. Ils s'y rendaient chaque année, juste avant la rentrée. Les parents des sept « enfants perdus », comme les appelaient certaines personnes, étaient un peu moins enthousiastes que d'habitude. Ils craignaient que cela ne réveille des souvenirs traumatiques chez les jeunes... qui se disaient pour leur part plus motivés que jamais ! Tom avait suggéré, pour changer, d'aller tous ensemble à Las Vegas, mais c'était bien plus compliqué à organiser et c'était trop cher pour certains. Aucune décision définitive n'avait encore été prise.

Peter resta bavarder un moment avec Juliet et son père puis il alla rejoindre ses parents qui disaient au revoir à d'autres invités. Il était temps pour eux aussi de rentrer. Il était déjà 1 heure du matin, et ils étaient arrivés à 18 heures. Voyant que Justin s'en allait en compagnie de sa mère et de son frère, Juliet espéra qu'il ne comptait pas prendre le volant. Il titubait visiblement mais personne d'autre ne semblait s'en rendre compte.

Tom et Juliet remercièrent chaleureusement les Pollock pour cette superbe soirée.

— Pitt, j'espère que tu donnes des master classes de barbecue, plaisanta Tom.

— Aha ! Secret de famille. Mais je veux bien le partager avec toi en échange de quelques bonnes bouteilles ou d'un tuyau pour acheter des actions !

Tom vit du coin de l'œil Bill partir seul avec ses deux garçons.

— Tiens, où est Pattie ? demanda-t-il, surpris.

— Elle ne se sentait pas bien, expliqua Anne. Une migraine, sans doute. Ça lui arrive parfois.

— Elle a dû abuser de mes travers de porc, plaisanta Pitt.

Quelques-uns des convives avaient surtout un peu trop bu.

— Alors, vous venez camper avec nous le week-end prochain ? demanda Pitt à Tom.

— C'est toujours d'actualité ? Moi j'étais plutôt pour un petit tour à Las Vegas, mais je me rangerai à l'avis de Juliet. Je ne savais pas trop si elle aurait envie de camper...

Pattie avait déjà prévenu que Benjie, toujours terrifié par les ours, ne viendrait sans doute pas.

— Mais si, papa, bien sûr que je veux aller camper ! lança Juliet.

Tom soupçonnait que la perspective d'une nuit sous la tente à proximité de Peter y était pour beaucoup. Il faudrait rester vigilant...

— C'est notre tradition, souligna Pitt. On y va toujours nombreux, à une trentaine. Le camping est déjà réservé. C'est très sympa. Et puis tout est très cadré. Pas de mauvaise surprise possible, ce coup-ci...

— Eh bien, c'est d'accord, conclut Tom en adressant un sourire à sa fille, qui semblait ravie.

Juliet parlait de ce week-end depuis des semaines avec Peter... Ce serait pour elle la plus belle façon de prolonger l'été. Beth ne serait pas encore arrivée le jour de la rentrée et Juliet était un peu anxieuse. Mais Peter avait promis d'être là pour elle, et ils espéraient être dans la même classe.

Sur le trajet du retour, Juliet n'arrêtait pas de bâiller.

— C'était une chouette soirée, non ? lui demanda Tom.

Pour sa part, il avait papoté avec plaisir avec tout le monde, et il avait été heureux de voir que Marlene s'autorisait une sortie. Tous deux avaient longuement bavardé au bord de la piscine, puis ils s'étaient installés côte à côte à table et Tom lui avait apporté une grande assiette de viandes et légumes grillés pour qu'elle n'ait pas à se lever. Elle appréciait beaucoup ses attentions.

— Ouais, c'était très cool, répondit Juliet, un sourire ensommeillé flottant sur les lèvres.

— Justin t'a paru en forme ? demanda encore son père.

La jeune fille n'hésita qu'une fraction de seconde. Elle avait déjà décidé qu'elle ne dirait rien à personne. Pas même à Peter.

— Oui, ça a l'air d'aller. Pourquoi ?

— Sa mère pense qu'il fait des cauchemars, et il est très affecté par l'état de son père. C'est plus que compréhensible... C'est vraiment dur pour eux de le voir partir comme ça à petit feu. Ça dure depuis si longtemps...

— Je sais. Les garçons avaient peur qu'il meure pendant qu'on était perdus dans la montagne. C'est trop triste.

— Marlene craint qu'il ne soit en pleine dépression, et que votre mésaventure lui ait infligé une sorte de traumatisme. C'est aussi le seul d'entre vous qui est revenu avec une blessure... Ils vont devoir le réopérer pour lui enlever les broches.

— Oui. Mais franchement, j'ai l'impression qu'il tient le coup, dit Juliet en regardant par la fenêtre.

Elle détestait mentir à son père mais ne voulait pas attirer d'ennuis à ce pauvre Justin. Elle le considérait un peu comme un grand frère.

— C'est un miracle que vous vous en soyez tous si bien sortis... Et toi, il t'arrive de faire des cauchemars ?

Juliet secoua la tête.

— J'ai parfois rêvé de la montagne mais ce n'étaient pas de vrais cauchemars. Mais tu sais, l'ourse était quand même carrément flippante, surtout quand elle s'est levée sur ses pattes arrière et qu'elle s'est mise à rugir sur Justin ! J'ai vraiment cru qu'elle allait le tuer, mais il a réussi à garder son sang-froid. Je t'assure qu'on tremblait tous quand elle est partie.

— Il ne faut pas prendre les ours bruns à la légère. On a parfois tendance à oublier que ce sont des animaux dangereux et que la région est en grande partie prolonger l'été. Beth ne serait pas encore arrivée le jour de la rentrée et Juliet était un peu anxieuse. Mais Peter avait promis d'être là pour elle, et ils espéraient être dans la même classe.

Sur le trajet du retour, Juliet n'arrêtait pas de bâiller.

— C'était une chouette soirée, non ? lui demanda Tom.

Pour sa part, il avait papoté avec plaisir avec tout le monde, et il avait été heureux de voir que Marlene s'autorisait une sortie. Tous deux avaient longuement bavardé au bord de la piscine, puis ils s'étaient installés côte à côte à table et Tom lui avait apporté une grande assiette de viandes et légumes grillés pour qu'elle n'ait pas à se lever. Elle appréciait beaucoup ses attentions.

— Ouais, c'était très cool, répondit Juliet, un sourire ensommeillé flottant sur les lèvres.

— Justin t'a paru en forme ? demanda encore son père.

La jeune fille n'hésita qu'une fraction de seconde. Elle avait déjà décidé qu'elle ne dirait rien à personne. Pas même à Peter.

— Oui, ça a l'air d'aller. Pourquoi ?

— Sa mère pense qu'il fait des cauchemars, et il est très affecté par l'état de son père. C'est plus que compréhensible... C'est vraiment dur pour eux de le voir partir comme ça à petit feu. Ça dure depuis si longtemps...

— Je sais. Les garçons avaient peur qu'il meure pendant qu'on était perdus dans la montagne. C'est trop triste.

— Marlene craint qu'il ne soit en pleine dépression, et que votre mésaventure lui ait infligé une sorte de traumatisme. C'est aussi le seul d'entre vous qui est revenu avec une blessure... Ils vont devoir le réopérer pour lui enlever les broches.

— Oui. Mais franchement, j'ai l'impression qu'il tient le coup, dit Juliet en regardant par la fenêtre.

Elle détestait mentir à son père mais ne voulait pas attirer d'ennuis à ce pauvre Justin. Elle le considérait un peu comme un grand frère.

— C'est un miracle que vous vous en soyez tous si bien sortis... Et toi, il t'arrive de faire des cauchemars ?

Juliet secoua la tête.

— J'ai parfois rêvé de la montagne mais ce n'étaient pas de vrais cauchemars. Mais tu sais, l'ourse était quand même carrément flippante, surtout quand elle s'est levée sur ses pattes arrière et qu'elle s'est mise à rugir sur Justin ! J'ai vraiment cru qu'elle allait le tuer, mais il a réussi à garder son sang-froid. Je t'assure qu'on tremblait tous quand elle est partie.

— Il ne faut pas prendre les ours bruns à la légère. On a parfois tendance à oublier que ce sont des animaux dangereux et que la région est en grande partie une réserve de faune sauvage. Enfin bon, apparemment, le camping de Yellowstone est bien protégé !

— Je pense que ce sera très sympa, dit-elle en souriant.

— Vous avez intérêt à être sages, Peter et toi ! Sinon, je te ligote et te ramène direct à la maison.

— Je sais, papa, soupira Juliet en levant les yeux au ciel.

— Je ne plaisante pas, dit-il d'un ton plus sérieux.

Mais cela n'entama pas leur bonne humeur après une si belle soirée.

12

Deux jours après le barbecue chez les Pollock, le moment que les Wylie redoutaient tant finit par arriver. Ce jour-là, les garçons avaient pu passer quelques minutes avec leur père. Il était trop épuisé pour parler mais il leur avait souri et avait serré leurs mains avant de sombrer de nouveau, respirant de ce souffle entrecoupé auquel Marlene s'était habituée. Une demi-heure plus tard, Bob poussa son dernier soupir. Marlene resta auprès de lui pendant une heure encore puis elle déposa un baiser sur sa joue avant de quitter la pièce pour l'annoncer aux garçons et appeler le médecin. Il ne tarda pas à arriver pour l'examiner et signer le certificat de décès. Cela ne faisait que quelques heures que ses fils l'avaient vu pour la dernière fois quand les employés des pompes funèbres vinrent chercher sa dépouille. Noel sanglotait dans les bras de sa mère tandis que Justin restait droit comme un i, comme pétrifié. Il réussit néanmoins à se dégeler pour enlacer son frère et sa mère. Cette épreuve était la plus difficile qu'ils aient jamais eue à traverser. Bob avait été un époux et un père merveilleux, et il avait combattu la maladie de toutes ses forces, refusant de les abandonner. Anne fut la première personne que Marlene appela.

— Il est parti, dit-elle simplement lorsque son amie décrocha.

Cette dernière arriva une demi-heure plus tard, accompagnée de Pattie, avec Peter et Matt. Tandis que les mères s'attablaient autour de tasses de café noir dans la cuisine, les quatre garçons sortirent faire un tour.

Bob avait pris lui-même un grand nombre de dispositions, plusieurs mois auparavant, afin de faciliter les choses pour Marlene le moment venu. Ainsi avait-il agi sa vie durant. C'était lui qui, le premier, avait eu l'idée de venir s'installer à Fishtail, loin de l'emprise de leurs familles. Bob avait souffert du caractère dominant de son père comme de l'anxiété chronique de sa mère, tandis que les parents de Marlene ne cessaient d'interférer dans leurs choix de vie. Ils s'étaient sentis libérés comme jamais après avoir quitté Denver pour le Montana. Pendant dix-huit ans, Marlene l'avait laissé prendre la plupart des décisions importantes. Cela lui avait toujours apporté un sentiment de confort et de sécurité. Et voilà qu'il était parti.

L'entreprise de pompes funèbres connaissait déjà tous les détails nécessaires pour la cérémonie, qui se tiendrait trois jours plus tard à l'église luthérienne d'Absarokee. La veille au soir, on dirait le chapelet au salon funéraire. Tout Fishtail serait là : leurs amis, leurs clients, les amis de Noel et Justin ainsi que leurs familles. Bob avait même choisi un avocat pour seconder Marlene au cabinet. Précis et méthodique, il n'avait rien laissé au hasard. Qui, désormais, se chargerait de ce genre de choses ? Chaque fois que Bob avait demandé à Justin d'épauler sa mère après son décès, le jeune homme s'était mis à pleurer, ne supportant pas l'idée de le perdre.

Anne espérait que la rentrée des classes imminente permettrait aux garçons de rebondir plus rapidement. En revenant de leur promenade, Justin ne put que se laisser tomber sur une chaise, désemparé. Ce qui venait de se produire était bien pire qu'être perdu dans la montagne ou se retrouver nez à nez avec un ours furieux. Comment continuer à vivre sans son père ? D'autant que sa mère comptait sur lui pour endosser le rôle d'homme de la maison. Justin ne savait absolument pas ce que cela pouvait bien signifier. Il resta assis, comme paralysé, le regard perdu dans le vague, tandis que ses amis parlaient à mi-voix avec Noel.

Enfin, les deux garçons et leurs mères prirent congé et Justin put monter dans sa chambre pour appeler Tim. Du moins, c'est ce qu'il dit à sa mère. Il ferma sa porte à clé puis fouilla dans le sac au fond de son placard où il rangeait ses crampons et ses protège-tibias.

Il y avait caché la bouteille de whisky subtilisée dans le bar de ses parents. Il la déboucha et en but une longue gorgée. Il se sentit un peu mieux en s'allongeant sur son lit. Mais il aurait quand même préféré mourir sur le pic Granit. Ainsi, il n'aurait pas eu à affronter ce qui l'attendait maintenant, et qui le dépassait totalement. Qu'est-ce que ça voulait dire « être un homme » ? Il avait plutôt l'impression d'être un petit garçon perdu. Il avala une deuxième goulée. Il aurait dû descendre tenir compagnie à sa mère, mais ses jambes refusaient de le porter jusqu'à l'escalier. Il resta là, à pleurer sur le père qu'il avait perdu, sur la mère qu'il ne pouvait pas aider, et sur son enfance qui venait de prendre fin avec le dernier souffle de son père.

Aussitôt rentré au ranch, Peter appela Juliet, qui envoya un SMS à chacun des frères pour leur dire à quel point elle était désolée et pensait à eux. C'est elle qui annonça la nouvelle à son père lorsqu'il émergea de son bureau quelques heures plus tard. Tom appela aussitôt Marlene. C'est l'une des infirmières qui décrocha. L'équipe de soins palliatifs était en train de remballer le matériel et attendait que les transporteurs viennent récupérer le lit médicalisé.

Marlene était encore assise dans la cuisine, littéralement paralysée, lorsque l'infirmière lui passa le combiné. Tom lui demanda s'il pouvait faire quoi que ce soit et elle répondit par la négative. Elle semblait comme perdue dans le brouillard. Tom éprouvait beaucoup de peine pour elle tout en se disant que, d'une certaine façon, ce serait aussi un soulagement pour toute la famille. D'ici quelque temps, Marlene pourrait reprendre le cours d'une vie normale, de même que ses garçons. Bien sûr, Tom garda ces pensées pour lui. Après avoir entendu tout son entourage chanter les louanges de Bob, il regrettait de ne pas l'avoir connu quand il était encore en pleine santé. En tout et pour tout, il ne l'avait rencontré que deux fois, juste après son arrivée à Fishtail. Bob était en fauteuil roulant et Marlene l'avait emmené prendre l'air. La chimiothérapie lui avait fait perdre tous ses cheveux. Il était maigre à faire peur, d'une pâleur cadavérique, mais ses yeux brillaient d'intelligence et de bienveillance lorsqu'il avait souhaité à Tom une bonne installation dans sa nouvelle maison. Comment quelqu'un de si intelligent, vif et bon pouvait-il ainsi disparaître d'un instant à l'autre ? Et que dire à ces pauvres garçons qui devaient continuer leur vie sans père, ne pouvant se raccrocher qu'à leurs souvenirs ? Quant à Marlene, elle avait témoigné jusque-là d'un courage exemplaire, mais les jours qui venaient s'annonçaient particulièrement difficiles.

— Merci de proposer, mais Bob avait pris ses dispositions pour les funérailles, expliqua-t-elle. Il était très prévoyant. J'aurais voulu que Justin lise son oraison mais il déteste parler en public. Et Noel est trop jeune. C'est Pitt qui va s'en charger, poursuivit-elle. Tu viens à la cérémonie, Tom ?

— Bien sûr, si tu veux que j'y sois.

— Ça me rassurerait de savoir que tu es là.

Elle lui donnait l'impression d'être un petit oiseau fragile et vulnérable, ou même un papillon aux ailes abîmées. Bob était malade depuis longtemps mais Marlene n'aurait pas imaginé se sentir à ce point brisée, perdue, anéantie. Elle n'était simplement pas prête, en dépit des avertissements répétés, depuis le diagnostic jusqu'à la condamnation à mort, quand les médecins avaient arrêté la chimio sur la demande de Bob, qui avait ainsi pu rentrer à la maison. Il s'était encore accroché pendant trois mois.

— Je serai toujours là quand tu auras besoin de moi, promit Tom.

— Merci, ça me touche beaucoup, murmura Marlene.

— Tu veux que j'invite les garçons à venir manger chez nous ce soir ?

— Ne t'inquiète pas, ils se débrouilleront. Je n'ai pas le cœur à cuisiner et je n'ai même pas faim. Mais Pattie et Anne m'ont dit qu'elles passeraient nous déposer des plats demain.

Tom était surpris et peiné de la voir aussi désorientée : il l'aurait crue plus solide. Elle était littéralement sous le choc, après une relation de plus de vingt ans avec Bob. Tom avait entendu dire que c'était un homme respectable et responsable, très aimant, qui avait toujours fourni à sa femme et ses enfants tout ce dont ils avaient besoin. Marlene et lui avaient le cabinet d'avocats le plus respecté de la région. Aussi bien Bill que Pitt ne s'adressaient qu'à eux pour toutes leurs démarches légales.

— Embrasse les garçons de ma part, dit Tom avant de raccrocher. Et n'oublie pas que je ne suis qu'à un coup de téléphone de chez toi.

En sortant de la cuisine, Marlene s'aperçut que les infirmières étaient parties et que la pièce était désormais vide. C'était vraiment terminé. Elle aurait voulu se pelotonner sur son lit et pousser un long cri de douleur, à la manière des veuves irlandaises d'autrefois.

Elle trouva la porte de Justin fermée. Elle frappa doucement mais il ne répondit pas et elle n'insista pas : il devait avoir besoin de solitude pour pleurer. Lui aussi était en état de choc. De son côté, Noel jouait à un jeu vidéo, porte ouverte, pour essayer de penser à autre chose.

Si Marlene était entrée dans la chambre, elle aurait trouvé son fils ivre mort sur son lit, la bouteille vide posée près de lui. C'était la seule solution qu'il avait trouvée pour endormir les émotions qui le submergeaient, et faire taire les questions qui le taraudaient. Il avait l'impression de s'être noyé au fond d'un puits à 15 h 17, heure à laquelle son père avait rendu son dernier souffle.

13

Les obsèques de Bob Wylie se déroulèrent conformément aux instructions qu'il avait laissées. La musique, les fleurs, le placement des invités dans l'église... tout était prévu. Il ne l'avait pas dit à sa femme pour ne pas lui faire de peine mais il avait même choisi et payé à l'avance un très beau cercueil en acajou sombre, qui fut présenté fermé lors de la veillée au salon funéraire.

Marlene avait acheté des costumes aux garçons des mois plus tôt, au cas où, et elle fut soulagée de constater qu'ils leur allaient encore. Elle leur avait aussi pris des chemises blanches et des cravates noires. Elle avait un tailleur noir et des escarpins. Elle décida de ne pas mettre de chapeau car celui qu'elle avait faisait trop hiver. De toute façon, ce genre d'élégance était inutile à Fishtail. La plupart des gens assistaient aux enterrements en jean, s'assurant seulement que leur chemise à carreaux était propre. Certains ne possédaient même pas de costume. En tant qu'avocat, toutefois, Bob avait toujours estimé que sa fonction l'imposait. De même, Marlene ne portait au cabinet que des robes ou des jupes de tailleur. Dès qu'elle rentrait chez elle, en revanche, elle enfilait un jean et se chaussait de baskets ou de santiags.

À l'église, Tom Marshall était assis deux rangs derrière elle, à côté de Pitt. Un peu plus loin, les enfants et les jeunes occupaient plusieurs rangées. Juliet était parmi eux, entre Peter et Tim, tandis que Justin et Noel encadraient leur mère au premier rang. Des cousins, un oncle et une tante de Bob avaient fait le déplacement depuis Denver, ainsi que quelques membres de la famille de Marlene. Tom reconnut cinq des six porteurs de cercueil : ils habitaient tous à Fishtail.

Bob avait acheté au cimetière une grande concession pour lui-même ainsi que pour Marlene, leurs fils et les futures compagnes de ces derniers, et choisi une pierre tombale en granit noir où son nom et sa date de naissance avaient déjà été inscrits. Le graveur n'avait plus eu qu'à ajouter la date de son décès. Bob était un homme attaché aux traditions et l'ensemble de la cérémonie fut aussi formel et digne que le défunt l'avait été toute sa vie.

Tandis que la voix de Tom s'élevait avec les autres pour chanter le classique *Amazing Grace*, il ne quittait pas Marlene des yeux. Il la vit se cramponner au bras de Justin lorsqu'ils sortirent de l'église derrière le cercueil sous le regard peiné de toute la congrégation. Les deux garçons étaient aussi blancs que leurs chemises.

Près de 300 personnes étaient venues, certaines de Billings, d'autres de Red Sky ou de Big Lodge. En franchissant le portail, tous reçurent un petit papier de la part de Peter et des autres amis de Justin et Noel. Tout le monde était invité à une collation chez les Pollock après la cérémonie au cimetière. Pitt et Anne estimaient que c'était la moindre des choses qu'ils puissent faire pour soulager Marlene.

Une fois la famille et les plus proches amis revenus de la mise en terre, presque tout le monde se présenta au ranch pour boire un verre et grignoter sur la terrasse, dans le salon ou la salle à manger. L'ambiance était cordiale. Les vieux amis avaient plaisir à se retrouver, les clients présentaient leurs condoléances à la veuve et on partageait de nombreux souvenirs de Bob. Tom resta constamment à proximité de Marlene. À deux ou trois reprises, il la crut sur le point de s'évanouir, d'autant qu'elle refusait de manger quoi que ce soit.

Les jeunes étaient dehors. Ceux qui avaient mis une veste l'avaient ôtée. Tous avaient sorti leur chemise de leur pantalon et dénoué leur cravate. Les petits jouaient à chat, les plus grands au ballon. Anne les laissa faire : ils avaient besoin d'évacuer toute cette tension. La cérémonie avait déjà été difficile pour les adultes, alors pour des enfants... Pour la plupart, c'était leur premier contact avec la mort. Pendant que les grandes personnes s'assommaient de vin, de bière et de bourbon servis par les employés du ranch en complément d'un généreux buffet, la jeune génération disposait de sandwichs et de sodas. La nourriture et l'alcool apparaissaient comme des antidotes raisonnables au chagrin.

Tom aperçut Peter et Juliet qui parlaient au bord de la piscine. La jeune fille portait la seule robe noire qu'elle avait apportée, avec col blanc et jupe plissée, accompagnée de babies à petits talons et de mi-bas blancs : c'est sa mère qui lui avait dicté ce code vestimentaire au téléphone.

Tom remarqua soudain Justin qui traversait la pelouse d'un pas chancelant avec sa cheville plâtrée. En voyant le jeune homme déposer, en passant, une bouteille derrière une chaise, un doute lui traversa l'esprit. Tom sortit ramasser la bouteille et se faufila derrière un appentis pour dévisser le bouchon. Il renifla le contenu. C'était de la vodka pure ! Il jeta le tout dans la poubelle la plus proche, se demandant s'il devait avertir Marlene ou en parler seulement à Justin. Son amie avait déjà assez de soucis... Il se dit qu'il valait mieux laisser filer, à moins qu'il ne reprenne Justin sur le fait. De toute évidence, c'était la seule stratégie que le jeune homme avait trouvée pour survivre à l'enterrement de son père.

Tom était pétri de compassion. Il espérait que c'était un dérapage exceptionnel et que cela ne se reproduirait pas. Justin avait été mis à rude épreuve, entre sa mésaventure en montagne et le décès de son père moins d'un mois après. Tout cela était bien lourd à porter pour des épaules de dix-sept ans. Ce n'était pas facile pour Noel non plus... Toutefois, Justin était de nature plus inquiète, et on avait tendance à attendre davantage de lui, puisqu'il était l'aîné. Marlene elle-même reconnaissait qu'elle lui en demandait beaucoup. Peut-être un peu trop, songea Tom. Il n'aurait pas demandé mieux que de venir en aide à la famille Wylie, mais il craignait d'être intrusif. Mieux valait garder un œil sur eux, en particulier sur Justin, mais rester aussi discret que silencieux. Quand le jeune homme aurait repris le lycée, les cours, les devoirs et les dossiers de candidature dans les différentes universités suffiraient à l'occuper et à le tenir éloigné de la bouteille. Tom l'espérait, pour Marlene autant que pour lui. Bien malgré eux, les garçons avaient déjà causé suffisamment de souci à leur mère au mois de juillet. Tom ne pouvait imaginer comment elle ferait face à une nouvelle tempête. Elle semblait si fragile et vulnérable... C'était une femme brillante et cultivée, mais Bob l'avait toujours protégée des aléas de la vie. Maintenant qu'il était parti, Tom n'avait qu'une envie : se précipiter à son secours.

Il partit d'ailleurs la retrouver aussitôt après avoir jeté la bouteille de vodka et la trouva debout, isolée au milieu d'une foule qui s'était mise à converser de tout et n'importe quoi, depuis la saison de base-ball jusqu'aux vacances d'été en passant par la santé d'un troupeau ou l'arrivée du nouveau vétérinaire. Tom la prit doucement par le bras et lui trouva une chaise.

— Merci. Je n'y arrivais plus, murmura-t-elle.

Tom jeta un coup d'œil circulaire sur la pièce mais ne vit pas Justin. La réception commençait à ressembler davantage à une fête qu'à un enterrement et la pauvre Marlene avait l'air complètement dépassée.

— Je peux t'apporter quelque chose à boire ? proposa Tom.

— Non, merci, je ne vais pas tarder à rentrer.

— Tu veux que j'aille chercher les garçons ? Je peux vous ramener en voiture.

— Merci beaucoup. On peut y aller quand tu veux. Anne et Pitt ont invité les garçons à rester dormir ici ce soir. C'est tellement triste, à la maison... Tu crois que je peux partir maintenant ?

Tom espéra que les Pollock surveilleraient Justin. La réception durait depuis déjà trois heures et ne montrait aucun signe d'essoufflement. Il est vrai que les Pollock savaient recevoir, et que le buffet était délicieux.

— Marlene, tu as eu une journée difficile. Fais comme tu en as envie.

— Alors allons-y. Je n'en peux plus. Je... J'ai l'impression d'être passée sous un train.

Avec son maquillage léger et sa robe noire qui mettait sa fine silhouette en valeur, Tom songea que cela ne se voyait pas du tout. Ils prirent rapidement congé des Pollock avant de s'en aller discrètement.

Aussitôt à bord de la voiture de Tom, Marlene se liquéfia sur le siège passager. Il lui semblait que ses os étaient en train de se dissoudre. Elle était si épuisée qu'elle n'arrivait même pas à se tenir droite. Quand Tom lui jeta un petit coup d'œil pour s'assurer qu'elle n'était pas évanouie, elle le gratifia d'un faible sourire.

— Merci de me raccompagner. Je n'arrivais plus à parler à qui que ce soit. Mais j'aurais au moins dû dire au revoir aux garçons.

— Ils sont entre de bonnes mains. Tu ferais mieux de fermer les yeux un instant, recommanda Tom d'une voix douce.

Marlene suivit son conseil et, le temps qu'ils arrivent devant chez elle, sa respiration était devenue légère et régulière. Il la réveilla en lui caressant la main, puis en lui effleurant la joue.

— Merci, Tom, murmura-t-elle de nouveau.

Il l'aida à monter les marches du perron.

— Est-ce que ça va aller ? demanda-t-il une fois dans l'entrée.

Elle opina, avec dans les yeux une tristesse infinie.

— Essaie de dormir un peu, lui conseilla encore Tom avant de déposer un baiser sur sa joue.

Sur ce, il sortit sans un bruit tandis qu'elle entreprenait de gravir l'escalier. Elle paraissait porter le poids du monde sur ses épaules. Tom espérait de tout cœur qu'il pourrait alléger un peu son fardeau. N'était-ce pas le moins qu'il pouvait faire ?

14

Le bivouac annuel organisé par les Pollock et leurs plus proches amis fut aussi réussi que les précédents. Comme chaque année, ils avaient réservé des tentes dans la plus belle partie du parc naturel de Yellowstone pour le dernier week-end prolongé d'août. Tom et Juliet connaissaient presque tout le monde et la bande des « Sept du pic Granit » était au complet, y compris Benjie.

Marlene avait prévu de ne pas venir mais Pattie et Anne avaient réussi à la faire changer d'avis en lui disant que cela lui ferait le plus grand bien, comme à ses garçons. Tom lui trouva plutôt bonne mine malgré les circonstances. L'été poussait son chant du cygne et, en dépit des moments particulièrement difficiles dont il avait été émaillé, tous profitèrent au maximum de ces trois jours entre amis. Le programme était simple : farniente, bonne musique et bonne chère.

Les jeunes passèrent la moitié de leur temps à jouer et l'autre à se baigner tandis que les adultes cuisinaient et restaient des heures à table à échanger des plaisanteries et refaire le monde. Les Pollock avaient même loué les services d'un groupe de musique country et le ranch voisin proposait des balades en charrette à foin pour admirer les environs, une activité traditionnelle que petits et grands adoraient.

C'était un week-end de détente totale, et les rares fois où Tom apercevait Juliet, Peter était avec elle.

— Est-ce qu'on prévoit le mariage tout de suite ? plaisanta Pitt un soir.

— Comme tu voudras. Mais si Peter épouse ma fille, on est d'accord que c'est toi qui finances ses études supérieures ? répliqua Tom sur le même ton.

— Mais bien sûr !

— Alors marché conclu. Je ferai livrer ses affaires chez vous dès notre retour !

Malgré une légère inquiétude, les parents des deux jeunes les trouvaient très mignons, et tout cela semblait bien innocent. Tom espérait que cela le resterait le plus longtemps possible.

— Comment avez-vous fait pour rester sages, à 14 ans ? s'enquit Tom.

— Facile, répondit Pitt. Le père d'Anne m'avait dit qu'il me tuerait si je la touchais avant le mariage, et il possédait le plus gros fusil de la région.

Tous deux éclatèrent de rire.

— OK, déclara Tom. Ne bouge pas, je fais un saut à l'armurerie. C'était quoi, comme modèle de fusil ?

— Si tu veux tout savoir, on a réussi à se retenir pendant près de huit ans. Enfin plutôt sept, en réalité.

Mais note qu'à ce moment-là, on était déjà fiancés !
Mon beau-père m'inspirait une sainte terreur.

— Je ne sais pas si les jeunes sont aussi sages, de nos jours.

— Il faut leur parler honnêtement et avec bienveillance... et être tout de même un petit peu menaçants. Après ça, il ne reste plus qu'à leur faire confiance. Pour le moment, je ne pense pas qu'il y ait lieu de s'inquiéter. Mais je suis comme toi : je les tiens à l'œil !

Pitt avait eu une conversation sérieuse avec son fils.

— Je ne suis pas prêt pour les petits-enfants, compris ?

— Oui, p'pa, avait répondu Peter en rougissant jusqu'à la racine de ses cheveux blonds.

— Sache que s'il arrive quelque chose, ta mère m'empêchera de te tuer mais je n'ai aucun doute sur le fait que le père de Juliet s'en chargera !

Le jeune garçon avait opiné. Le message avait été reçu cinq sur cinq.

— Ce qui me plaît, dit Pitt pour changer de sujet, c'est de voir à quel point ils sont tous très solidaires, dans cette bande de copains. À propos, tu as l'impression que les garçons Wylie vont comment ?

— Je ne sais pas trop, répondit gravement Tom. Je crois que Noel s'en sort à peu près. Mais pour Justin, j'ai des doutes. J'ai l'impression qu'il a bu un peu trop le jour de l'enterrement.

— Oui, je l'ai remarqué aussi. Il faut surveiller ça. C'est un brave gamin et il a l'air en meilleure forme depuis qu'on est ici. Tu en as parlé à Marlene ?

Tom fit non de la tête.

— Elle a eu sa dose de problèmes. J'ai préféré garder un œil sur Justin avant d'en toucher un mot à sa mère.

— Oui, tu as raison.

L'une des choses que Tom appréciait particulièrement dans ce groupe, c'était qu'ils se souciaient les uns des autres. Il n'avait jamais vu rien de tel à New York.

Le week-end fut à la hauteur des attentes de tous. Peter et Juliet s'embrassaient goulûment en cachette, sans dépasser les limites. Tom put faire de longues marches avec Marlene, qui semblait déjà un tout petit peu moins abattue. Elle finit même par reconnaître qu'elle avait bien fait de se laisser convaincre de venir. Tom était attentif à ses moindres besoins, tout en veillant à ne pas s'imposer. Avec son soutien et celui de ses meilleurs amis, Marlene se sentait protégée, en sécurité, et elle parvint à passer de bons moments. Un soir, elle craqua et parla de Bob en pleurant sur l'épaule d'Anne et de Pattie, mais ce moment de tristesse ne dura pas. Ses deux amies avaient d'ailleurs remarqué que Tom était aux petits soins pour elle. Elles se demandaient si, avec le temps, cela déboucherait sur une idylle. Mais il était trop tôt pour y songer et elles étaient certaines que Marlene avait bien d'autres choses en tête. Bob et elle avaient été si heureux ensemble ! Néanmoins, voir Tom si attentionné, avec Marlene comme avec ses fils, leur faisait chaud au cœur.

À leur retour, le lundi soir, ils étaient tous si reposés qu'ils avaient l'impression d'avoir eu une vraie semaine de vacances. Juliet était un peu anxieuse pour sa rentrée le lendemain, mais elle savait que ç'aurait été bien pire à New York, dans une école où elle n'aurait connu personne.

Le lycée d'Absarokee n'était situé qu'à une dizaine de minutes en voiture de chez Tom. Pour ce premier jour, son père l'accompagna. Il était convenu qu'ensuite, elle prendrait le car scolaire.

Peter lui avait donné rendez-vous devant le portail. Matt, Tim et Noel seraient là aussi. Elle serait donc entourée de ses quatre amis, sans oublier Justin qui entrait en terminale. La jeune fille avait longuement échangé avec sa mère pour décider comment s'habiller pour ce grand jour. Son choix s'était finalement arrêté sur un jean, un chemisier rose, une veste en jean et ses Converse, roses aussi. Elle ne s'attendait pas à ce que les autres filles soient trop « lookées », ni à une compétition de style comme à New York. À Manhattan, les lycéennes qui n'étaient pas obligées de porter un uniforme se livraient une guerre sans merci à celle qui arborerait la tenue la plus tendance, les accessoires de marque les plus en vue.

Juliet avait tiré ses longs cheveux blonds en queue-de-cheval et elle était fraîche et pimpante. En la regardant descendre de voiture et adresser un dernier signe de la main à son père, Peter sentit son cœur chavirer. Elle était aussi adorable que jolie. Elle se hâta de le rejoindre pour entrer dans la cour avec lui.

— Les autres ne sont pas là ? demanda-t-elle en jetant un regard un peu inquiet autour d'elle.

— Ils sont déjà entrés. Ils voulaient aller regarder les horaires des clubs de sport. Les inscriptions ont lieu demain. Puisque mon père ne veut pas me laisser jouer au foot américain, je vais devoir me rabattre sur le basket. Il dit que je dois garder toutes mes dents pour la fac !

Juliet éclata de rire.

— Il a bien raison ! Moi, je crois que je vais m'inscrire au volley. J'en faisais l'année dernière. Tu crois qu'il y a une équipe de hockey sur gazon, ici ?

Les amoureux virent alors passer devant eux un petit groupe de filles. Leurs longs cheveux n'étaient pas attachés, elles étaient très maquillées et vêtues de minijupes. Certaines portaient même des chaussures à talons hauts.

— Est-ce que j'ai l'air ridicule ? murmura Juliet à l'intention de Peter.

— Pas du tout, répondit-il sur le même ton. Elles étaient dans ma classe l'année dernière. Franchement, elles sont... bizarres.

Juliet pouffa. Elle estimait que leur style n'était pas exactement adapté pour une rentrée des classes. Et à côté d'elles, elle se sentait comme une petite fille modèle. Certaines arboraient de nombreux piercings et tatouages. On ne pouvait pas les rater.

— Le règlement intérieur autorise tout ça ? demanda-t-elle, étonnée.

— Bien sûr que non, mais elles n'en font qu'à leur tête. Franchement, la majorité des filles s'habillent comme toi... Même si elles sont beaucoup moins jolies, ajouta-t-il, charmeur.

Peter n'était pas mal non plus avec un jean tout simple, un nouveau sweat et une paire de Nike.

Comme ils n'étaient pas dans la même classe et n'avaient aucun cours en commun ce matin-là, Peter accompagna Juliet jusqu'à sa salle avant de rejoindre la sienne. Il ne connaissait pas le lycée, mais comme il avait toujours fréquenté de grands établissements, il s'orientait sans problème. Juliet, au contraire, avait fait toute sa scolarité dans de petites écoles privées, et elle se sentait aussi perdue qu'intimidée. Mais elle ne doutait pas qu'elle s'acclimaterait rapidement.

La salle de classe n'était pas très vaste, et il y avait autant de filles que de garçons. Sa journée commençait par un cours de géométrie, une matière dans laquelle elle avait toujours eu des faiblesses. Pour ne rien arranger, le professeur lui sembla très sévère. Dès que la cloche sonna, elle sortit en hâte de peur d'être en retard au cours suivant. Une des filles délurées s'exclama « Regarde-moi cette sainte Vierge ! » sur un ton méprisant, mais Juliet préféra faire comme si elle n'avait rien entendu.

La deuxième heure était aussi un cours de mathématiques – d'algèbre, cette fois –, ce qu'elle n'aimait pas davantage. Elle remarqua que trois des filles portaient des piercings : l'une à la narine, la deuxième à l'arcade sourcilière. La troisième faisait jouer entre ses dents le clou qu'elle avait à la langue. Juliet n'avait pour sa part que les oreilles percées, et sa mère lui avait toujours interdit les bijoux trop voyants. Lorsqu'elle s'assit, la fille placée devant elle se retourna et lui jeta un regard peu amène. Elle avait de gros écarteurs dans les lobes. C'est alors que Juliet aperçut Tim. Soulagée, elle se releva pour aller s'installer à côté de lui et ils sortirent ensemble à la fin du cours. Juliet paraissait complètement abattue.

— Ne t'inquiète pas, c'est toujours comme ça, la rassura-t-il. La rentrée, ce n'est jamais une partie de plaisir. Et je ne sais pas d'où sort ce groupe de filles mais je suis sûr qu'elles vont disparaître dans la nature d'ici quelques semaines. Les cours, ça n'a pas l'air d'être trop leur truc.

Juliet commençait à se demander si elle avait bien fait de demander à s'inscrire dans ce lycée. Ses camarades n'étaient pas franchement sympathiques, et les cours étaient loin d'être aussi faciles qu'elle l'avait espéré. Quant aux professeurs, ils paraissaient froids et rigides. Sans compter qu'une autre fille l'avait traitée de « sainte nitouche ». Le moins que l'on puisse dire, c'est que l'ambiance n'était guère conviviale...

À la pause déjeuner, Peter l'attendait devant la cafétéria. C'était une grande salle mal insonorisée, où la file d'attente était interminable. Quand son tour vint enfin, elle ne trouva rien à son goût et se rabattit sur un yaourt et une banane.

— Tu ne manges que ça ? s'inquiéta Peter.

Juliet, habituée aux plats équilibrés et appétissants de son petit collège privilégié, trouvait que le burger et les frites de Peter avaient l'air un peu douteux.

— Comment se sont passés tes cours ? demanda-t-il tandis qu'ils cherchaient une table.

Ils aperçurent Matt et Noel et se joignirent à eux. Tim avait sa pause déjeuner plus tard.

— C'était horrible, répondit tristement Juliet. Géométrie et algèbre, tout ce que je déteste. Je n'ai rien pigé ni à l'un ni à l'autre.

— Tu peux toujours demander à Tim de faire tes devoirs de maths, dit Peter avec un clin d'œil. Il fait déjà les miens !

— Pfff... À ce train-là, je vais redoubler et je n'aurai jamais mon bac !

Pour comble de malheur, le yaourt était tiède et la banane pas mûre.

— Et surtout, tu n'arriveras jamais au bout de l'année, si tu ne manges que ça..., lui reprocha Peter.

Matt et Noel renchérirent et entassèrent des frites, un demi-sandwich et deux cookies sur le plateau de leur amie.

— Allez, finis ton assiette, l'encouragea Peter.

Juliet se dérida et Peter poursuivit sur un ton léger :

— Je déteste la rentrée. C'est toujours déprimant. Les profs veulent montrer qu'ils sont sévères alors ils nous inondent de devoirs. Et on dirait que toutes les personnes les moins sympas du coin se sont donné le mot pour venir en cours alors qu'elles n'y mettront plus les pieds de l'année. Mais au bout de deux semaines, ça commence à se tasser. Tu as quoi, cet aprèm ?

— Littérature. Ça, au moins, c'est mon domaine. Et SVT.

— Moi j'ai histoire et sociologie. J'aurais bien besoin d'un traducteur !

— Ne t'inquiète pas, je suis là, lui assura Matt.

Puis il se tourna vers Juliet pour lui expliquer :

— Peter, en échange, fait mes dissertations de littérature.

Juliet sortit ragaillardie de sa pause avec ses amis. Ils se lancèrent à nouveau dans le dédale des couloirs mais, cette fois, elle trouva sa salle beaucoup plus facilement. Et Peter lui avait donné rendez-vous devant le portail en fin de journée.

— Allez, sois sage, dit-il en souriant avant de courir rejoindre sa propre classe.

Juliet apprécia le cours de littérature, d'autant qu'elle avait déjà lu le livre au programme. Mais en biologie, elle faillit se mettre à pleurer puis à vomir, quand le professeur annonça qu'ils allaient disséquer une grenouille.

Elle ne vit Peter que deux minutes après les cours, avant de monter dans le 4x4 de son père. Avisant son air maussade, Tom prit des pincettes pour lui demander comment s'était passée sa première journée.

— Papa, tu crois vraiment que je vais avoir mon bac ?
— C'était si horrible que ça ? Raconte un peu !
— J'ai eu géométrie et algèbre à la suite dès le matin, et tu sais comme je déteste ça... Les profs sont de vraies peaux de vache. La littérature c'était pas mal, j'ai déjà lu le livre, par contre on va devoir disséquer une grenouille en SVT ! Je préfère encore avoir un zéro. La cantine est franchement mauvaise,

certaines filles de ma classe sont vraiment bizarres, et je meurs de faim !

Tom eut du mal à se retenir de rire. Juliet faisait la même tête à 5 ans quand elle était contrariée.

— Et à part ça, madame la marquise ?

— C'était nul ! Peter affirme que ça va s'arranger, mais j'ai du mal à le croire. Heureusement, j'ai déjeuné avec lui, Matt et Noel. Ils m'ont forcée à manger un peu.

Elle croisa les bras et tourna la tête vers la fenêtre avant d'ajouter :

— En plus j'ai l'air débile avec mes Converse roses. Maman m'a dit que c'était un look « frais et sympa » mais une fille m'a traitée de Vierge Marie et une autre de sainte nitouche !

À la maison, son père lui servit un grand verre de citronnade et disposa quelques biscuits sur une assiette. Puis Peter l'appela longuement pour lui remonter le moral. Après quoi, elle se mit à ses devoirs.

Quand Beth appela dans la soirée pour prendre des nouvelles, Juliet lui répéta la même litanie.

— La rentrée, ce n'est jamais facile. Laisse-toi le temps, ma chérie. Tout est nouveau. C'est le lycée, et puis c'est un établissement public, à la campagne... Je suis sûre que tu vas rencontrer des gens sympas.

— Les filles de ma classe sont flippantes.

— D'ici peu, tu te seras fait plein de copains, et tout te semblera différent.
— Quand est-ce que tu arrives, maman ? demanda Juliet d'une petite voix.
— Dans deux semaines. Tu pourras m'aider à trouver mon nouveau logement ! Pour le moment, j'ai plein de rendez-vous à honorer et d'articles à rendre.

Juliet se sentirait mieux une fois que sa mère serait là : Beth l'aidait toujours à voir le bon côté des choses.

Dès le lendemain, la jeune fille changea de stratégie vestimentaire. Elle opta pour un jean, un sweat tout simple et une paire de Nike, l'uniforme de la plupart des élèves. Et en s'inscrivant au volley, elle se rendit compte que les autres filles de l'équipe avaient l'air très accueillantes. Elle se rapprocha aussi d'une autre nouvelle, une fille originaire de l'Oklahoma. Elle commençait déjà à prendre ses marques. Elle adora le cours d'initiation à la psychologie et, le week-end venu, elle put passer tout son temps avec Peter et les autres. Tout s'arrangeait.

Beth chercha un logement dès son arrivée. Il n'y avait que très peu d'appartements, en revanche elle trouva vite une coquette petite maison ancienne à côté de chez les Wylie. Fraîchement repeinte et bien décorée, elle avait une jolie cuisine pimpante et flambant neuve. Ce n'était pas grand, mais il y avait deux chambres à coucher, juste ce qu'il fallait. Beth disposait même d'un bureau au rez-de-chaussée, et la cuisine était assez grande pour que Juliet puisse inviter tous ses copains à manger.

Le soir de son arrivée, ils dînèrent tous les trois chez Tom en bonne amitié. Mais par la suite, Beth envisageait de ne pas empiéter sur son territoire : elle ne voulait pas lui donner l'impression qu'elle souhaitait passer du temps avec lui.

Au détour d'une conversation, Juliet avait appris à Beth que Tom se rendait souvent chez les Wylie pour aider Marlene. Avec la maladie de Bob, la maintenance de la maison avait été négligée et Tom faisait de son mieux pour y remédier. Il libérait du temps en journée, quand Juliet était au lycée, pour aller réaliser quelques menus travaux chez la jeune veuve.

Tout avait commencé par une fuite sous l'évier de la cuisine : aucun plombier n'était disponible et Marlene, perdue, avait fini par appeler son ami à la rescousse. Tom s'était vite aperçu qu'il y avait énormément de choses à réparer dans cette grande maison. Il avait le temps et pouvait organiser ses rendez-vous téléphoniques et gérer les portefeuilles de ses clients quand bon lui semblait. Il avait donc proposé à Marlene de venir lui donner un coup de main tous les jours. À ce rythme, il estimait que tout serait réglé en moins d'un mois, et cela lui faisait plaisir de l'aider d'une manière ou d'une autre. Il possédait d'ailleurs une caisse à outils digne d'un professionnel qui ne demandait qu'à servir.

Le jour de la rentrée des classes, il sonna à la porte dès 9 heures du matin et se mit aussitôt au travail. À midi, Marlene lui prépara à déjeuner, après quoi il rentra s'occuper de ses dossiers.

Tom recloua des étagères et fit un peu de menuiserie, de sorte qu'en quelques jours à peine tout dans la cuisine fonctionnait à nouveau comme sur des roulettes. Avec son pistolet à colle, il ne craignait personne !

Au fil des semaines, il se chargea même de poser dans la chambre à coucher le tissu que Marlene avait acheté un an plus tôt, avant que tout ne parte à vau-l'eau. C'était une sorte de chintz réalisé par un designer connu. Marlene adora le rendu et Tom lui-même se déclara satisfait. Il aimait beaucoup bricoler car les résultats étaient visibles immédiatement, à la différence de son travail habituel. Il fallait beaucoup plus longtemps pour que des placements financiers deviennent rentables.

— Si jamais ma boîte fait faillite, je pourrai toujours proposer mes services comme homme à tout faire, plaisantait-il.

Mais ce qu'il aimait le plus, c'était bavarder avec Marlene. Elle avait pris deux mois de congé pour décider à son rythme comment elle envisageait la suite. En attendant, c'était son jeune associé qui avait repris l'ensemble de ses clients. Tom et elle n'étaient jamais à court de sujets de conversation.

— C'est étrange, pour la première fois de ma vie, je n'ai à m'occuper de rien. Mais cette oisiveté n'est pas désagréable ! À Denver, je plaidais à la Cour et j'aimais ça. Alors qu'ici on s'occupe surtout de questions foncières et agricoles, ce n'est pas toujours passionnant. Des conflits sur des délimitations de parcelles, des contrats de fermage... Bob adorait exercer ici, mais pour ma part je n'ai jamais été tout à fait convaincue. Je n'ai pas l'impression d'exploiter mes compétences d'avocate. Et puis c'est surtout pour les garçons que Bob avait voulu qu'on s'installe ici.

— Oh, ne me dis pas que tu veux retourner vivre à Denver !

— Non, le rassura-t-elle en souriant, je ne compte pas bouger d'ici. C'est chez nous. Seulement... je ne sais pas si j'ai envie de continuer comme avant, ou si je ferais mieux de vendre le cabinet. Notre associé s'est déjà déclaré prêt à le racheter pour une somme tout à fait honnête.

Tout au long de sa vie, sans en parler à Marlene, Bob avait placé une partie de leur argent dans des investissements sûrs et de bon rendement. Leur notaire venait de lui expliquer qu'avec l'argent ainsi gagné, elle n'avait plus besoin de travailler.

— Pour résumer, le peu que je gagnerai avec le cabinet ne vaut pas forcément la peine que je continue à plein temps. Bob y trouvait du plaisir et tant qu'il était là ce n'était même pas une question mais je t'avoue que les législations sur l'eau et les animaux me laissent assez tiède !
Cela fit rire Tom.
— Je crois que j'aimerais beaucoup écrire un livre de vulgarisation sur le droit. Ça me changerait un peu !

Leur petit arrangement entre amis devint vite une agréable routine. Marlene appréciait beaucoup d'avoir quelqu'un à qui parler, maintenant que Bob n'était plus de ce monde et qu'elle n'avait plus la présence quotidienne des infirmières. De plus, Tom, en père aimant, s'intéressait sincèrement à ses garçons. Marlene se faisait du souci pour Justin, se demandant pour quelles universités il valait mieux qu'il postule. Entre leurs cours, leurs entraînements sportifs et leurs activités extrascolaires, elle ne voyait finalement que très peu ses fils, alors qu'elle passait des heures avec Tom.

— Nous devrions peut-être monter une entreprise de bâtiment ensemble, dit-elle un jour, plaisantant à moitié, en lui tendant un lé de papier peint.

Alors que Marlene se tenait là, un sourire aux lèvres, Tom resta figé. Il ne savait même plus ce qu'elle venait de dire. Il ne voyait que ses yeux, ses cheveux, le galbe de son cou et sa poitrine généreuse – tout ce qu'il s'efforçait de ne pas voir en venant chez elle tous les jours depuis un mois. Cela faisait maintenant six semaines que Bob s'en était allé et elle paraissait un peu apaisée.

Tom posa ses outils, lui prit le papier des mains et, avant qu'il sache ce qu'il était en train de faire, il se retrouva en train d'embrasser Marlene. Tous deux se sentirent comme submergés par la marée montante. Marlene comprit alors à quel point elle désirait Tom. Elle ne savait pas quand cela avait commencé – peut-être avant même le décès de Bob –, mais ce raz-de-marée les emmena dans son lit, où ils firent passionnément l'amour. Lorsqu'ils s'accordèrent enfin une pause, elle avait les joues cramoisies et mal partout. Les draps étaient tout chiffonnés et un lourd parfum musqué flottait dans la pièce.

Elle le regarda en souriant et il se mit à rire. Tout l'après-midi, il avait craint qu'elle ne reprenne ses esprits et décide d'appeler la police, ou de le jeter dehors.

— Seigneur ! dit-elle d'une petite voix. Que s'est-il passé ? Nous avons dû perdre la tête...

Sur ce, elle le caressa encore, ce qui suscita chez lui une réaction immédiate. Elle ne se souvenait pas avoir jamais passé la journée au lit de cette façon. Ils étaient affamés, insatiables. Elle n'avait plus eu de rapports avec Bob depuis longtemps et, même avant sa maladie, leur vie sexuelle manquait d'éclat. Néanmoins, elle avait aimé son mari de tout son cœur, et ce manque de piment ne lui avait pas paru important. Elle avait en tout cas réussi à s'en persuader.

— Perdu la tête ? J'ai plutôt l'impression que nous nous sommes trouvés..., commenta Tom avant de l'embrasser à nouveau en lui caressant tendrement un sein. Nous devrions peut-être nous enfuir sur une île déserte pour pouvoir passer toutes nos journées au lit.

Pour l'instant, ils disposaient d'un bon alibi : Tom n'avait qu'à sonner à la porte tous les matins, sa caisse à outils sous le bras. Personne ne pouvait les déranger. Marlene n'avait pas de femme de ménage, et les garçons ne rentraient jamais avant 18 heures. Tom devait seulement être chez lui vers 16 heures pour accueillir Juliet, ou un peu plus tard quand elle avait entraînement de volley. Les deux amants étaient libres comme l'air. La seule chose qui aurait pu freiner Marlene était le souvenir de Bob...

— J'imagine que je devrais ressentir une forme de culpabilité, murmura-t-elle alors qu'ils entraient ensemble dans la douche. Mais ce n'est pas le cas. Nous étions heureux et j'aimais profondément Bob. Bon, notre vie sexuelle n'a jamais été très excitante, mais tout le reste compensait : les enfants, le cabinet... Notre relation a toujours été plus intellectuelle que physique. On adorait travailler ensemble. Et puis avec la maladie, tout a changé. Je suis devenue son infirmière à plein temps. C'était insupportable de le voir s'éteindre jour après jour. Grâce à toi, je me sens à nouveau vivante...

Il l'embrassa et, bouleversé par sa sensualité, lui fit encore l'amour sous la douche avant qu'ils parviennent enfin à sortir et se sécher.

— Ça fait un mois que je me retiens de t'approcher, avoua Tom. Je me disais que tu m'en voudrais à mort si je faisais le premier pas. Tu es la femme la plus sexy que j'aie jamais rencontrée.

— Et avec Beth... c'était comment ? demanda Marlene.

Son ex était une très belle femme...

— Au début, c'était merveilleux, mais nous nous sommes progressivement éloignés l'un de l'autre. Comme je supportais de moins en moins notre mode de vie, Beth se montrait de plus en plus froide. Nous avons cessé de faire l'amour bien avant de nous séparer. Et depuis, je n'ai eu envie de personne... avant de te rencontrer. Tu sais, le sexe pour le sexe ne m'intéresse pas. Ce que nous vivons n'a rien à voir. Marlene, je suis fou de toi.

— Moi aussi, murmura-t-elle d'une voix rauque.

Elle se pressa contre lui, ce qui enflamma à nouveau tous les sens de Tom. Mais il avait promis à Juliet qu'il serait là à son retour du lycée.

— À ton avis, demanda-t-il prudemment alors qu'ils se rhabillaient, que vaut-il mieux dire aux gens ?

Une expression de légère panique passa sur le visage de Marlene.

— Rien pour le moment. Nos amis seraient choqués. Cela fait à peine six semaines que Bob est mort. Et il vaut mieux ne rien dire à mes enfants avant un long moment. Ils le verraient comme un manque de respect envers leur père. Tu sais, ils t'adorent, je ne voudrais pas gâcher ça.

— Tu as raison. Alors tu penses qu'on doit attendre combien de temps ? Six mois ? Un an ?

Tom était prêt à garder le secret aussi longtemps qu'il le faudrait. À propos de secrets, il se demanda l'espace d'un instant s'il ne devait pas révéler à Marlene qu'il avait surpris Justin en train de boire en cachette le jour de l'enterrement, mais le moment était particulièrement mal choisi. D'autant que le jeune homme semblait aller mieux. Chaque fois que Tom l'avait recroisé depuis, il était sobre et en pleine possession de ses moyens.

Quand, enfin habillée, elle le raccompagna à la porte, Tom l'embrassa et la serra une dernière fois dans ses bras.

— Merci, Marlene... merci.
— Je t'aime, Tom, souffla-t-elle.
— Moi aussi.

Elle l'embrassa à son tour, lui effleurant la joue. Il se dépêcha de sortir avant qu'ils ne se laissent de nouveau emporter par la passion, et lui adressa un signe tendre une fois au volant. Il lui tardait de revenir le lendemain au prétexte de continuer les travaux. Mais le papier peint pouvait bien prendre un peu de retard... Tout ce qui comptait pour Tom, à présent, c'était d'être avec Marlene.

15

Ce qui se passait entre Tom et Marlene ressemblait à de la folie pure, mais la folie la plus douce qu'ils puissent imaginer. Ils n'avaient jamais rien vécu de tel auparavant et après les épreuves qu'ils avaient traversées, ils avaient l'impression de renaître dans les bras l'un de l'autre. Leur union était une célébration de la vie et de tout ce dont ils avaient cruellement manqué au cours des derniers mois.

Tom continuait de se présenter chez Marlene à 9 heures tous les matins, mais désormais ils passaient une bonne partie de la journée à faire l'amour quand cela leur chantait, et n'importe où. Tom ne pouvait plus se passer de Marlene, qui était tout aussi folle de lui. Leur liaison était d'autant plus passionnée qu'elle avait la saveur du fruit défendu. Marlene devait fournir un effort pour ne pas paraître trop heureuse en société. Elle comprit que, d'une certaine façon, elle avait commencé son processus de deuil des mois plus tôt. Et avec le recul, l'acharnement à maintenir Bob en vie dans les dernières semaines lui paraissait plus cruel qu'autre chose.

Si, intérieurement, elle était enfin sereine, pour l'instant personne ne devait soupçonner son nouveau bonheur. Aussi s'efforçait-elle de prendre une mine de circonstance quand elle sortait. C'était d'autant plus difficile qu'elle était amenée à croiser Tom très régulièrement dans leur cercle d'amis. Quand ils se retrouvaient seuls, ils riaient du fait que les Pollock les conviaient souvent ensemble, comme deux âmes esseulées. Mais ils faisaient montre de la plus grande prudence, en particulier quand les enfants étaient là.

Marlene voulait attendre au moins un an avant d'en parler à ses fils, un choix que Tom respectait. Il pourrait alors commencer à prendre sa place dans la vie des garçons, en espérant que tout se passerait bien. Un an, c'était une durée aussi raisonnable que respectable pour se remettre à fréquenter quelqu'un. Même s'il avait l'impression qu'ils faisaient bien plus que se fréquenter. Ils vivaient une passion débridée et même si la mort de Bob remontait à très peu de temps, Marlene n'avait aucun doute : c'était de l'amour.

Fin septembre, Marlene déjeuna avec Pattie et Anne. Elle faisait de son mieux pour ne pas sembler trop joyeuse, mais comme Pattie ne se sentait pas bien l'attention des amies se concentra de toute façon sur elle plutôt que sur la jeune veuve.

— Tu devrais aller voir un médecin, la sermonna Anne, l'air inquiet. Tu te plains de maux de ventre depuis cet été. Ça pourrait être un ulcère.
— J'ai déjà consulté, et ce n'est pas un ulcère.
— Alors c'est quoi ? demanda Anne, de plus en plus inquiète. Pas une tumeur, quand même ?
Pattie secoua la tête et se mit à sourire.
— Non, c'est autre chose. Ils m'ont dit que je pourrais m'en occuper à partir du mois d'avril.
— En avril ? répéta Marlene. Ils veulent te laisser souffrir jusqu'en avril ? C'est du grand n'importe quoi !
Anne fixait Pattie du regard, fronçant les sourcils d'un air soupçonneux.
— Oh la vilaine ! Tu m'as fait une peur bleue. Tu m'étonnes que tu auras de quoi t'occuper au mois d'avril ! Pattie, petite cachottière, tu ne serais pas enceinte ?
Pattie opina, souriant d'une oreille à l'autre. Anne se jeta à son cou, enchantée pour son amie. Elle savait que Pattie rêvait depuis longtemps d'élargir la famille mais qu'elle n'avait jamais osé sauter le pas par crainte d'être débordée avec trois enfants.
— C'est un accident, je ne sais pas exactement quand c'est arrivé... Et je ne voulais pas vous en parler avant d'être sûre que tout allait bien. J'en suis déjà à trois mois, le terme est prévu en avril et... c'est une fille !

— Fabuleux ! Ton vœu s'est exaucé ! exulta Anne.

Marlene aussi était heureuse pour son amie. Elle n'était donc pas la seule à avoir gardé un petit secret...

— Qu'en dit Bill ? demanda Anne.

— Il est ravi que ce soit une fille ! C'est vrai que j'ai toujours eu plus envie que lui d'avoir un troisième enfant. Mais il est très content. Si ç'avait encore été un petit gars, pour le coup, je pense qu'on te l'aurait donné ! Je n'en peux plus des garçons ! Benjie finira par nous achever. On ne ferme plus l'œil de la nuit à cause de ses cauchemars avec l'ours.

— Tu as déjà parlé du bébé aux garçons ? l'interrogea Anne.

— Pas encore. Je le ferai quand ça commencera à se voir.

Le reste du déjeuner se déroula dans la joie, et pas une seule fois il ne fut question de Tom.

La maison que Beth avait trouvée était déjà meublée. Elle n'avait eu à acheter que quelques bricoles pour compléter l'aménagement et ajouter une touche personnelle.

Elle avait eu l'occasion de constater que Tom se rendait souvent chez Marlene, comme Juliet le lui avait expliqué.

— C'est vraiment très gentil de sa part de l'aider pour les travaux, commenta un jour Beth tout en se demandant s'il n'y avait pas anguille sous roche.

Marlene, quoique veuve depuis peu, était une femme très séduisante, et Tom ne semblait être engagé dans aucune autre relation. Alors pourquoi pas ?

— Ce serait chouette pour lui, non, s'il se passait quelque chose entre Marlene et ton père ? demanda-t-elle à sa fille sur un ton léger.

Juliet fit la grimace.

— Mais maman, son mari vient à peine de mourir ! Papa ne ferait jamais une chose pareille. Il la respecte trop. Il a toujours dit qu'il l'admirait beaucoup. Ce serait horrible, s'il sortait avec elle si vite. Non, franchement, c'est pas son genre...

— Alors après une période de deuil raisonnable, peut-être ? En tout cas, je la trouve vraiment charmante.

— C'est vrai. Mais elle aimait tellement son mari, ça se passait super bien entre eux, leurs fils n'arrêtent pas de le dire. Moi je pense qu'elle ne fréquentera personne d'autre avant longtemps. Et peut-être jamais.

Depuis la rentrée, Juliet s'était beaucoup rapprochée de Noel, qui l'aidait avec les matières scientifiques. La jeune fille commençait à s'adapter à sa nouvelle école et même à l'apprécier – ce qu'elle n'aurait jamais pu imaginer après la première journée calamiteuse. Et le fait de pouvoir voir Peter tous les jours la remplissait d'une joie permanente.

— On ne peut pas savoir, reprit Beth. Ton père est séduisant. Une histoire d'amour avec une jeune veuve, ce sont des choses qui arrivent... Et ce n'est pas un crime !

Des événements inattendus s'étaient d'ailleurs produits dans la vie de Beth. Quelques jours avant de revenir à Fishtail, elle avait pris son courage à deux mains et décidé d'envoyer un SMS à Harvey Mack. Elle s'était sentie un peu gênée en constatant qu'il ne lui avait jamais répondu. Elle avait dû mal interpréter ses signaux. De toute évidence, il n'était pas intéressé. Elle était donc passée à autre chose et s'était investie dans son emménagement et sa nouvelle maison.

Un soir que Juliet était chez son père, Beth, qui venait de finir de ranger son dressing, contemplait son œuvre avec satisfaction quand son téléphone sonna.

— Bonsoir, madame, la salua la voix grave de Harvey. Est-ce que je peux me rendre utile d'une façon ou d'une autre ? Une harde de cerfs n'a pas envahi votre jardin, par hasard ? Vous n'auriez pas non plus vu passer sous votre nez un troupeau de bisons ?

— Eh bien non, répondit-elle en riant. Vous m'en voyez bien désolée.

— Un lion des montagnes, alors ? Un éléphant ? Vos arbres n'ont pas pris feu ?

— Rien de tout cela.

— Je suis navré de l'entendre. Vous n'avez donc nullement besoin de l'aide d'un ranger...

— Attendez une minute, voulez-vous ? Je vais bien mettre la main sur un bison perdu quelque part, rebondit Beth avec humour. Vous avez une idée de l'endroit où je peux trouver ça ?

— Ne cherchez pas, je vous l'apporte. Dans dix minutes, ça vous irait ?

— Mais vous ne connaissez même pas mon adresse !

— Ne vous inquiétez pas, j'ai mes sources. Pourquoi diable ne m'avez-vous pas dit que vous emménagiez ici, Beth ? demanda-t-il, soudain sérieux.

— Tout s'est passé très vite, juste avant que je reparte pour New York. Figurez-vous que ma fille a décidé du jour au lendemain qu'elle voulait aller au lycée d'Absarokee !

— Et ça lui plaît ?

— Au début, pas du tout. C'est un sacré changement par rapport au petit collège où elle était, mais elle s'habitue. Vous savez vraiment où j'habite ?

— Oui, mais seulement parce que je suis ami avec l'agent immobilier qui vous a loué la maison. C'est la campagne, vous savez.

Tous deux se mirent à rire.

— Est-ce que je peux vous inviter à venir prendre une tasse de café ou un verre de vin ?

— Merci beaucoup mais je passerai juste vous dire bonjour pour me rappeler à votre bon souvenir, au cas où vous auriez oublié à quoi je ressemble.

— Pardon, mais ce n'est pas moi qui vous ai oublié. Je vous ai envoyé un SMS auquel vous n'avez jamais répondu !

— Nom d'un chien ! Toutes mes excuses. On a eu une urgence et ça m'est sorti de la tête. Je vais devoir vous inviter à dîner pour me faire pardonner.

— Avec grand plaisir. Mais j'attends toujours mon bison.

Au moment où elle prononçait ces mots, on sonna à la porte et elle alla ouvrir, le téléphone à la main. C'était Harvey, en uniforme.

— Eh bien, où est mon bison ?

— Je l'avais garé en double file il a été embarqué par la fourrière... Désolé pour l'accoutrement, je viens de finir ma journée.

— Vous avez des horaires impossibles, *chief* Mack, fit remarquer Beth en souriant.

Il était manifestement aussi heureux qu'elle de ce retournement de situation.

— Bienvenue à Fishtail. Vous venez de faire passer la population de la commune à 479 habitants. Je vais devoir modifier le panneau à l'entrée du village, à cause de vous.

— C'est absurde, à New York il y a plus de monde que ça dans une seule rame de métro !

— Oui, mais à Fishtail on est plus heureux, dit-il en la suivant au salon.

La maison semblait minuscule depuis qu'il y était entré.

— C'est mignon, chez vous.
— Merci, je m'y plais bien. Ce n'est pas grand, mais c'est cosy.
Elle lui proposa à nouveau un café, qu'il refusa. Il ne voulait pas davantage de vin.
— Alors, pour quand fixons-nous ce dîner que je vous dois pour me faire pardonner ?
— Quand vous voulez !
— Vous étiez en train de travailler ? demanda-t-il en remarquant l'ordinateur de Beth posé sur la table basse du salon.
Depuis leur rencontre, il avait lu plusieurs de ses interviews et était très impressionné. Il la complimenta au sujet de la dernière.
— Oh, vous lisez le *New Yorker* ?
C'était au tour de Beth d'être admirative.
— Depuis quelques semaines. J'aime beaucoup ce que vous faites.
S'il avait été honnête, il aurait dû avouer qu'il venait de s'abonner au célèbre magazine pour ne manquer aucun de ses articles.
— Je ne voudrais pas me mêler de ce qui ne me regarde pas mais... vous ne craignez pas de souffrir de la solitude, ici ? Même le bison dit qu'il s'ennuie à mourir.
— Oui, je peux le comprendre. D'un autre côté, c'est si calme ! C'est assez ressourçant. Et ma fille est comme un poisson dans l'eau, maintenant qu'elle s'est

habituée à son lycée. Au pire, si j'ai la bougeotte, je peux toujours faire un saut à New York.

Harvey était bluffé par la façon dont Beth s'était adaptée au choix de Juliet : malgré son caractère bien trempé, elle avait fait montre d'une grande souplesse et avait accepté ce sacrifice pour le bien-être de sa fille. Fishtail n'avait vraiment pas grand-chose à offrir à une femme seule. Et ce serait encore pire une fois l'hiver venu, quand la route principale serait bloquée en attendant le chasse-neige.

— Demain soir, vous êtes libre ?

— Si j'en avais un, je consulterais mon carnet de bal... Mais oui, je pense que je peux trouver un petit créneau pour dîner avec vous !

Harvey sourit. Il adorait badiner avec elle.

— Beth, je me demande encore comment une femme comme vous a pu atterrir ici, mais j'avoue que j'en suis ravi. Est-ce que 19 h 30 vous semble un horaire civilisé ? Je ne peux décemment pas vous inviter pour 17 heures, quand le *diner* est envahi par les cow-boys du coin qui viennent de terminer leur journée !

Tous deux eurent un petit rire. Beth avait l'impression que Harvey lui cachait un lointain passé urbain et sophistiqué. Comme elle, il avait sans doute quitté la grande ville pour s'installer dans ces montagnes. Il était drôle et intelligent et elle aimait beaucoup bavarder avec lui.

Le lendemain soir, ils furent les derniers à quitter le *diner*. Après quoi ils se rendirent au Cowboy Bar pour un dernier verre. Harvey était très cultivé et s'intéressait à de nombreux sujets. Il lisait le *New York Times* tous les jours et le *Wall Street Journal* quand il avait le temps. Il aimait son travail au grand air et se souciait plus que tout du bien-être d'autrui.

C'était la personne la plus singulière et captivante que Beth ait jamais rencontrée, et il aurait dit la même chose à son sujet.

— Et vous, alors, je peux savoir comment vous avez atterri ici ? demanda-t-elle, curieuse, alors qu'ils finissaient leur verre.

— Je crois que beaucoup de ceux qui vivent ici – en tout cas les nouveaux venus comme nous – ont fui leur vie passée. À l'époque où j'étais dans les services spéciaux, j'étais marié. J'étais jeune, je pensais avoir toute la vie devant moi. Et quand on s'est passé la bague au doigt, ma femme savait à quoi s'attendre. Enfin, en théorie. Mais dans la réalité, c'était autre chose. J'étais souvent absent. Trop souvent. Elle a contracté une tumeur au cerveau mais j'ai dû repartir pour plusieurs missions, de plusieurs semaines à chaque fois. Quand les médecins m'ont annoncé que c'était la fin, mes supérieurs m'ont enfin libéré. Elle est morte trois jours après. Pour un peu, je n'aurais même pas pu lui dire au revoir. Je suis passé à côté de sa vie. Je ne me suis jamais remarié et, bien que ça puisse sembler fou, je me sens bien, à Fishtail et dans la montagne. Même si je devais ne plus jamais partager ma vie avec quiconque, je serais parfaitement heureux. Mais si un jour je me remets en couple, alors je ne raterai pas une seule minute avec mon aimée. Je serai présent tous les soirs au coin du feu, comme le père Noël auprès de la mère Noël !

Beth sourit à cette image et Harvey conclut :

— Il fallait que j'arrête ma course folle. En arrivant ici, c'est exactement ce qui s'est passé. C'est une vie qui me convient, même si elle doit vous paraître terriblement terne.

— Eh bien en fait, pas du tout. Le moins que l'on puisse dire c'est que j'en suis la première surprise ! Mais moi aussi je me sens bien, et je comprends pourquoi mon ex a voulu s'installer ici. Je n'aurais pas pu le faire avec lui ni pour lui mais toute seule, j'y ai trouvé mon compte. J'ai toujours vécu en mode « guerrière ». J'étais en lutte contre tout et tout le monde, en premier lieu contre moi-même. Mais je n'ai plus tellement envie de me battre. J'aspire à me poser. Et si j'ai besoin d'une bouffée de vie citadine, je peux toujours faire un aller-retour à New York. Je n'ai pas encore déchiré mon passeport, juste déposé les armes.

— Jolie métaphore, commenta Harvey en souriant alors qu'ils sortaient du Cowboy Bar. Si je puis me permettre, vous faites un bien charmant gladiateur.

C'est vraiment drôle que nous nous soyons rencontrés ici. Il y a tellement d'autres endroits où nous aurions pu nous croiser. Le destin est parfois bien étrange.

— Oui, et je crois que l'on ne rencontre jamais quelqu'un « par hasard » mais toujours pour une bonne raison, au bon moment.

Elle leva vers lui un regard lourd de questions.

— Moi aussi, je le crois, dit-il en la raccompagnant à son 4x4 de fonction floqué de l'emblème du parc naturel et de son titre : *Chief Mack*.

Une fois arrivés devant chez elle, elle ne descendit pas de voiture tout de suite.

— J'ai passé une merveilleuse soirée, Beth. Je suis heureux que vous soyez revenue et que vous ayez décidé de passer du temps ici. Nous devrions nous revoir. Est-ce que par hasard vous aimez danser ?

— J'avoue que oui. Mais ça fait des années que je n'en ai pas eu l'occasion. Je suivais des cours de danse de salon quand j'étais adolescente. Et je dansais avec mon père... Ça doit vous paraître complètement antique, mais figurez-vous que j'ai participé au bal des débutantes, en mon jeune temps.

Un large sourire fendit le visage du chef des rangers.

— Ça alors ! J'ai moi-même été le cavalier d'une débutante lors d'un cotillon, il y a environ un million d'années. Il se trouve qu'il y a un endroit très sympathique à Billings. Un bar à l'ancienne, avec une piste de danse. Vous voudriez m'y accompagner, à l'occasion ?

— Vous avez participé à un cotillon ? Incroyable ! Vous voyez, quand je vous dis qu'il n'y a pas de hasard. Et je vous accompagnerai danser avec plaisir. Merci encore pour cette belle soirée.

Elle lui adressa un signe de la main en rentrant chez elle.

16

La passion torride qui unissait Tom et Marlene n'avait pas faibli lorsqu'il lui demanda, début novembre, alors qu'ils étaient au lit l'un contre l'autre :
— Tu veux vraiment attendre un an pour parler de nous à tes enfants ? J'ai l'impression que c'est dans une éternité...
— Il ne reste plus que neuf mois, fit remarquer Marlene. Et ma réponse est oui, je veux attendre. Avant cela, ils ne comprendraient pas. Je ne veux pas gâcher la bonne image qu'ils ont de toi.
— Je n'aime pas leur mentir, argua Tom avant de l'embrasser dans le cou. On peut retomber amoureux, ce sont des choses qui arrivent, même quand on a aimé quelqu'un d'autre avant. Leur père n'est plus là mais toi tu es bien vivante, et tu as le droit d'être aimée par quelqu'un qui prend soin de toi. Je veux pouvoir les protéger, eux aussi. C'est ce que Bob aurait souhaité, tu ne crois pas ?
— Peut-être, mais pas les garçons. Ils vénéraient leur père. Je ne veux pas prendre le risque qu'ils te prennent en grippe parce que nous précipitons les choses.

— On ne peut pas dire qu'on a franchement pris notre temps...

— Mais ils l'ignorent. Et il ne tient qu'à nous que ça continue. Ne sais-tu pas que tous les garçons prennent leur mère pour une vierge et une sainte ?

— Tu seras peut-être canonisée un jour, mais on ne peut pas dire que tu sois vierge, ma chérie.

Pour donner du poids à son propos, il lui fit à nouveau l'amour. Puis ils s'endormirent dans les bras l'un de l'autre.

Ils n'entendirent pas Justin rentrer et monter aussitôt dans sa chambre, où il sortit une bouteille de rhum d'un étui à guitare rangé au fond de son placard. Il avait caché des bouteilles un peu partout, y compris dans sa voiture. Il but à longs traits avant de s'écrouler sur son lit. Il avait interrompu sa matinée de cours dans ce seul but. Pour la douce torpeur dans laquelle l'alcool le plongeait, surtout après avoir fumé un joint, comme il l'avait fait sur la route. Il n'avait pris goût à l'alcool que depuis peu, après leur mésaventure en montagne, mais avait nettement augmenté sa consommation depuis la mort de son père. Justin traînait partout avec lui une cuisante impression d'échec, comme s'il avait trahi tous ceux qui comptaient sur lui. L'université ne l'intéressait plus. Il n'avait même plus envie de remplir les dossiers de candidature.

La maison était plongée dans le silence et il y régnait une douce chaleur. Lorsqu'ils se réveillèrent, Tom enfila son boxer et Marlene un peignoir pour descendre à la cuisine, où elle se mit à leur préparer de quoi déjeuner. Dehors, une mince pellicule de neige avait commencé à poudrer le paysage. L'hiver était arrivé en catimini et Tom se voyait déjà passer toute la saison froide bien à l'abri sous les draps de Marlene. Ils pourraient enfin sortir de la clandestinité et dévoiler leur amour avec le retour des beaux jours.

Après leur repas frugal, Tom attira Marlene à lui pour l'embrasser. Bientôt, ses mains cherchèrent ses seins sous la soie du peignoir, qu'il ne tarda pas à lui ôter. Il se retrouva lui aussi nu et, la passion les emportant, ils firent l'amour là où ils se trouvaient. Marlene était en train d'atteindre l'extase lorsque Tom entendit un cri de surprise derrière lui. Elle rouvrit les yeux et vit son fils aîné dans l'encadrement de la porte. L'expression d'horreur peinte sur le visage de Justin se mua en haine lorsqu'il vit Tom. Il se rua vers sa mère comme pour la frapper mais Tom, en tenue d'Adam, arrêta son bras.

— Salope ! cria-t-il à l'intention de sa mère d'une voix pâteuse. Sale pute ! Comment tu as pu faire ça à papa ? Tu le trompais déjà quand il était en train de mourir ?

Justin sanglotait et Marlene pleurait elle aussi de façon incontrôlable. Elle balbutiait, cherchant les mots pour expliquer la situation, pendant que Tom tentait de contenir physiquement Justin et lui répétait de se calmer. Marlene finit par monter l'escalier en toute hâte et Justin sortit en courant. Tom ne se voyait pas le poursuivre dehors dans le plus simple appareil, surtout par ce temps. Il avait senti la forte odeur d'alcool que dégageait le jeune homme mais cela ne l'avait pas empêché de sauter au volant de sa voiture et de démarrer sur les chapeaux de roues.

Tom referma la porte pour empêcher la bourrasque glaciale d'entrer dans la maison, et monta rejoindre Marlene. Il la trouva en larmes et tenta de la consoler de son mieux. Mais toutes ses paroles apaisantes ne pouvaient rien changer au fait qu'elle venait de vivre la concrétisation de son pire cauchemar.

— Seigneur, Tom, c'est affreux ! Il nous a vus en train de faire l'amour !

— Oui... Moi aussi, j'aurais préféré qu'il ne nous voie pas. Mais il a bientôt 18 ans. Tu es veuve, son père n'est plus de ce monde. Ce n'est pas comme s'il t'avait surprise en train de le tromper. Il n'aurait pas dû voir ce qu'il a vu, c'est très embarrassant pour tout le monde, mais nous n'avons rien fait de mal. Tu faisais l'amour dans ta cuisine, ton fils t'a vue toute nue. C'est terriblement gênant, mais ce n'est pas un crime.

Marlene frisait l'hystérie, tout comme Justin un instant auparavant.

— Où est-il ?

— Parti en voiture. Et pour tout te dire, je m'inquiète à son sujet. Il sentait l'alcool. Et que faisait-il à la maison en plein milieu de la journée ? Je pense qu'il était ivre, peut-être même qu'il est rentré juste pour picoler, pensant que tu étais sortie. Je l'ai vu boire en cachette chez les Pollock, le jour de l'enterrement. Il avait rempli une bouteille d'eau avec de la vodka. Je me suis dit que c'était exceptionnel, une façon de survivre à cette journée, mais je crains qu'il ne se soit mis à boire régulièrement. Je ne voulais pas t'inquiéter... Mais là, il vient quand même de partir en voiture... Est-ce que tu sais où il a pu aller ?

Tout en parlant, Tom s'habillait pour partir à la recherche de Justin. Marlene secoua la tête. Elle ne savait pas du tout où il était allé et refusait de croire que son fils s'était mis à boire.

— Tu essaies juste de nous faire paraître moins coupables que nous ne le sommes. Justin n'était pas ivre, il était sous le choc.

— Je pense qu'il était ivre *et* sous le choc, souligna Tom.

— Comment sais-tu qu'il avait rempli une bouteille d'eau avec de la vodka ?

— Il avait caché la bouteille dans un coin et je l'ai reniflée pour m'assurer de ce qu'elle contenait. C'était de la vodka pure. Marlene, tu ne peux pas fermer les yeux là-dessus.

Ce n'est qu'à ce moment-là qu'elle finit par comprendre ce que Justin risquait à conduire dans son état, d'autant que la route était vraisemblablement verglacée.

Tom fit le tour du quartier à bord de son 4x4 mais ne vit pas trace de Justin ni de sa voiture. De retour à la maison, Marlene et lui tombèrent d'accord pour ne pas appeler la police, sans quoi l'adolescent serait arrêté pour conduite en état d'ivresse. Comme il ne répondait pas sur son portable, Marlene lui laissa un message dans lequel elle s'excusait et le suppliait de rentrer à la maison, ou au moins de la rappeler.

Puis elle appela Anne et Pattie, mais il n'était pas chez elles et elles ne l'avaient pas vu. Les autres garçons étaient en cours.

— Il y a un problème ? demanda Anne, inquiète.

— On s'est un peu disputés, expliqua Marlene entre ses larmes.

— S'il vient ici, je t'appelle tout de suite.

Marlene raccrocha puis elle alla rejoindre Tom au salon.

— Tu ne penses pas que tu devrais... jeter un œil à sa chambre ? suggéra-t-il le plus diplomatiquement possible.

— Pour quoi faire ? demanda Marlene, paniquée.

— Quelque chose me dit qu'il cache de l'alcool quelque part...
Après une hésitation, elle opina. Comment leur famille endeuillée allait-elle pouvoir se reconstruire après une scène pareille ?

Tom monta avec elle et ils fouillèrent toutes les cachettes les plus évidentes : sacs de sport, valise, étui à guitare, carton de vieux vêtements sous le lit, tiroirs de la commode... Ils récoltèrent deux bouteilles de bourbon, une de vodka, une de gin, une de rhum, et deux de vin. De quoi ouvrir un bar ! Ils avaient aussi trouvé au fond d'un petit sac en plastique quelques miettes d'une herbe sèche verdâtre.

— Qu'est-ce que c'est que ça ? demanda Marlene à Tom.

— Du cannabis. Le reste du sachet est parti en fumée. Je suis désolé, Marlene. Peut-être que Justin s'est mis à boire et à fumer quand Bob est tombé malade. Il a dû se sentir complètement dépassé. Mais il ne pourra jamais dire que c'est ta faute. Cela n'a rien à voir avec ce qui s'est passé dans la cuisine. La dépendance aux substances psychotropes est une maladie. Tu dois l'envoyer en cure de désintoxication.

— Je ne peux pas lui faire ça ! se récria Marlene. Il vient de perdre son père, et après ce qu'il a vu aujourd'hui... il a besoin de moi.

— Il faut qu'il arrête de boire et de fumer de la drogue, Marlene, avant qu'il ne lui arrive malheur ou qu'il ne tue quelqu'un sur la route. Tu dois regarder les choses en face, et lui aussi.
— Mais je refuse de le chasser de la maison !
— Il n'en est pas question. Mais ne crois pas que tu pourras lui faire arrêter tout ça par ta seule force de conviction, énonça Tom d'un ton calme. Il lui faut l'aide de spécialistes.

Encore aurait-il fallu que Justin donne signe de vie. Tom et Marlene descendirent toutes les bouteilles à la cuisine, vidèrent leur contenu dans l'évier et les jetèrent. À 18 heures, ils étaient encore en train d'attendre, désemparés, lorsque Noel rentra à la maison, raccompagné par son professeur de violon. Il sembla heureux de voir Tom, qui prit congé quelques minutes plus tard, non sans avoir recommandé à Marlene de l'appeler si elle avait des nouvelles. À moins d'informer la police, ils ne pouvaient rien faire de plus.

Tom se rongeait les sangs lorsque Juliet rentra à son tour à la maison après son entraînement de volley, raccompagnée, avec trois de ses coéquipières, par l'une des mamans. La jeune fille, qui s'épanouissait au sein de ce petit groupe, vit tout de suite que quelque chose n'allait pas.
— Qu'est-ce qui se passe, papa ?

Tom décida de lui révéler au moins une partie de la vérité.

— Je me fais du souci pour Justin. Je crois qu'il s'est mis à boire.

Juliet resta un moment silencieuse avant d'avouer :

— Je l'ai vu boire cet été, au barbecue des Pollock. Il avait planqué une bouteille de vin.

— Pourquoi tu ne m'en as pas parlé ?

— Je ne voulais pas cafter...

— Ne t'inquiète pas, j'ai fait pareil. Je l'ai vu boire à la réception de l'enterrement de son père.

— Il a des problèmes ? Il a fait une grosse bêtise ?

— Pas encore, mais ça pourrait dégénérer rapidement. Sa mère est morte d'inquiétude, et moi aussi.

— Tu aimes bien Marlene, pas vrai ?

Tom voulait être franc envers sa fille, dans la mesure du possible.

— Oui, c'est vrai. Mais les Wylie traversent une période très difficile. Et si Justin a un problème d'alcool, ça ne va pas aller en s'arrangeant. C'est une priorité de s'occuper de lui.

Ils dînèrent tranquillement en tête à tête, puis Juliet demanda à Tom s'il pouvait l'emmener chez sa mère pour la nuit. Elle adorait avoir deux foyers et pouvoir voir à sa guise chacun de ses deux parents.

Tom fut soulagé. Il pourrait se rendre disponible pour Marlene, qui d'ailleurs l'appela quelques minutes plus tard.

— Tu as du nouveau ?
— Non, aucune nouvelle. Je lui ai laissé un nouveau message. Noel dit qu'il ne sait pas où est son frère, et je le crois. Il m'a demandé s'il avait des ennuis. Je pense qu'il s'est aperçu qu'il buvait... mais je ne lui ai pas posé la question. Je ne veux pas mettre Noel dans l'embarras.
— Tu veux que je vienne ? demanda Tom.
— Oui, si ça ne te dérange pas. Je n'ai pas très envie de me retrouver seule avec Justin s'il rentre après avoir bu tout l'après-midi. Mais est-ce que tu peux attendre que Noel soit couché ?

Tom et Marlene reprirent leur attente nocturne sur le canapé, où ils finirent par s'assoupir. Le téléphone de Marlene les réveilla à minuit. Quand elle décrocha et devint pâle comme un linge, Tom pria pour que ce ne soit pas la police lui annonçant que Justin était mort.

C'était bien la police, mais Justin était vivant. Marlene lui expliqua la situation entre deux sanglots.

— Il a eu un accident. La voiture est fichue. Il est blessé à la tête, mais il était conscient quand ils l'ont récupéré. Il a plusieurs fractures à un bras. Il a été évacué vers l'hôpital de Billings en hélicoptère. Il n'est pas dans un état critique, mais il est très sonné. Ils lui ont fait des analyses toxicologiques.

Elle enfila son manteau puis, au cas où Noel se réveillerait, elle lui laissa un mot expliquant que Justin avait eu un accident sans gravité, qu'il allait bien, mais qu'elle était partie le chercher.

Tom insista pour conduire et ils prirent son véhicule, qui tenait nettement mieux la route avec ses quatre roues motrices équipées de pneus neige. Marlene pleura pendant presque tout le trajet.

— C'est parce qu'il nous a vus qu'il a eu cet accident...

— Non. Il a eu un accident parce qu'il était très alcoolisé, avant même de nous voir. Et il a probablement continué à boire ensuite. Mais il était déjà ivre en quittant la maison. Il sentait l'alcool à plein nez.

Avec le verglas, il leur fallut plus d'une heure pour rejoindre l'hôpital. À leur arrivée, Justin était réveillé. Sa blessure à la tête lui avait valu un léger traumatisme crânien et cinq points de suture, et il avait un bras dans le plâtre. Le médecin urgentiste lui avait prescrit quelques jours de repos total, et du paracétamol contre la douleur. Il avait de la chance de s'en être sorti vivant. Sa voiture avait percuté un arbre après avoir dérapé sur une plaque de verglas. Il écopait d'une suspension de permis de trois mois pour conduite en état d'ivresse et sous l'influence du cannabis, assortie de 500 dollars d'amende et d'une obligation de participer à un programme de sensibilisation sur la dépendance aux psychotropes.

Ils le firent sortir de l'hôpital en fauteuil roulant et l'aidèrent à s'installer sur la banquette arrière du 4x4.

— C'est sympa de vous être habillés pour venir me chercher, dit-il d'un ton acide.

Visiblement, il n'avait pas encore dessaoulé. Tom fut tout à coup frappé de voir à quel point il avait changé depuis l'été et la mort de son père. C'était maintenant un jeune homme aigri, amer et terrifié, malgré les airs bravaches qu'il se donnait.

Tom ne mâcha pas ses mots :

— Je te félicite. Bravo d'avoir envoyé ta voiture à la casse, mis ta vie et celle d'autrui en danger, écopé d'une peine pour conduite en état d'ivresse. Et surtout bravo d'avoir fait mourir de peur ta pauvre mère ! Tu vaux mieux que ça, Justin.

— Vous pouvez bien me faire la morale, tous les deux... Vous n'êtes que de sales traîtres ! hurla Justin tandis que Marlene pleurait, les yeux clos, sur le siège passager.

— Je n'ai jamais trompé ton père, réussit-elle à dire.

— Et comment t'appelles ce que vous faites, alors ? cria Justin en dépit du bon sens.

— Ta mère est veuve, et c'est une femme respectable. Elle n'est plus mariée et il se trouve que je l'aime, énonça Tom sur un ton glacial.

Une fois chez Marlene, le jeune homme monta l'escalier en titubant et se coucha, tout habillé et toujours aussi véhément. Quand Marlene lui proposa de l'aider, il lui cria de « dégager », ce qu'elle fit en refermant doucement la porte. Au moins, il n'y avait plus d'alcool caché dans sa chambre.

— Tu veux que je reste ? proposa Tom.

— Non, ça ne ferait que l'énerver encore plus...

Il hocha la tête, déposa un baiser sur sa joue et rentra tristement chez lui tandis qu'elle allait s'allonger sur son lit, incapable de dormir. Le jour finit par se lever, et Justin n'avait pas bougé. Elle passa la tête par l'embrasure de sa porte : il dormait à poings fermés, toujours habillé. Quand Noel descendit, elle lui prépara son petit déjeuner. Il ne s'était pas réveillé mais il venait de lire son petit mot.

— Alors ? Il est rentré ? demanda-t-il calmement.

— Oui, on l'a ramené.

— Tant mieux.

Noel embrassa sa mère, endossa son sac et sortit prendre le bus. Justin n'émergea qu'à midi, déclarant qu'il souffrait d'un horrible mal de tête.

— Je pense que c'est plus à cause de l'alcool que de la commotion cérébrale, commenta froidement Marlene en lui tendant un comprimé de paracétamol.

Il l'avala sans un mot et retourna se coucher. Quelques heures plus tard, elle monta dans sa chambre et s'assit sur le bord de son lit. Les yeux grands ouverts, maintenant dégrisé, Justin la fixa sans rien dire. Noel n'était pas encore revenu du lycée.

— Hier, nous avons trouvé sept bouteilles et un sachet d'herbe dans ta chambre.

Justin se redressa d'un seul coup, grimaçant à cause de son mal de tête, et hurla :

— Tu n'as pas le droit de fouiller dans mes affaires !

— Oh que si. Je suis ta mère. Ici c'est chez moi, et tu venais de partir en voiture en empestant l'alcool. Tom estime que tu devrais aller en cure de désintoxication. Qu'est-ce que tu en penses ?

— J'en pense que tu n'es qu'une traînée, et Tom un enfoiré ! J'irai pas en cure, et tu ne peux pas me forcer !

À vrai dire, elle ne savait pas si elle pouvait ou non le forcer d'un point de vue légal. Mais s'il y allait contre son gré, il n'en tirerait sans doute aucun bénéfice. Sans répondre, elle se releva, sortit de la pièce et referma derrière elle. Elle préférait ne pas insister. Le pauvre garçon avait déjà traversé tant de moments difficiles...

17

Justin retrouva le chemin du lycée quatre jours plus tard. Il devait maintenant prendre le bus pour aller en cours, ce qui l'humiliait profondément. La petite voiture que ses parents lui avaient achetée un an plus tôt était irrécupérable, et Marlene n'avait aucune intention de la remplacer tant que Justin n'aurait pas arrêté de boire.

Le jeune homme avait beau avoir recouvré ses esprits, il était à peine plus aimable avec sa mère. Aussi Marlene avait-elle demandé à Tom de ne plus venir chez elle pour éviter de jeter de l'huile sur le feu. C'est elle qui allait désormais voir son amant chez lui, les soirs où Juliet dormait chez sa mère. C'était malheureusement imprévisible puisqu'aucun calendrier de garde n'avait été établi et que l'adolescente choisissait souvent au dernier moment chez qui elle souhaitait dormir.

Tom et Marlene n'avaient plus fait l'amour depuis que Justin les avait surpris en pleine action. Cela leur semblait plus prudent, en attendant que les choses se calment. Et cet incident avait de toute façon passablement calmé leur ardeur...

Le week-end suivant, Justin trouva encore le moyen de se saouler. Le vendredi soir, il ne rentra pas du lycée après les cours. Marlene attendit des heures, jusqu'à ce qu'un « ami », qu'elle n'avait encore jamais vu, le ramène à la maison au beau milieu de la nuit. Aussitôt arrivé, Justin, très éméché, monta voir son frère pour lui raconter tout ce qu'il avait vu dans la cuisine. Noel, en larmes, descendit demander à sa mère si c'était vrai. Marlene ne put que confirmer, ajoutant que Tom était quelqu'un de bien et qu'ils s'aimaient. Elle dut mettre au lit et border comme un tout-petit son cadet inconsolable pendant que Justin, satisfait de lui, cuvait dans sa chambre. Pour la première fois de sa vie, elle éprouvait comme un sentiment de haine à l'égard d'un de ses enfants. Oui, elle haïssait Justin pour la peine qu'il leur faisait à tous.

Une fois Noel enfin endormi, Marlene appela Tom pour lui raconter ce qui venait de se passer. Elle semblait impuissante, piégée dans cette situation inextricable. Justin était devenu incontrôlable. Quant à Noel, il n'était pas de taille à résister aux manipulations de son frère, et n'aurait jamais dû y être confronté. Il semblait à Tom que Justin menait sa mère par le bout du nez en jouant sur son sentiment de culpabilité. Pour le simple motif qu'elle avait dans sa vie un homme qui la chérissait et qu'elle aimait en retour.

Mais Justin n'était pas encore prêt à accepter la mort de son père. Il était ravagé de chagrin.

Marlene s'allongea sans réussir à fermer l'œil de la nuit, pleurant par intermittence. Tom, chez lui, rongeait son frein, impuissant. Si Marlene ne l'en avait pas fermement dissuadé, il se serait fait un plaisir d'aller dire ses quatre vérités à Justin. Il voulait la protéger de son propre fils, mais comment ? Il finit par s'endormir tout habillé sur le coup de 6 heures du matin. Une heure plus tard, il fut réveillé par un appel de Marlene. Sa voix était entrecoupée de sanglots hystériques.

En allant voir comment se portait Noel, elle l'avait trouvé inconscient. Elle ne savait pas si c'était intentionnel ou accidentel, mais sa pompe à insuline était débranchée. Une horrible intuition lui soufflait qu'il l'avait fait exprès, que c'était un appel au secours... Noel savait pertinemment ce qu'il risquait. Il était dans le coma et devait être transporté de toute urgence en hélicoptère à l'hôpital de Billings. Elle s'apprêtait à monter dans l'appareil à ses côtés.

— Bon sang ! jura Tom. Je vous rejoins en voiture.

Il sauta à bas de son lit, enfila sa parka et sortit. L'hélicoptère était déjà en train de survoler Fishtail.

Quand Tom arriva à Billings, Noel, grâce à une injection salvatrice d'insuline, était sorti du coma. Il s'était depuis rendormi et avait déjà bien meilleure mine que quand sa mère l'avait trouvé quelques heures plus tôt. Marlene le laissa reprendre des forces pendant que Tom l'emmenait boire un café. Noel avait-il tenté de se suicider à cause de ce que lui avait révélé son frère ? Ce doute horrible ne lui laissait aucun répit. Tom tenta de la rassurer en affirmant que c'était un accident, mais elle refusait de le croire. C'était la première fois qu'une telle chose se produisait.

— Mon fils aîné est alcoolique et il monte son petit frère insulinodépendant contre toi. Je n'en peux plus !

Le psychiatre de garde passa voir Noel après le déjeuner. Le garçon eut beau lui affirmer que c'était un accident, Marlene avait du mal à y croire, et se tourmentait en se culpabilisant. Sa famille se désintégrait parce qu'elle était tombée amoureuse de Tom. Tout s'était passé très vite, beaucoup trop vite aux yeux de ses deux garçons...

En fin d'après-midi, une fois sa glycémie totalement stabilisée, Noel eut le droit de sortir de l'hôpital. Sur le chemin du retour, Tom et Marlene restèrent très silencieux pendant que le jeune garçon somnolait sur la banquette arrière. Ils se demandaient quand cette série noire prendrait fin.

Marlene alla coucher Noel dès leur retour. Il s'excusa d'avoir causé du chagrin à sa mère et promit de prendre mieux soin de sa pompe.

Justin n'était pas là. Il n'avait pas appelé et n'avait même pas laissé de message.

Alors qu'elle redescendait au salon, où l'attendait Tom, les nerfs de Marlene lâchèrent et elle se remit à sangloter. Elle savait ce qui lui restait à faire. C'est à voix basse et avec une profonde tristesse qu'elle s'adressa à son amant :

— Je crois que nous devons arrêter de nous voir, Tom. Je t'aime et je veux passer le reste de ma vie avec toi mais nous devons faire une pause le temps que mes enfants fassent le deuil de leur père.

Même s'il le garda pour lui, Tom considérait que la réaction des garçons était disproportionnée. Ils se comportaient comme si leur père n'était pas mort au terme d'une longue et pénible maladie. Auraient-ils voulu voir leur mère sacrifiée sur le bûcher funéraire de son époux, dans un rituel archaïque et barbare ? Ils semblaient lui refuser le droit de vivre sa vie de femme...

— Tu ne crois pas que je pourrais essayer de leur parler ? avança-t-il.

— Ça ne ferait qu'envenimer les choses. J'ai vraiment besoin d'être seule avec eux pendant un moment. Ensuite, nous pourrons reprendre notre histoire depuis le début. Si tu es toujours partant. Mais pour le moment, nous devons faire une pause. Regarde ce qui s'est passé quand Justin nous a surpris. Tout est parti en vrille. J'ai un fils alcoolique qui a manqué de se tuer en voiture la semaine dernière, et un autre qui a probablement tenté de se suicider la nuit passée. Tout ça à cause de nous. Comment pourrais-je avoir envie de continuer dans ces conditions ?

— Marlene, si je puis me permettre, il faut que tu t'imposes, que tu te montres ferme avec eux.

— Et si Justin meurt de ses bêtises ? Ou Noel ? Non, je ne peux pas prendre un risque pareil. Je préfère encore ne plus te voir pendant quelques mois, en attendant que notre vie revienne un tant soit peu à la normale et que nous reprenions nos esprits. Essaie de comprendre, je t'en supplie. Les garçons n'ont pas toute leur tête en ce moment. Et ils me rendent dingue, moi aussi.

— Ils ne peuvent quand même pas nous interdire de nous aimer ! protesta Tom.

— Non, ils ne pourront jamais m'empêcher de t'aimer, tu peux en être sûr, assura Marlene. Mais je ne veux pas les rendre malheureux.

— Donc tu préfères nous rendre malheureux, toi et moi... ? Eh bien, soit.

À présent, il pleurait lui aussi. Il se pencha pour l'embrasser et ajouta :

— Oh, Marlene, je t'aime. Je t'attendrai aussi longtemps qu'il le faudra.

Le cœur de Marlene saignait en regardant Tom partir. Elle passa la nuit à pleurer, se relevant régulièrement pour vérifier que Noel allait bien. Justin ne rentra qu'au petit matin, comme si de rien n'était. Au moins, il semblait à jeun.

Juliet se faisait du souci pour son père. Elle ne l'avait pas vu aussi déprimé depuis qu'il s'était séparé de Beth.

— Est-ce que ça va, papa ?
— On va dire que oui. Parfois, la vie est terriblement compliquée.

Mais il ne lui expliqua pas pour autant ce qu'il traversait. Il ne pensait qu'à Justin, qui était devenu un danger public et menaçait au passage de faire mourir sa mère de chagrin. Il avait beau faire de son mieux pour chasser Marlene de son esprit, cela lui était complètement impossible.

Marlene finit par avouer à Anne ce qu'elle était en train de vivre et son amie, loin de la juger, compatit sincèrement. Anne en parla à Pitt, qui déclara lui aussi que Tom était la meilleure chose qui pouvait arriver à leur amie. Selon lui, les garçons n'auraient pas trop de deux figures d'autorité pour les garder sur le droit chemin. Surtout Justin. Pitt priait pour que Tom et Marlene tiennent bon malgré tout.

Anne était désolée de voir que tout semblait partir en vrille. Du côté des Brown aussi, il y avait des tensions dans l'air. Pattie et Bill avaient décidé de parler à Matt et Benjie du bébé qui allait arriver au mois d'avril. Pattie était impatiente et voulait le leur annoncer avant Thanksgiving, d'autant que l'on commençait à voir son petit ventre.

Ils avaient emmené les deux garçons déjeuner dans leur restaurant favori et leur avaient dévoilé la grande nouvelle aussitôt les boissons servies. Mais rien ne s'était passé comme ils l'espéraient. Benjie avait fondu en larmes, criant qu'il les détestait et qu'ils n'avaient pas besoin d'un nouveau bébé. Et pourquoi fallait-il que ce soit une fille, par-dessus le marché ? Il s'était mis dans tous ses états. Matt, de son côté, s'était plaint qu'à leur âge, avoir un bébé était gênant. Qu'en penseraient ses amis ?

Anne avait tenté de rassurer Pattie.

— Je suis sûre que ça leur passera avec l'arrivée de la petite. Et puis il fallait bien que vous leur en parliez. Maintenant ça se voit, de toute façon.

— Je sais bien. J'ai attendu autant que je pouvais. Mais que faire, maintenant ? Benjie dit que je n'ai qu'à renvoyer le bébé au magasin !

Pattie réussit à en rire : elle n'avait pas perdu son sens de l'humour, même si ses enfants lui donnaient du fil à retordre.

Peter et Juliet, au moins, filaient toujours le parfait amour. Ils se voyaient tous les jours au lycée, et équilibraient bien leur temps entre les cours, les activités extrascolaires, les moments en famille et leur bande d'amis. Peter avait rendu l'adaptation de Juliet à son nouveau lycée beaucoup plus douce, et il était souvent invité à dîner chez Beth comme chez Tom. Jusque-là, les jeunes tourtereaux avaient réussi à ne pas se laisser entraîner trop loin par la passion...

June appela Anne quelques jours plus tard. Elle se réjouissait pour Tim : son père l'avait appelé depuis l'Amérique du Sud pour lui annoncer qu'il lui rendrait visite pour Thanksgiving. Depuis le sauvetage de Tim en montagne, Ted promettait régulièrement de venir à Fishtail.

— Tim est si excité qu'il n'en dort plus la nuit ! révéla June à son amie. C'est la première fois qu'il va fêter Thanksgiving avec son père. Exceptionnellement, je viendrai seule chez vous.

June fréquentait depuis quelque temps un pédiatre de l'hôpital St Vincent, et les choses se passaient bien entre eux. Mais pour le week-end prolongé, il rentrait dans sa famille à Chicago. Leur relation était encore trop récente pour se présenter leurs cercles respectifs.

— Je suis bien contente pour Tim, assura Anne en prenant soin de ne pas s'enthousiasmer trop vite.

Ted avait si souvent trahi ses promesses... Mais Tim avait bien failli perdre la vie en montagne et Thanksgiving semblait l'occasion idéale pour resserrer les liens. On pouvait espérer que cette fois, Ted serait à la hauteur.

— Ted arrive le mercredi, la veille de Thanksgiving. Il a réservé la nuitée et le repas de fête pour Tim et lui dans un hôtel chic de Billings. Je pense que ça lui fera de beaux souvenirs. Je crois que Ted essaie de se racheter une conduite.

Anne avait du mal à être aussi confiante. Jusqu'à présent, en tant que père, il avait surtout brillé par son absence.

Une autre histoire d'amour se déployait doucement dans l'ombre. Entre Beth et Harvey, il n'y avait ni attentes ni promesses. Ils passaient seulement du bon temps ensemble, et chacun était fasciné par l'autre. En dépit de leurs différences de personnalité et de parcours, leur complicité était réelle.

Pour leur deuxième rendez-vous, Harvey emmena Beth dans le fameux dancing de Billings. Il leur fallut plus d'une heure de route pour y arriver, mais Beth convint que cela en valait la peine. Le repas gastronomique fut délicieux et, après le dîner, un petit orchestre de musiciens vêtus d'élégants smokings joua des airs de danse connus. Beth et Harvey tournoyèrent sur une valse avant de se lancer dans un fox-trot endiablé. Tous deux s'aperçurent avec bonheur qu'ils se débrouillaient plus qu'honorablement au tango. Les qualités de danseur de Harvey étaient vraiment surprenantes et Beth avait l'impression d'être une petite poupée de porcelaine entre ses bras. Après une demi-douzaine de

danses, ils revinrent s'asseoir, essoufflés. Beth riait aux éclats en se laissant tomber sur sa chaise.
— Quel excellent danseur tu fais ! Et j'adore cet endroit. Promets-moi de m'y ramener bientôt !
— Tous les soirs, si tu veux.
Harvey, ravi que sa cavalière prenne autant de plaisir, arborait un large sourire. Ils finirent la soirée sur un slow langoureux au son de *Moon River*, l'une des chansons préférées de Beth. Harvey choisit ce moment-là pour l'embrasser pour la première fois.
Leur relation progressait sans hâte, comme une tendre idylle à l'ancienne mode. S'étant découvert une passion commune pour les vieux films, ils en visionnaient un dès que Juliet était chez son père. Beth retrouvait une dimension ludique et légère à la vie. Elle se sentait de nouveau jeune et pleine d'optimisme. En un mot, elle avait l'impression de vivre, pour la première fois depuis bien longtemps.

Harvey devait parfois lui fausser compagnie pour gérer une urgence, mais Beth ne lui en tenait pas rigueur. Être chef des rangers n'était pas seulement un très beau métier utile, c'était aussi passionnant, et ça exigeait des compétences aussi variées que les missions qui se présentaient.
Harvey admirait tout autant Beth. Il adorait lire ses articles et lui adressait souvent des commentaires éclairés à leur sujet.

— Promets-moi que tu ne te feras pas piétiner par un wapiti, un orignal ou un bison ni dévorer par un ours. J'aime passer du temps avec toi, alors veille à ne pas tout gâcher !

Elle le disait sur le ton de la plaisanterie mais plus elle s'attachait à lui, plus elle craignait un accident funeste tel qu'une avalanche ou un crash d'hélicoptère – autant de dangers que Harvey considérait simplement comme les risques du métier.

Juliet voyait bien que Harvey passait de plus en plus de temps chez sa mère. Beth maintenait qu'ils étaient seulement amis mais plus elle insistait sur ce point, moins Juliet la croyait. La jeune fille en était très heureuse pour elle, d'autant qu'elle appréciait beaucoup Harvey. Sans compter qu'il avait tout de même orchestré son sauvetage et celui de ses amis !

Un soir, le ranger emmena à nouveau Beth au dancing de Billings.

— J'ai quelque chose à te dire, annonça-t-il alors qu'ils venaient tout juste de s'asseoir à leur table.

— Aïe. C'est le moment où tu m'annonces que tu as une femme et dix gamins dont tu as oublié de me parler ? Ou que tu t'apprêtes à déménager dans la forêt amazonienne ou bien au fin fond de la Tanzanie et que tu me remercies pour tout, mais...

— Hum, tu penses vraiment que c'est le genre de déclaration que je m'apprête à te faire ?

— Eh bien... N'est-ce pas comme ça que ça finit souvent ? On pense avoir trouvé la femme de ses rêves, et elle meurt subitement. L'homme avec qui on espérait passer le restant de nos jours en épouse une autre. Ou alors il déménage à Tokyo ou Bogota. Pour ma part, je n'ai plus envie de m'attacher. Mon histoire avec Tom m'a appris la prudence. Je pensais que lui et moi, c'était pour toujours. Mais au bout de quinze ans, voilà que j'apprends qu'il déteste notre vie... Telle que tu me vois là, dans un dancing du Montana, je ne sais même pas si je suis encore vraiment moi-même. Les gens changent en permanence, nous aussi, et il est rare que ça finisse bien. Mais peu importe. Qu'avais-tu à me dire, Harvey ?

Elle s'attendait à une rupture. Harvey souhaitait sans doute se mettre en couple avec une femme plus jeune pour avoir des enfants. Elle-même n'avait pas du tout envie d'un autre bébé à 39 ans. Et Juliet suffisait à son bonheur.

— Ma foi, aussi pessimiste et compliquée que tu puisses être... tu danses sacrément bien ! lança Harvey en souriant. C'est tout ce que je voulais te dire. Ah, et aussi que je suis tombé amoureux de toi. Ce qui défie toutes les probabilités, reconnais-le, puisque je ne suis qu'un garde-forestier du Montana, et toi une talentueuse journaliste new-yorkaise.

Mais leurs personnalités ne se limitaient pas à leurs professions, ils le savaient bien. À quoi pouvait ressembler un avenir sans Harvey ? Elle ne voulait même pas y penser. Sa déclaration la touchait beaucoup, et elle était déterminée à vivre le moment présent. Il poursuivit, prenant soin cette fois de l'appeler par son nom de jeune fille :

— Madame Turner, pensez-vous que nous devrions rendre public le fait que nous nous fréquentons ? Ou devrais-je plutôt dire que je vous fais la cour ? J'aime bien cette expression. C'est un peu désuet et plein de charme.

— Pourquoi rendrions-nous notre relation publique ?

— Parce que je suis fier d'être avec toi, et que le fait de nous cacher commence à me paraître absurde. Ta fille me regarde comme si elle craignait que je te passe les menottes d'une minute à l'autre.

— Ça montre qu'elle a des soupçons, en effet..., dit Beth en riant. Je pense qu'il n'y a pas de mal à nous révéler au grand jour. Quitte à la jouer vieille école, devrai-je parler de toi comme de mon jules ou comme de mon soupirant ?

— Juste comme le chef des rangers Mack, dit-il en s'inclinant.

— Je pourrai dire *mon* chef des rangers Mack, ou bien dois-je laisser tomber le possessif ?

— Comme il vous plaira, belle dame !

Au moment de partir, Harvey tint la portière à Beth, qui replia sur ses genoux les pans de sa large jupe de danse.

Ils avaient à peine roulé quelques kilomètres sur la route de Fishtail que Beth ne put se retenir de lancer, théâtrale :

— C'est alors, après toutes ces jolies choses que tu viens de me dire, que nous percutons un camion. *Boum !* Nous mourons tous les deux sur le coup, et notre histoire ne commence jamais.

— Seigneur, Beth, tu regardes trop de films catastrophe ! Aux grands maux les grands remèdes !

Sans prévenir, il se gara sur la bande d'arrêt d'urgence, gyrophare allumé, et se tourna vers elle :

— C'est alors que je te cloue le bec. Parce que je t'aime.

Lorsqu'il se détacha d'elle, elle était un peu essoufflée et souriait d'une oreille à l'autre.

— C'était pas mal du tout, apprécia Beth. Il semblerait que nous ne soyons pas morts, en fin de compte.

— En effet. J'en profite pour te rappeler que nous sommes tous les deux invités chez les Pollock demain pour Thanksgiving. M'autorisez-vous à être votre cavalier, ma chère ?

— Je vous y autorise. Juliet y va avec son père.

Une fois devant chez elle, Harvey l'escorta jusqu'au seuil de la maison et resta un instant à la contempler. Il était immense à côté d'elle, si menue. Après avoir ouvert sa porte, elle fit un pas de côté pour lui céder le passage.

— Voulez-vous vous donner la peine d'entrer, *chief* Harvey Mack ?

Juliet passait la nuit chez Tom et père et fille se rendraient directement chez les Pollock en milieu de journée. Juliet était d'ailleurs partie avec la jolie robe qu'elle avait prévu de porter pour l'occasion.

Le visage de Harvey s'éclaira d'un immense sourire.

— Avec grand plaisir, répondit-il.

Et la porte se referma doucement sur eux.

18

Tom et Marlene avaient réussi à survivre à plus de deux semaines d'abstinence. Tom n'était pas ravi de la situation. Marlene lui manquait terriblement, mais il respectait son choix. Il se demandait combien de temps durerait cette quarantaine. Sans doute plusieurs mois. Les garçons auraient-ils enfin fait leur deuil au mois d'août, à la date anniversaire de la mort de Bob ? Rien n'était moins sûr. Ils semblaient être en roue libre, et que leur mère et son amant aient été surpris dans une position compromettante avait ouvert la boîte de Pandore. Tom ne pouvait s'empêcher de grincer des dents chaque fois qu'il y repensait.

Ce matin-là, Juliet était déjà partie au lycée. Il venait de finir de ranger la cuisine après le petit déjeuner et transportait une pile de dossiers dans le bow-window pour profiter de la lumière du matin lorsqu'on sonna à la porte. À une heure pareille, c'était généralement un courrier FedEx de la part d'un de ses clients. Ils s'amusaient encore de sa nouvelle adresse. *Fishtail, Montana.*

Tom ouvrit la porte d'un air absent, son téléphone dans une main, ses dossiers dans l'autre. Alors qu'il s'attendait à voir un livreur, il se retrouva nez à nez avec Marlene. Elle était essoufflée et paraissait très nerveuse.

— Il s'est passé quelque chose ? demanda-t-il, persuadé que Justin avait encore fait des siennes. Noel va bien ?

— Ils vont très bien. Moi, non. Je peux entrer ?

— Bien sûr.

Le cœur de Tom s'était mis à battre plus vite mais il s'efforçait de ne pas le montrer. Le simple fait de se trouver si proche d'elle lui tournait la tête. Il mourait d'envie de la prendre dans ses bras.

— Je ne vais pas bien du tout, même, lâcha-t-elle. Je n'en peux plus. Tu me manques trop. En fin de compte, je me fiche bien de ce que mes fils peuvent penser. J'ai besoin de toi !

Elle se pendit alors au cou de Tom pour l'embrasser. Il fut si surpris qu'il en laissa sa pile de dossiers tomber par terre.

— Moi aussi, j'ai besoin de toi, dit-il, le souffle court, en la serrant contre lui. Comme j'ai besoin d'air pour respirer. Alors qu'est-ce que tu proposes ? Tu veux finalement imposer ton choix à tes garçons ?

— Pas encore. Je ne me sens pas prête pour ça. Est-ce qu'on peut continuer en secret pendant un moment ?

— Tout ce que tu voudras, tant qu'on peut recommencer à se voir. Juliet ne rentre pas avant 18 heures.

Il prit Marlene par la main et l'entraîna dans sa chambre, courant presque dans l'escalier. Ils se jetèrent sur le lit, envoyèrent valser leurs vêtements et firent l'amour avec une passion renouvelée. Puis ils parlèrent de la façon dont ils envisageaient la suite. Ce ne serait pas facile. Rien n'était résolu, surtout pour Justin. Mais au moins Marlene était-elle de retour dans ses bras. Tom ne demandait rien de plus pour le moment. Ce qu'ils ressentaient était puissant, inflammable et dangereux. Au-delà de l'amour, c'était une véritable addiction.

Pour Thanksgiving, les Pollock avaient convié tous leurs proches, ainsi que quelques nouvelles têtes. Tom et Beth venaient chacun de leur côté, même s'ils étaient désormais en bons termes. Une fois n'est pas coutume, June viendrait seule puisque Tim était avec son père dans un bel hôtel de Billings, et son amoureux dans sa famille à Chicago. Bien entendu, les Brown étaient de la partie, avec Matt et Benjie. Marlene et ses garçons devaient venir aussi. Elle leur avait donné le choix : s'ils ne supportaient pas de voir Tom, ils pouvaient rester tous les trois chez eux. Mais s'ils voulaient retrouver leurs copains chez les Pollock, alors ils devraient se montrer parfaitement courtois. Elle ne leur demandait pas d'effusions, juste un minimum de politesse. Ils avaient opté pour la seconde option, mais il ne fallait pas compter sur eux pour faire la causette à Tom. Les Pollock avaient aussi invité Harvey Mack. En ce jour d'action de grâce, une grande partie des remerciements lui seraient adressés.

Comme toujours, Anne avait dressé une table magnifique. Elle avait commandé à différents traiteurs des environs un festin composé de la traditionnelle dinde et de tous les accompagnements qu'ils adoraient. Elle organisait cette réunion depuis que les garçons étaient tout petits, et connaissait les goûts de chacun par cœur. Ils avaient bien grandi, seul Benjie était encore dans l'enfance. Mais bientôt, un nouveau bébé viendrait agrandir le petit cercle.

Juliet et Tom arrivèrent les premiers. La jeune fille disparut aussitôt avec Peter dans la salle de loisirs, soi-disant pour lancer un jeu vidéo. Mais les parents n'étaient pas dupes. Ces deux-là ne songeaient qu'à se bécoter. Juliet portait une robe de velours bordeaux parfaitement adaptée à l'occasion, avec des chaussures à petits talons autorisées par sa mère. Tom et Pitt, en costume, étaient très élégants.

On sonna à nouveau et Pitt ouvrit à Pattie et Bill. Le ventre de Pattie s'était épanoui tout d'un coup au cours des dernières semaines et sa robe en maille bleu marine le rendait encore plus visible. Pitt la félicita et elle le gratifia d'un sourire radieux. Matt et Benjie, au contraire, affichaient une mine renfrognée. Ils disparurent bien vite au sous-sol.

Puis June apparut accompagnée de Tim, contrairement à ce qui était prévu. Le jeune garçon avait les yeux rougis. Comprenant tout de suite ce qui s'était passé, Anne ajouta discrètement un couvert. Tandis que Tim rejoignait ses copains, June expliqua à son amie ce qu'elle avait malheureusement déjà compris.

— Ce salaud nous a appelés tôt ce matin, soi-disant depuis le Venezuela. Il a dit qu'il n'avait finalement pas le temps de venir, qu'il était désolé et qu'il serait peut-être là pour Noël. Et moi qui croyais qu'il ferait un effort cette année... Quelle idiote je fais. Tim a quand même failli mourir ! Je le déteste et j'espère qu'il ne rappellera plus jamais mon Timmy pour l'abreuver de fausses promesses !

— Pauvre Tim..., compatit Anne. On ne fait pas ça à un gamin ! Comment est-ce qu'il a encaissé le choc ?

— Il a pleuré toute la matinée. Il ne voulait pas venir, il se sentait humilié après avoir annoncé à tout le monde qu'il serait à Billings avec son père.

— Je suis bien contente qu'il soit là ! On regrettait tous qu'il ne puisse pas venir.

Marlene arriva ensuite, accompagnée de ses fils. Elle portait une robe vert émeraude qui mettait sa silhouette en valeur. Elle paraissait anxieuse et ne cessait de surveiller Noel et Justin du coin de l'œil, redoutant une explosion. Les garçons avaient dit bonjour à tout le monde sauf à Tom, qu'ils évitaient. Pour sa part, elle se sentait fondre en sa présence et ils échangeaient des regards aussi intenses que s'ils s'étaient trouvés seuls dans la pièce. Leur relation était le secret le plus mal gardé de tout Fishtail. Anne leur avait même attribué des places côte à côte, et avait installé Noel et Justin à l'autre bout de la grande table. Elle avait aussi pris soin de placer Peter et Juliet à côté l'un de l'autre.

Beth arriva bonne dernière. Sa frêle silhouette paraissait abritée par la masse imposante de Harvey, comme si elle avait sa propre montagne portative. Anne et Pitt les saluèrent comme si leur arrivée concomitante n'était que le fruit du hasard. Beth rayonnait dans sa robe rouge à jupe patineuse. Souriant lui aussi d'une oreille à l'autre, Harvey tendit à leur hôtesse un gros bouquet dans les tons orange et jaunes, en accord avec la fête de l'automne.

— De notre part à tous les deux ! annonça-t-il de sa voix puissante.

Seuls Tom et les Brown furent surpris de cette déclaration. Marlene avait déjà vu Harvey se rendre chez sa presque voisine, et cela faisait plusieurs semaines que Juliet taquinait sa mère à ce sujet. Quant à Anne, fine mouche, elle se doutait de quelque chose depuis un moment. Elle prit le bouquet des mains de Harvey et les remercia avec chaleur tandis que les jeunes remontaient du sous-sol pour passer à table. Ils avaient fait un effort pour l'occasion et étaient très élégants dans leurs blazers et pantalons repassés, ou au moins avec une veste de costume au-dessus de leur jean. Harvey ne déparait pas dans son costume bleu marine fait sur mesure, compte tenu de ses mensurations exceptionnelles.

Il y eut un bref instant de flottement pendant lequel Beth continua de sourire à tout le monde, parents comme enfants, sans rien dire. Puis elle ajouta :

— Oui, on sort ensemble !

Tout le monde y alla de son exclamation joyeuse et attendrie.

— Alors, que penses-tu de mon annonce ? demanda-t-elle en se tournant vers le concerné.

— Elle avait le mérite d'être claire, répondit Harvey sans cesser de sourire. Moi, je l'ai joué plus discret.

— Tu aurais voulu que je sois discrète ? Mais je croyais qu'on voulait leur dire, non ?

Leur petit sketch souleva une vague d'hilarité.

— Elle est plutôt du genre cachottière, révéla Tom à Harvey. Elle ne m'a présenté certains de ses amis qu'au bout de deux ans de mariage. Tu bénéficies d'une belle avance !

Avec Beth à son bras, Harvey rayonnait de fierté.

Tout le monde s'assit, Anne dit les grâces et l'arrivée des hors-d'œuvre acheva de mettre tout ce petit monde de bonne humeur. Tim lui-même se dérida et empila sur son assiette dinde rôtie, farce et purée de pommes de terre. À l'intention de sa mère, assise en face de lui, il signa le mot « connard », ce qui la fit rire. Personne d'autre ne comprenait la langue des signes mais June savait exactement de qui il parlait.

— Vous savez pas quoi ? rouspéta Benjie en passant les épis de maïs, maman va avoir un bébé. Et le pire : c'est une fille !

Tous éclatèrent de rire sauf Matt qui regardait ailleurs, mort de honte.

L'ambiance était bon enfant, et Pitt avait ouvert une très bonne bouteille de vin. Vers le milieu du repas, il s'aperçut que quelque chose clochait. Justin avait quitté la table depuis déjà un bon moment. Pitt alla faire un tour dans les toilettes du rez-de-chaussée et le trouva avec une bouteille de vin rouge. Il avait même taché sa chemise.

— Je ne sers pas d'alcool aux mineurs, fiston, dit-il en lui retirant doucement la bouteille des mains.

— Je suis pas ton fils. Et je viens d'avoir 18 ans. T'as pas à me dire ce que je dois faire.

— Au cas où tu l'aurais oublié, la consommation d'alcool est interdite aux moins de 21 ans dans ce pays. Et ici je suis chez moi, donc tu dois suivre mes règles. Je crois que ton père serait très déçu de te voir dans cet état. Ta mère a besoin de tout ton soutien, Justin. Ne lui rends pas la vie encore plus compliquée.

— Mon père est mort et ma mère est une traînée, cracha Justin.

Pitt n'en revenait pas de cette violence. Justin n'avait plus rien à voir avec le gentil garçon qu'il avait vu grandir.

— Allez, viens, retournons à table. Passons tous une bonne fête de Thanksgiving, on reparlera de ça une autre fois. J'aimerais t'aider, tu sais.

— Personne ne peut m'aider.

Pitt ne savait pas quand Justin l'avait entamée, mais la bouteille de bordeaux était presque vide. Tom avait raison, c'était évident. Justin devait absolument suivre une cure de désintoxication. Et ça risquait d'être difficile de l'en persuader. Tous deux rejoignirent les autres et Pitt demanda à voix basse aux serveurs embauchés pour l'occasion de surveiller les bouteilles.

Marlene s'inquiéta de les voir revenir ensemble, se demandant ce qui s'était encore passé. Tom l'avait déjà deviné, surtout avec les taches sur la chemise de Justin. Pitt était, comme toujours, d'un calme olympien. Il échangea avec Anne un regard plein de compassion.

Pour le dessert, on servit une demi-douzaine de tartes différentes, puis tous passèrent au salon pour le café. Les invités repartirent vers 17 heures. Juliet rentra chez son père tandis que Harvey allait passer la fin de l'après-midi chez Beth. Il devait malheureusement travailler en fin de journée. Comme il était célibataire et sans enfants, il était toujours de garde les jours fériés. Mais sans doute plus pour longtemps !

— Le fils Wylie, le plus grand, file un mauvais coton, commenta Harvey tandis qu'ils sirotaient un café assis sur le canapé.

— Oui, Marlene est désemparée. Elle est amoureuse de mon ex et ses fils ne veulent pas la voir refaire sa vie.

— On pourrait penser que c'est un peu tôt après la mort de Bob, en effet... Mais Justin a besoin qu'on lui serre la vis. Il va finir par avoir de gros ennuis sinon. Tu te souviens de ce que je t'ai dit la première fois qu'on s'est vus ? La colère sert de façade à la peur. Tu étais tellement furieuse, ce soir-là...

— Je me rappelle. J'étais terrifiée à l'idée que Juliet puisse mourir dans la forêt.

— Moi aussi, j'avais peur. Mais tout s'est bien terminé. On a eu de la chance.

— C'est surtout toi qui as provoqué cette chance, corrigea Beth.

— Je suis du genre déterminé, reconnut Harvey. Pour en revenir à Justin, je pense qu'il a peur d'affronter la vie sans son père. Il doit être terrifié à l'idée de ce que sa famille va devenir si Marlene refait sa vie avec un autre homme. Je connais bien Marlene, je l'apprécie beaucoup. Elle a besoin de cadrer ses deux gosses. Surtout Justin. Il a désespérément besoin de repères pour être rassuré. Malheureusement, elle a aussi peur que lui. C'est sans doute pour cela qu'elle le laisse la maltraiter ainsi.

— D'où tiens-tu cette belle sagacité ? demanda Beth.

— De un : je suis un vieux briscard. De deux : je t'aime. Pour en revenir à nous, je sais que je t'ai accueillie un peu fraîchement, le jour de ton arrivée à Fishtail. Mais ton émotion m'est allée droit au cœur, et je crois que j'ai mis encore plus de cœur à retrouver les enfants. Qui sait ? Je n'aurais peut-être pas réussi si tu ne m'avais pas crié un peu dessus !

Sur ce, il l'embrassa avant de monter enfiler l'uniforme qu'il avait laissé dans le placard de Beth.

Après le départ de Harvey, Beth attendit Tom et Juliet, ainsi que Peter. Anne leur avait fait emporter quantité de restes du festin. Personne n'avait très faim mais ils avaient envie de passer la soirée tous ensemble.

— Où est Harvey ? demanda Juliet.

— Il est de garde.

— Je l'aime bien, tu sais.

— Oui, moi aussi, répondit Beth avec clin d'œil.

Ils regardèrent l'un des vieux films que Harvey leur avait conseillés, après quoi ils eurent un petit creux et finirent par attaquer les délicieuses victuailles.

19

Les quatre semaines séparant Thanksgiving de Noël filèrent à toute allure. Comme Harvey était de toute façon de garde, Beth passerait le réveillon chez Tom avant de faire le 25 chez elle. Le lendemain, Tom emmènerait Juliet skier en Suisse pendant une semaine. C'étaient les moments difficiles de l'été qui lui avaient valu d'être aussi gâtée. Tout le monde semblait avoir de beaux projets pour cette période festive mais Marlene et ses deux garçons appréhendaient Noël, désormais. Pour la première fois, Bob ne serait pas avec eux.

Le petit ami médecin de June devait l'emmener skier avec Tim dans la région. Ils n'avaient pas de nouvelles de Ted et June se demandait même s'il redonnerait signe de vie un jour. Tim n'avait de toute façon plus envie de se laisser bercer d'illusions par son père.

Les Brown et les Pollock, quant à eux, resteraient bien au chaud dans leurs ranchs.

Après avoir fait honneur au dîner de réveillon cuisiné par sa mère, Justin sortit « voir des amis ». Selon son habitude, il ne lui en dit pas davantage, mais il emprunta sa voiture. Marlene regarda un film avec Noel et ils allèrent se coucher vers minuit, sans oublier de laisser un verre de lait et des biscuits à l'intention du père Noël, comme ils en avaient gardé l'habitude. Marlene avait un faible pour ces traditions familiales.

À 2 heures du matin, elle dormait profondément lorsque le téléphone sonna. C'était Justin, en larmes.

— Tu es blessé ? demanda-t-elle aussitôt, le cœur serré.

— Non. Mais j'ai crashé ta voiture, maman.

— Tu n'as blessé personne ?

— Je... je crois pas...

Elle comprit tout à coup qu'il était ivre.

— Où es-tu ?

— En prison.

— Seigneur ! Qu'est-ce qu'ils te reprochent ?

— Conduite en état d'ivresse avec suspension de permis. Tu peux venir me chercher ?

— Passe-moi l'agent qui est avec toi.

Justin était indemne, sans quoi il ne l'aurait pas appelée depuis le commissariat mais depuis l'hôpital... Pour une fois, Marlene était surprise par son propre calme. Elle posa au policier des questions pertinentes. C'était la deuxième fois que l'on arrêtait Justin pour ivresse au volant, et cette fois, le juge se montrerait moins clément, d'autant que son fils était maintenant majeur d'un point de vue pénal.

Le policier expliqua à Marlene que Justin ne pouvait pas être libéré sous caution avant de comparaître. La décision reviendrait au juge. La comparution était fixée au lendemain de Noël. Justin allait donc passer le 25 sous les verrous. Marlene savait qu'il l'avait mérité et elle ne se priva pas de le lui dire quand le policier lui repassa l'appareil.

— Je suis désolée mais je ne peux rien faire pour toi. Tu es coincé là-bas jusqu'à la comparution, et cette fois tu risques la prison ferme. Là non plus, je n'y peux rien.

Marlene avait le cœur brisé en entendant Justin pleurer. Elle percevait en bruit de fond le tapage du poste de police un soir de réveillon. Comment imaginer Noël plus déprimant ? Le premier Noël sans son père, qui aurait été si peiné de le voir ainsi.

Au matin, Noel fondit en larmes quand sa mère lui raconta le nouvel accident de son frère.

— Il ne va pas bien, maman. Il s'est mis à boire et à fumer de l'herbe.

— Je sais, mon chéri.

Marlene appela ensuite Tom.

— Dieu merci, il ne s'est pas tué dans l'accident..., commenta-t-il. Mais cette fois, il risque la prison ferme.

— Je lui ai dit la même chose, soupira Marlene. C'est peut-être de ça qu'il a besoin pour ouvrir les yeux et se prendre en main. Il doit comparaître demain devant le juge.

— Je te conduirai. Ah, mais non ! Je ne peux pas, je prends l'avion avec Juliet... Je suis désolé.

— Ne t'inquiète pas, je vais de toute façon devoir louer une voiture en attendant d'en racheter une.

Avec les frais de justice, les frasques de Justin commençaient à lui coûter cher.

— Je suis vraiment désolé, Marlene. Tu n'as pas mérité ça.

Dans l'après-midi, Tom passa lui apporter son cadeau de Noël. Il avait choisi une chaîne en or avec un pendentif en forme de cœur. Ils réussirent malgré tout à passer un moment agréable. Justin n'avait pas rappelé et Marlene ne comptait pas aller le voir en prison.

Le lendemain, Tom s'arrêta embrasser Marlene sur la route de l'aéroport. Il portait le pull en cachemire marine qu'elle lui avait offert. Après le déjeuner, elle récupéra la voiture de location et se rendit au tribunal. Elle apportait son costume à Justin pour qu'il soit présentable à l'audience. Il apparut à la barre pâle et visiblement épuisé.

Le juge lui refusa la libération sous caution et lui infligea une forte amende ainsi que six mois de suspension de permis de conduire. Ainsi que six mois d'incarcération. Il offrait à Justin la possibilité de commuer cette peine en une cure de durée équivalente dans un centre de désintoxication. C'est ce qu'il choisit, et le sheriff le conduisit dès le lendemain dans un centre spécialisé. Il ne s'agissait pas du genre de centre de luxe dans lequel les célébrités soignent leurs addictions. L'établissement avait au contraire la réputation d'être intraitable. Marlene n'aurait pas le droit de rendre visite à son fils avant deux semaines. Cette fois, elle ne pouvait plus le surprotéger : Justin devait assumer les conséquences de ses actes. Il était aussi tenu de suivre des cours pendant sa cure, et le juge avait annoncé qu'il se montrerait plus clément si le jeune homme maintenait un bon niveau scolaire. Justin, lui, ne rêvait que de laisser tomber le lycée. Mais Marlene n'en démordait pas : il fallait absolument qu'il fasse des études supérieures. Heureusement, la conduite en état d'ivresse était considérée comme un délit mineur qui n'entraverait pas son accès à la fac. Pour certaines universités privées, en revanche, le fait qu'il ait écopé de deux inculpations de ce type serait rédhibitoire.

Après avoir beaucoup réfléchi pendant la semaine de Tom à Aspen, Marlene voyait clairement ce qu'elle devait faire. Ce n'était pas de gaîté de cœur. Rien ne se passait comme elle l'avait espéré. Mais Bob était parti et elle devait opérer un changement radical. Elle ne pouvait pas laisser un autre remplir la place laissée vacante ni attendre qu'on la prenne en charge. Ce n'était pas juste non plus envers Tom, même s'il était fou amoureux d'elle et qu'elle l'aimait tout autant. Il lui semblait à présent qu'elle l'avait d'une certaine façon utilisé. Elle allait devoir apprendre à s'assumer, à vivre sa vie de façon autonome. Même si cette perspective la terrifiait.

Elle l'annonça à Tom dès son retour de vacances. Elle avait déjà tout arrangé avec son associé, à qui elle cédait le cabinet. Par ailleurs, elle avait mis sa maison en vente. Elle devait tout recommencer de zéro. Et pour cela, la première étape était de quitter Fishtail.

— Je retourne à Denver, expliqua-t-elle à Tom. J'ai de la famille là-bas, même si mes parents ne sont plus de ce monde. Je verrai si je prends un job dans un cabinet ou si j'en ouvre un nouveau. C'est Bob qui a voulu venir vivre ici. Pas moi. Je l'ai toujours laissé tout décider pour moi. Mais maintenant, il faut que je prenne mes enfants en main. Justin sera dans son centre jusqu'en juin. Moi, je déménage la semaine prochaine avec Noel. Denver nous conviendra mieux, du moins pour les quelques années à venir. Mon cœur est ici et je suis triste de te quitter. Mais si je reste, je sais que je resterai collée à toi et que je serai incapable de sauver Justin. Par ailleurs, tu n'as pas mérité que je te fasse porter le fardeau de deux gamins qui jurent te détester et te mènent la vie dure. Il faut que je règle mes propres problèmes, et les enfants ont réellement besoin de temps pour surmonter le décès de leur père. Peut-être que plus tard, on pourra construire quelque chose ensemble, toi et moi. Mais pas maintenant. Tout ça était vraiment trop précipité. Sur les pistes d'Aspen, Tom avait lui aussi retourné la question dans tous les sens. Il savait que Marlene avait raison. Oui, il était fou d'elle. Mais c'était peut-être bien là ce qui clochait... Plutôt que de folie, il avait besoin de calme dans sa vie. Et il ne pouvait endosser les problèmes de deux adolescents à vif. Marlene devait reprendre pied et mettre de l'ordre dans ses affaires. Tom ne pouvait malheureusement pas le faire pour elle.

Anne et Pattie tombèrent des nues en apprenant la décision subite de Marlene. Leur amie promit bien sûr de rester en contact, et demanda à Pattie de l'informer de la naissance du bébé.

Justin était furieux de cette décision imprévue, mais après tout c'était en grande partie de sa faute et il devait payer les conséquences de ses actes. Toute la bande vint dire au revoir à Noel, qui voulait revenir leur rendre visite et les invita à venir le voir à Denver dès que possible. Marlene achèterait une maison dès qu'elle aurait réussi à vendre celle de Fishtail. En attendant, elle louerait un appartement.

Ils quittèrent Fishtail le 2 janvier dans un camion de déménagement plein à craquer. Le reste de leurs affaires suivrait plus tard. Pour la première fois depuis très longtemps, Marlene se sentait adulte. Pour se rassurer elle-même tout autant que pour apaiser Noel, elle lui parla de Denver, qu'elle avait si bien connu, et lui rappela qu'il avait toujours rêvé de vivre dans une grande ville. En vérité, tous deux éprouvaient une tristesse infinie en quittant Fishtail et leurs amis. Se séparer de Tom était particulièrement difficile pour Marlene.

— C'est normal d'avoir peur, dit-elle à Noel. Tout le monde a peur. Tu as eu très peur pendant votre aventure en montagne, pas vrai ? Mais tu t'en es tiré. Il faut toujours voir la lumière au bout du tunnel. On va s'en sortir, crois-moi. Et Justin aussi. Tu as survécu trois jours dans une nature hostile. Un petit déménagement, c'est du gâteau à côté !

Tom était passé leur dire au revoir avant qu'ils prennent la route. Sa passion avec Marlene avait été un incendie dévorant tout sur son passage, tel celui qui avait ravagé les monts Beartooth. Il était maintenant contenu, mais les braises couvaient encore sous la cendre. Craignant de raviver le brasier, Tom s'était retenu d'embrasser Marlene, et c'est avec une profonde mélancolie qu'il avait regardé la camionnette s'éloigner...

Au volant, Marlene adressa un sourire à son fils, alluma la radio et mit le cap sur Denver. Une nouvelle vie commençait.

20

Mi-mars, Pattie ne pouvait presque plus bouger. Son bébé lui semblait deux fois plus gros que ses garçons ne l'avaient été. Elle se sentait comme une baleine échouée, pourtant il lui restait encore trois semaines avant le terme. Benjie avait fini par montrer un peu d'enthousiasme pour l'arrivée prochaine du bébé mais Matt avait toujours autant de mal à accepter que sa mère soit tombée enceinte si tard. Non qu'elle soit particulièrement âgée, mais lui-même avait tout de même 14 ans ! Quand il l'accompagnait au supermarché, il faisait semblant de ne pas la connaître.

Bill travaillait beaucoup plus qu'à l'époque où ils avaient eu les garçons et Pattie le croisait à peine. En revanche, elle se débrouillait pour déjeuner avec Anne et June chaque fois qu'elles étaient disponibles. Elle commençait à en avoir assez de rester confinée à la maison et avait hâte d'accoucher.

Un matin, elle était en train de remplir le lave-vaisselle après le petit déjeuner lorsqu'elle s'aperçut que Bill avait oublié son téléphone portable. Elle allait l'appeler au bureau pour le prévenir quand elle décida plutôt de le lui rapporter pour marcher un peu. Il faisait si beau, dehors ! Les chutes de neige avaient enfin cessé, et le printemps commençait à pointer le bout de son nez.

Alors qu'elle attrapait le téléphone pour le mettre dans son sac, il se mit à vibrer dans sa main. C'était un SMS et, par réflexe, Pattie l'ouvrit. Bill ne verrouillait jamais son portable. Pattie pensa d'abord que c'était un spam à caractère sexuel.

Tu n'as pas oublié notre quickie à la pause déj ? Je t'attendrai nue dans la salle de réunion. J'espère que tu as les crocs, c'est moi qui suis au menu !

Pattie se décomposa en relisant le message. Il provenait d'une certaine Kitty. La seule Kitty qu'elle connaissait était la nouvelle comptable du ranch, qu'elle n'avait pas encore eu l'occasion de rencontrer. Une fille de 22 ans avec une poitrine plus que généreuse, à en croire la secrétaire de Bill. Pattie comprit soudain que ce message n'était pas un spam. Il était réellement adressé à son mari. Elle s'arrêta pour taper une réponse.

Tu penses !
Quelle heure ?

Elle n'eut pas longtemps à attendre.

Comme d'hab, mon gros loup.
Dès que tu es prêt à venir...

Pattie en avait la nausée. Bill couchait avec la comptable qu'il venait d'embaucher ! Un SMS supplémentaire arriva :

Tu pourras t'échapper ce soir ?
Bien sûr. Chez toi ?

Pattie avait tapé ces derniers mots à toute vitesse. Elle avait envie de lui arracher la tête. À quoi jouait-il, et depuis combien de temps ? Et combien d'autres Kitty y avait-il ?
La comptable répondit à la vitesse de l'éclair.

Viens qd tu veux, tu as ta clé.
En attendant rdv à midi, salle de réunion.

Pattie lâcha le téléphone comme s'il l'avait brûlée. Devait-elle confronter Bill ? Embaucher un détective ? Appeler un avocat ? Ou bien juste s'asseoir par terre et laisser libre cours aux sanglots qu'elle sentait monter ? Mais une colère brûlante la dévorait de l'intérieur. Comment pouvait-il la tromper alors qu'elle portait son bébé ?

Elle aurait été incapable de dire comment elle en avait eu le courage mais elle finit par ramasser le téléphone et rentra chez elle. Puis elle attendit qu'il soit midi passé de quelques minutes et se dirigea vers le bâtiment administratif. Elle tomba sur la secrétaire de son mari. Arborant son plus innocent sourire de gentille mère de famille, elle lui dit qu'elle avait oublié son sac à main dans la salle de réunion, maintenant verrouillée. La jeune femme lui tendit aussitôt la clé. Pattie se dirigea comme une automate vers la salle, ouvrit la porte et entra. Elle les surprit en pleine action sur la grande table. La salle était bien insonorisée, ils ne craignaient pas d'être entendus. Pattie referma la porte sans bruit puis elle s'approcha et dit bien fort :

— Ça va, tu t'amuses bien ?

Bill ouvrit les yeux avec une expression d'effroi telle qu'elle se demanda s'il n'allait pas faire une crise cardiaque. La fille se releva d'un bond.

— C'est qui ? s'exclama-t-elle. Oh merde, c'est elle, pas vrai ?

Elle venait de remarquer le ventre de Pattie. Kitty ne travaillait au ranch que depuis deux mois et Pattie, occupée à la maison, ne venait que rarement au bureau. Elles ne s'étaient donc jamais croisées.

— Oui, c'est *elle*, répondit Pattie, trop furieuse pour se sentir gênée par la scène qu'elle venait d'interrompre. Profitez bien de votre pause déjeuner.

Sur ce, elle jeta la clé de la salle à la tête de Bill et sortit en trombe. Il enfila son pantalon et courut après elle.

— Qu'est-ce que tu faisais là ? demanda-t-il dans un murmure rageur.

Elle s'arrêta tout net. Elle fulminait.

— Ce que je faisais là ? C'est plutôt à moi de te le demander, non ? Comment tu oses me faire un truc pareil alors que je porte ton enfant ?

— Ce bébé, c'était ton idée, pas la mienne ! rétorqua-t-il en lui empoignant le bras.

— Eh bien, tu sais quoi, j'ai une autre idée : je vais appeler un avocat. Tu n'es qu'un porc et un menteur !

Pattie n'avait aucune intention de lui rendre son portable. Elle le gardait pour le montrer à l'avocat si jamais elle avait besoin de preuves. La haine qu'elle éprouvait pour Bill était à la hauteur de l'amour qu'elle lui avait porté. Elle sortit du bâtiment aussi vite que son état le lui permettait et fila chez les Pollock en voiture pour tout raconter à Anne. Elle tremblait comme une feuille.

— Pattie, calme-toi, je t'en supplie. Il ne faudrait pas que tu accouches ici, dit Anne en lui tendant un verre d'eau.

— J'ai mon diplôme d'infirmière, je te rappelle.

Pattie resta une demi-heure. Après quoi, un tout petit peu plus calme, elle rentra appeler un avocat.

Bill et elle n'avaient pas signé de contrat de mariage, et le régime matrimonial par défaut dans le Montana était celui de la communauté de biens universelle, de sorte que la moitié du ranch et des capitaux de Bill lui appartenait.

— Je veux divorcer, annonça-t-elle d'emblée au téléphone.

— Une chose à la fois, tenta de la modérer l'avocat. Ne voulez-vous pas essayer d'avoir une conversation avec votre mari avant de lancer la procédure ?

— À quel sujet ? Ses ébats avec la comptable de 20 ans dans la salle de réunion ? Le menu de leurs déjeuners de travail ?

— Écoutez, madame Brown, je vous rappelle demain matin. J'ai un rendez-vous.

— Très bien. Mais vous pouvez commencer à constituer le dossier. J'attends votre appel demain à 9 h 30.

Bill rentra une demi-heure plus tard.

— C'est ça pour toi un quickie ? lui demanda-t-elle avec une rage sourde.

— Je peux savoir pourquoi tu es entrée dans cette salle ? demanda Bill entre ses dents.

— Tu avais laissé ton portable sur la table du petit déjeuner.

— Donc tu as lu mes textos ?

— Je ne me suis pas gênée. Figure-toi que moi, depuis toutes ces années, je n'ai jamais rien eu à te cacher. Alors j'ai du mal à comprendre comment on peut être aussi dégueulasse !

— Calme-toi, s'il te plaît.

— Me calmer ? Alors que tu es le pire des salauds doublé d'un sale menteur ? Ne t'avise pas de venir voir le bébé, puisque apparemment c'était mon idée. Je ne veux plus jamais revoir ta sale gueule d'hypocrite, à part au tribunal. Va-t'en ! Je te donne une heure.

Elle s'enferma dans le petit bureau attenant à leur chambre. Quand elle en ressortit, elle trouva Bill assis sur le lit, une valise à ses pieds.

— Rends-moi au moins mon téléphone, dit-il en se levant, la voix blanche, le teint cireux.

— Pas question. Je l'envoie à mon avocat. Tu peux t'en acheter un autre tant que tu en as encore les moyens.

Pattie semblait décidée à le plumer dans les règles de l'art et Bill comprit que la meilleure chose à faire était de débarrasser le plancher et de négocier ultérieurement, quand elle serait moins furieuse.

Mais ce moment n'arriva jamais. Pattie eut les premières contractions quatre jours plus tard. C'est Anne qui l'accompagna à la maternité. L'accouchement fut facile et Pattie sortit de l'hôpital deux jours plus tard. De retour à la maison avec sa petite Penny, elle n'avait toujours pas changé d'avis. Les tentatives de Bill pour lui parler ne faisaient que la conforter dans son choix.

— « L'enfer ne contient pas plus de furie qu'une femme dédaignée », cita l'avocat de Bill. Je suis désolé, mais vous avez joué et vous avez perdu. Ça va vous coûter cher, j'en ai bien peur.

L'avocat de Pattie lui avait déjà annoncé ce qu'elle réclamait.

— Mais enfin, la situation est ridicule. Je suis propriétaire de ce ranch...

— Vous vous êtes marié jeune. Avec un peu plus de bouteille, vous auriez peut-être pensé à établir un contrat de mariage. Mais là, c'est trop tard. La moitié des biens du ménage lui appartient.

— Elle ne veut même pas me laisser voir le bébé, gémit Bill.

Certes, il n'avait pas fait preuve d'un grand enthousiasme depuis l'annonce de la grossesse, mais c'était quand même sa fille.

Pattie refusait de lui parler directement. Elle exigeait l'estimation de la totalité du ranch, une opération qui allait prendre des mois. Son avocat travaillait sans relâche en collaboration avec les experts-comptables, et elle n'avait aucune intention de faire machine arrière.

Anne et Pitt avaient le cœur brisé pour Matt et Benjie, très ébranlés par la séparation de leurs parents. Penny avait déjà 3 mois quand Bill la vit pour la première fois, en présence de deux personnes censées s'assurer que son père ne tenterait pas de l'enlever. Pattie avait perdu toute confiance en lui. Bill ne pouvait pas non plus voir Benjie tout seul. Matt, quant à lui, ne comprenait pas pourquoi sa mère était si fâchée contre son père. À 15 ans, il pouvait exprimer sa volonté quant au droit de visite de Bill et il avait demandé à le voir deux week-ends par mois, et à dîner avec lui régulièrement.

Bill avait essayé de faire croire aux Pollock que Pattie avait perdu la tête à cause de sa grossesse. Mais Anne et Pitt connaissaient toute l'histoire. Même s'il leur semblait que Pattie réagissait de façon un peu extrême, ils ne pouvaient s'empêcher de soupçonner Bill d'avoir commis d'autres écarts avant celui-ci. Il y avait déjà fait allusion en présence de Pitt, mais c'était sur le ton de la plaisanterie et Pitt ne l'avait pas pris au sérieux. À présent, il comprenait mieux...

Les Pollock avaient l'impression d'avoir perdu des membres de leur famille. S'il arrivait encore à Pitt de déjeuner avec Bill, Anne avait pris parti pour Pattie. La bataille judiciaire s'annonçait sanglante et elle durerait au moins six mois, peut-être un an.

Pattie ne détestait rien tant que les menteurs, les lâches et les hypocrites. Son propre père s'était très mal comporté et avait beaucoup fait souffrir sa mère par ses tromperies... Cela faisait des années qu'elle soupçonnait Bill de ne pas lui être fidèle mais il avait toujours nié. Elle savait à présent qu'elle avait malheureusement vu juste.

Bill avait pris une petite location au village et il venait travailler au ranch tous les jours. Il avait cependant interdiction de s'approcher de la maison et son avocat lui avait conseillé de s'y tenir. Pattie ne se serait pas privée d'appeler les forces de l'ordre. Elle était prête à l'envoyer derrière les barreaux s'il ne respectait pas les mesures d'éloignement.

Toujours sur les conseils de son avocat, Bill avait immédiatement renvoyé Kitty. Il continuait en revanche à la voir régulièrement, de même que l'une des serveuses du *diner* et plusieurs autres filles des environs, toutes beaucoup plus jeunes que lui.

Une fois le divorce prononcé, Pattie comptait rester encore trois ans à Fishtail, afin de ne pas trop perturber les enfants, puis partir pour Los Angeles dès que Matt entrerait à l'université. Elle aspirait à élargir son horizon en emmenant ses enfants et la moitié de l'argent de Bill avec elle.

Pitt et Anne étaient navrés et profondément déçus par leur ami. En ville, les langues se déliaient. Apparemment, ses nombreuses aventures avaient été un secret de Polichinelle.

Bill parlait de vendre son ranch à Pitt pour lui permettre d'étendre son activité. Pattie ne s'y opposerait sans doute pas et, avec ce qui lui resterait du fruit de cette vente, Bill pourrait se racheter une ferme au Texas.

Quant à Tom, il envisageait d'acheter la maison des Brown après le départ de Pattie. Il avait envie de s'établir pour de bon à Fishtail et il adorait leur grande et belle demeure. Attendre trois ans ne le gênait pas.

Beth avait trouvé un équilibre entre sa vie dans le Montana et ses voyages occasionnels à New York. Sa relation avec Harvey la comblait. Il l'avait déjà accompagnée par deux fois à New York. Entre le théâtre, l'opéra, la philharmonie, le ballet et les musées, ils avaient adoré profiter de toutes les opportunités culturelles.

Au milieu du désastreux divorce de ses parents, Matt était plus proche que jamais des Pollock et vivait presque à plein temps chez eux. Noel venait aussi souvent depuis Denver pour passer le week-end avec ses amis, de sorte que Matt, Peter, Tim, Noel et Juliet se sentaient tous encore très proches les uns des autres. Le lien qui les avait reliés sur le pic Granit semblait indéfectible.

Le mois de juillet marqua le premier anniversaire de leur odyssée dans la montagne. Beth se souvenait en détail de ces quelques jours terribles. Tant de choses avaient changé en un an... Les parents, alors unis dans une même angoisse, étaient à présent dispersés. Seuls Anne et Pitt restaient fidèles au poste. Pattie et

Bill se livraient une guerre sans merci et comptaient tous deux quitter la région.

Bob Wylie s'était éteint, et Marlene tentait de repartir sur de nouvelles bases à Denver. Justin était sorti au mois de juin de sa cure de désintoxication, qui lui avait fait le plus grand bien. Il avait arrêté de boire, avait beaucoup gagné en maturité, et était inscrit à l'université du Montana pour la rentrée de septembre. D'ici là, il travaillerait tout l'été dans un ranch du Wyoming qui accueillait des touristes.

Tom se remettait doucement de sa séparation avec Marlene. Il devait se faire violence pour s'empêcher de prendre le premier avion à destination de Denver... Mais pour le moment, les choses étaient encore trop compliquées. Leur attirance mutuelle avait vite viré à la passion obsessionnelle. Après son divorce, il était affamé d'amour. Marlene l'avait subjugué, et elle avait besoin de lui, contrairement à Beth. Néanmoins, ils s'appelaient de temps à autre.

Noel et Justin n'en voulaient plus à Tom. Contre toute attente, le déménagement à Denver leur avait été bénéfique.

June fréquentait toujours le pédiatre de l'hôpital de Billings. Ils avaient commencé à parler mariage, ce qui réjouissait aussi Tim.

Beth et Harvey se fréquentaient depuis déjà neuf mois. Ils continuaient à se découvrir l'un l'autre, leurs histoires, leur passé, leur enfance, leurs facettes cachées, leurs peurs, les petites choses qui les rendaient heureux. Leur relation était basée sur une admiration réciproque et la joie partagée. Ils adoraient sortir et faire des choses ensemble, aussi bien dans le Montana qu'à New York. Chacun apportait de la saveur à la vie de l'autre. Beth ne se rendait finalement pas si fréquemment à New York, juste assez pour prendre sa dose d'adrénaline et de stress citadin.

Juliet était plus épanouie que jamais. La jeune fille était toujours aussi amoureuse de Peter et le jeune couple évoluait sous l'œil attentif d'Anne et Pitt, dont ils suivaient les traces.

Beth se demandait parfois ce qui, du pic Granit ou de la vie elle-même, les avait le plus confrontés à leurs limites. À l'image de la montagne, la vie n'était-elle pas éprouvante, parfois effrayante, dangereuse, excitante, trompeuse ? Attirante, mais aussi pleine de ravins et d'accidents ? Mais quiconque revenait vivant après avoir frôlé le précipice s'en trouvait grandi.

— À quoi tu penses ? demanda Harvey en la voyant admirer le pic Granit dans la lumière du matin.

Le sommet qui hantait tous leurs cauchemars l'année précédente semblait maintenant si paisible !

— Je me disais que tout a changé quand tu as sauvé les enfants. Sans toi, rien n'aurait été pareil.

— J'ai eu de la chance, répondit-il, toujours modeste.

— Moi aussi.

Après avoir failli perdre Juliet, Beth avait gagné l'amour de Harvey. Ainsi allait la vie, de surprise en surprise. Beth remerciait chaque jour le Ciel du bonheur dont elle jouissait, d'autant qu'elle partageait maintenant avec Tom des relations apaisées.

— Tu veux aller danser ce soir ? proposa Harvey.

— Toujours !

Ils avaient tant de choses à célébrer...

— Chic, moi aussi !

Pour le moment, il leur fallait accomplir un pèlerinage. Ils s'engagèrent main dans la main sur le sentier en direction de leur terre sainte : la clairière où, un an plus tôt, les enfants avaient été sauvés.

Très chers lecteurs,

J'espère que vous avez pris autant de plaisir à lire ce roman que j'en ai eu à l'écrire ! Et je suis très heureuse de vous rappeler tous nos rendez-vous de 2025.

Les voici.

— *Bal à Versailles*, le 2 janvier 2025
— *Liaison*, le 6 mars 2025
— *L'Épreuve*, le 7 mai 2025
— *Palazzo*, le 26 juin 2025
— *Suspect*, le 14 août 2025
— *La Voix d'un ange*, le 6 novembre 2025

Je vous remercie pour votre fidélité.

Très amicalement,

BAL À VERSAILLES

Été 1958. Le château de Versailles s'apprête à accueillir son premier bal des débutantes. Près de 300 jeunes filles, la plupart issues de l'aristocratie, vont faire leur entrée dans le beau monde. Parmi elles, quatre débutantes américaines. Cette nuit magique va changer le cours de leurs vies. Mais peut-être pas de la façon dont elles s'y attendaient.

LIAISON

Nadia McCarthy, décoratrice d'intérieur talentueuse, mène une vie paisible à Paris avec son mari Nicolas, un écrivain renommé, et leurs deux jeunes enfants. Tout bascule quand des photos de Nicolas en compagnie d'une jeune actrice sont publiées dans la presse à scandale. Dévastée, Nadia trouve du réconfort auprès de ses trois sœurs. Mais elle devra prendre sa décision seule. Est-elle prête à pardonner à son mari ?

L'ÉPREUVE

Juliet Marshall rejoint pour l'été son père, qui a quitté Wall Street pour s'installer à Fishtail, au cœur de la nature sauvage du Montana. Juliet se lie rapidement avec les autres adolescents du village. Mais un drame survient le jour où le groupe d'amis, parti en randonnée, se retrouve piégé par la rivière en crue dans la montagne la plus dangereuse de la région.

Cet événement marquera profondément la vie de leurs familles, liées à jamais.

PALAZZO

À la mort de ses parents, Cosima Saverio, 23 ans, hérite de la prestigieuse maroquinerie familiale et d'un palazzo à Venise. Quinze ans plus tard, la marque Saverio prospère, mais Cosima doit s'occuper de sa jeune sœur Allegra, paralysée, et de son frère Luca, adepte des jeux d'argent. Quand ce dernier perd une somme faramineuse au casino, Cosima doit faire un choix : régler les dettes de Luca ou préserver l'héritage familial.

SUSPECT

Theodora Morgan, figure emblématique de la mode et femme d'affaires prospère, a vu l'impensable frapper sa famille. Un an plus tôt, son mari et son fils ont été kidnappés et tués dans des circonstances tragiques. Alors qu'elle tente de se reconstruire, elle rencontre Mike Andrews, un agent de la CIA qui se fait passer pour un avocat. Sa mission : la protéger des ravisseurs toujours en fuite.

LA VOIX D'UN ANGE

Iris Cooper a une voix d'ange. Dès son plus jeune âge, son père la fait chanter dans les bars avant de l'embarquer pour une série de concerts à travers les

États-Unis. Mais, exploitée par ses managers et trahie par son père, Iris finit par fuir cet univers impitoyable et devient star. Cette célébrité, bien méritée, l'expose pourtant à des dangers pires que ceux surmontés dans sa jeunesse.

ŒUVRES DE DANIELLE STEEL
AUX PRESSES DE LA CITÉ (Suite)

Paris retrouvé
Irrésistible
Une femme libre
Au jour le jour
Offrir l'espoir
Affaire de cœur
Les Lueurs du Sud
Une grande fille
Liens familiaux
Colocataires
En héritage
Disparu
Joyeux anniversaire
Hôtel Vendôme
Trahie
Zoya
Des amis proches
Le Pardon
Jusqu'à la fin des temps
Un pur bonheur
Victoire
Coup de foudre
Ambition
Une vie parfaite
Bravoure
Le Fils prodigue
Un parfait inconnu
Musique
Cadeaux inestimables
Agent secret
L'Enfant aux yeux bleus
Collection privée
Magique

La Médaille
Prisonnière
Mise en scène
Plus que parfait
La Duchesse
Jeux dangereux
Quoi qu'il arrive
Coup de grâce
Père et fils
Vie secrète
Héros d'un jour
Un mal pour un bien
Conte de fées
Beauchamp Hall
Rebelle
Sans retour
Jeu d'enfant
Scrupules
Espionne
Royale
Les Voisins
Ashley, où es-tu ?
Jamais trop tard
Menaces
Les Whittier
Héroïnes
Seconde vie
À tout prix
Dernière chance
Une mère trop parfaite
Tout ce qui brille
Bal à Versailles
Liaison

Vous avez aimé ce livre ?
Si vous souhaitez avoir des nouvelles de Danielle Steel, devenez membre du
CLUB DES AMIS DE DANIELLE STEEL.

Pour cela, rendez-vous en ligne, à l'adresse :
https://bit.ly/newsletterdedaniellesteel
Ou retrouvez Danielle Steel sur son site internet :
www.danielle-steel.fr

La liste des romans de Danielle Steel publiés aux Presses de la Cité se trouve au début et à la fin de cet ouvrage. Si vous ne les avez pas déjà tous lus, commandez-les vite chez votre libraire !

Au cas où celui-ci n'aurait pas le livre que vous désirez, vous pouvez (si vous résidez en France métropolitaine) nous le commander à l'adresse suivante :

Éditions Presses de la Cité
92, avenue de France
75013 Paris

*Composition et mise en pages
Nord Compo à Villeneuve-d'Ascq*

Imprimé en France par
CPI Brodard & Taupin
en avril 2025

N° d'impression : 3060989